—系列—

独家 宠爱

·01·

遇见你好高兴

轻寒 著

河北出版传媒集团　花山文艺出版社

图书在版编目（CIP）数据

遇见你好高兴 / 轻寒著. --石家庄:花山文艺
出版社，2017.7（2020.3重印）
 ISBN 978-7-5511-3481-1

Ⅰ. ①遇… Ⅱ. ①轻… Ⅲ. ①长篇小说－中
国－当代 Ⅳ. ①I247.5

中国版本图书馆CIP数据核字(2017)第153201号

书　　名:**遇见你好高兴**
著　　者:轻　寒
策　　划:张采鑫
责任编辑:董　舸
特约编辑:廖晓霞
美术编辑:许宝坤
责任校对:齐　欣
装帧设计:颜小曼
出版发行:花山文艺出版社（邮政编码：050061）
　　　　　（河北省石家庄市友谊北大街330号）
销售热线:0311-88643221/29/35/26
传　　真:0311-88643225
印　　刷:三河市华东印刷有限公司
经　　销:新华书店
开　　本:880×1230　1/32
印　　张:9
字　　数:238 千字
版　　次:2017年11月第1版
　　　　　2020年3月第2次印刷
书　　号:ISBN 978-7-5511-3481-1
定　　价:45.00元

她只想让他得到最好的，
所以，她要成为最好的。

第一章　你觉得这算侮辱

靠脸能解决的问题，就不必浪费脑筋。

撒娇能摆平的事情，就无须劳心伤神。

这是二十一岁的阮小冕依然奉行的人生哲学，并且对此充满"谜之自信"。

此刻，国庆黄金周结束的第一个工作日，阮小冕在茶餐厅检查面试材料，邻桌的动静引起她的注意。

邻桌客人是位穿黑色唐装的老先生，八九十岁的模样，鹤发银须，五官精致，气质谦和，手里握着把鹤形拐。

老先生没带钱包手机，尴尬地提出用鹤形拐暂作抵押，服务员表示要跟店长请示。

阮小冕见状，直接抄走老先生的单子，连同自己的单子和钱交给服务员："我一起买单吧。"

"小姑娘，谢谢你。"老先生向她道谢，"麻烦留下联系方式，回头我会把钱还你。"

"不客气。"阮小冕甜甜一笑，"有机会的话，就请我喝杯茶吧。"

"也好。"老先生的视线垂向桌面的资料，"你是光耀的员工？叫什么名字？”

"阮小冕，我是美院学生，正要去光耀面试实习生。"阮小冕不由得两眼放光，"老先生知道恩薇吗？"

"光耀的高端鞋履品牌。"老先生若有所思道，"恩薇设计部在招实习生吧？"

"嗯。"阮小冕惊喜老先生对光耀的了解，"我很喜欢恩薇高跟鞋，恩薇的专属设计师都不是人，是创造女性魅力的神。去年出道就一鸣惊人的设计师关淮是我的偶像，为了他，我要努力进入恩薇当实习生。"虽然她的条件不是最符合的。

恩薇对实习生的要求是专业设计出身，欧美设计学院背景尤佳。

阮小冕是美术学院油画专业，自诩有设计天分，凭借对恩薇的喜爱和对偶像的憧憬，大胆地发送简历应聘。

她的运气不错，收到了恩薇的面试通知。

"你去当实习生……"老先生斟酌了下字眼，"为了追星？"

"我不是追星，只是被偶像吸引，向往他的世界。"阮小冕不自觉地变成"迷妹脸"，"我想成为跟偶像一样的设计师。"

老先生忍俊不禁地看着她："年轻真好。"

"呃，我有点儿自说自话了。"

意识到得意忘形了，阮小冕不好意思地拍拍脸。

"年轻人，有梦想很好。"老先生意味深远道，"你会如愿的。"

"承您吉言。"

阮小冕送老先生离开茶餐厅，想帮他叫计程车，但他说想散散步，会有人来接他。

想到老先生身无分文，阮小冕不放心，就把手机号写在他手上，吩咐他到家报个平安。

告别老先生，阮小冕又在茶餐厅看了会儿资料，感觉准备充足，已然胜券在握。

于是阮小冕收拾东西，步行前往两条街后的光耀集团大楼。

行至第一个街口，她看到不远处围了一圈人，恰逢她的手机响起，她只好一边接电话一边好奇地张望。

透过人缝，她惊见刚才偶遇的老先生倒在地上，脸部扭曲，口角歪斜，不省人事。

"有个老人昏倒了，他手上写着你的号码，请问你认识他吗？"

手机那端的声音，就从围观的人群中传来。

阮小冕送老先生去医院后，再赶去光耀时，恩薇实习生的面试已经结束一个多小时了。

她不甘心，在一楼大堂等待许久，才见到通知面试的人事经理谢越，拜托他通融通融。

"阮小姐，根据规定，面试迟到就自动丧失资格，你请回吧。"谢越遗憾地摇头。

"谢经理，我不是故意迟到的。"阮小冕拿出老先生的病例，"你看这病例，我送摔倒昏迷的老人去医院才耽搁的。"

谢越接过病例看了看，即使是真的，他也帮不了她："抱歉。"

"我是真心喜欢恩薇设计，你帮我说说情，给我一次当实习生的机会吧！"阮小冕诚恳地说。

"我只负责最初甄选，面试考官由相关设计师担当。"谢越面露为难之色，"并非我不通融，这是公司的规定，最终面试已经结束，我无权再为你安排。"

"真的不行吗？我为面试做了许多准备，真的想好好表现……遇见昏倒老人也不是我愿意的，又不能置之不理，我想光耀是有人情味和社会责任感

的公司，谢经理遇到这种意外也不会袖手旁观吧？谢经理，你帮我想想办法，好不好？只要让我面试，就算最后结果是落选我也会认的。"阮小冕眼睛里蕴着泪光，期盼地看着谢越。

"这……"谢越有点儿无措，怕她真哭出来无从招架。

"哟，这演的哪一出啊？"打着呵欠的男声在他们身后响起，"孟姜女哭长城？还是六月飞雪窦娥冤？"

阮小冕循声望去，激动得心跳都乱了一拍。

是关淮，是她的偶像啊！

她只在光耀官网看过他的履历照，但还是瞬间认出了眼前这个帅得不拘小节的年轻设计师。关淮穿着舒适的亚麻衬衣休闲裤，踩着懒洋洋的人字拖，自然卷短发像是刚睡醒，翘得张牙舞爪。

关淮捂着嘴打呵欠，眼角眉梢耷拉着，显得慵懒随意。

作为"迷妹"，她从网络上收集过关淮的情报，只比她大两岁，却是有着天才之称的高跟鞋设计师。他十五岁完成国内高中课程去意大利留学，入读欧洲设计学院，二十岁时拿到硕士学位，随后在意大利传统手工制鞋工坊实习一年才回国。

去年关淮进入恩薇，发布"高岭之花"系列鞋履，一鸣惊人。阮小冕就是被"高岭之花"圈粉的。之后关淮又推出"水中央"和"白月光"系列鞋履，极致华美梦幻的风格，轻易撩动少女心。阮小冕就彻底变成了"迷妹"，画笔也追随偶像，画起各种高跟鞋设计图，幻想有朝一日来到恩薇，进入偶像的世界。

不过……以现在这种情况见偶像，就有点儿尴尬了。

偶像的挖苦让她感到无措，她强忍着吸了吸鼻子，阻止要掉落的泪水。

"小关先生。"谢越解释，"她是来面试的实习生，因为迟到丧失资格，我在跟她说明公司规定。"

"这届实习生，没一个能用的。"关淮想到之前面试过的实习生，啧啧摇头，似笑非笑地瞅了一眼阮小冕，"你觉得撒个娇卖个乖，规矩就会变吗？"

关淮浑身有种无形的强势，让她倍感压力，可她不愿意放弃，鼓起勇气正视他的质疑。

"迟到是我的错，但我希望公司体谅一下不可抗力的因素。我是真的喜欢恩薇，想进入恩薇学习，拜托你们给我一个面试的机会。"

关淮挑眉："小朋友，你太天真了！只会将眼泪当作武器的女人，怎么会懂恩薇的精髓？"

阮小冕羞得无地自容。眼泪确实是她的武器，但被自己视为偶像的人当众毫不留情地奚落，这一刻她没办法收放自如地阻止眼角的酸涩。

她咬唇，为自己辩白："我只是把恩薇当梦想，尽我所能，就该被侮辱吗？"

"你觉得这算侮辱？"关淮不以为然道，"说你两句就面红耳赤委屈得跟什么似的，脸皮薄成这样，顶多包个饺子，做鞋可不行。"

无法反驳，阮小冕越想忍耐，眼泪掉得越凶。

关淮忍不住皱眉，眼神示意谢越抽两张面纸给她擦泪。手机突然响起，接听后他的脸色大变，没兴趣再"调教"社会新人，匆匆离开。

关淮的话对还未离开学校的女生来说确实有些残酷，谢越于心不忍，安慰她："阮小姐，以后有机会我会通知你的。"

"谢谢。"

关淮说得没错，撒娇落泪只是她的武器，并非支撑她尊严的脊梁。而将关淮设计出来的梦幻高跟鞋跟他本人画上等号，是她天真，活该幻灭。

阮小冕用力抹干眼泪，悻悻地离开光耀。

关淮给她上的现实一课，她的脸，被打疼了。

梦想被羞辱，偶像下神坛。

　　双重打击下，阮小冕心里充满了挫败感，迫不及待地赶回美术学院，直奔画室找青梅竹马的肖翊求安慰。

　　只是，当她推开画室的门，看到的却是扎着小辫子的男生搂着马尾辫女生在亲吻。

　　阮小冕僵立原地，她喜欢的青梅竹马和知道她暗恋心思的闺蜜……怎么在一起了？

　　亲吻中的两人意识到她的存在，终于不自在地分开。

　　黎予臻红着脸，避开她的视线，娇羞地往肖翊背后躲。

　　那样娇态可人的黎予臻，她很陌生。

　　"小冕，面试还顺利吗？"肖翊牵着黎予臻的手走向她，没有避嫌。

　　"还好。"阮小冕嘴唇微颤，再也说不出面试失败求安慰的话，视线落在他们交握的手上，胸口传来一阵闷痛，还有遭背叛的愤怒，"肖翊，你们……"

　　"我和予臻在一起了。"肖翊拉起黎予臻的手示意，"小冕，你放心，我不会辜负你的好闺蜜。"

　　肖翊向来花心，他以前只交往艳丽型女生，内向清秀的黎予臻根本不是他的菜……他们怎么会走到一起？为什么她没发现任何异样？

　　阮小冕的心乱糟糟的，只是愤怒的情绪越来越清晰。肖翊不知道她这么多年的心思，但黎予臻清楚，黎予臻最了解她对肖翊的感情，居然还……

　　"是吗？"阮小冕忍住如鲠在喉的难受，"予臻……你怎么没跟我说你喜欢肖翊呢？"

　　"小冕，我一直以为自己和肖翊是不同世界的人，时常听你说肖翊的好，不敢对肖翊想太多，可是当他跟我告白的时候，我才意识到早就喜欢他了。"黎予臻笑得幸福。

　　阮小冕感觉自己下一秒就要原地爆炸，适时响起的手机铃声解救了她。

　　医院来电，告知她老先生醒了，但情况有些麻烦，需要她去医院。

"我有事，得走了。"她摆摆手机示意。

离开画室的那一瞬，有道清晰的线在心中划开，她不会再拿黎予臻当朋友了。

昏迷不醒的老先生已经从监护病房转到普通病房，主治医生说他由于出血性脑中风，尽管抢救及时，没有性命之忧，但他的认知和言语功能出现障碍，右身侧肌力减退，导致行动障碍等。并且，老先生还需要住院观察数日。

看着数目可观的医疗费，阮小冕犯愁了。

她应聘恩薇实习生，除了梦想外，还有个重要的因素是恩薇实习生待遇非常好，而她缺钱。

暑假她和父亲闹翻，由于不肯退让，也不愿撒娇求和，父亲断了她的经济来源，试图让她服软。她这两三个月就靠之前的存款和肖翊的赞助才勉强维持着之前的生活水准。

老先生这事，原本她可以请肖翊帮忙，但他和黎予臻在一起了，她不想再有求于他。

阮小冕只好向医院说明她和老先生非亲非故，无法承担老先生后续治疗的费用。

医院表示可以提供一些医疗补助，同时强调医院无法为老先生提供长期的康复治疗，建议她最好报警寻找老先生的家属。

只是老先生现在有认知障碍，无法表明自己的身份，即使报警寻人也不见得很快能联系到家属。如果短期内找不到家属，一旦住院观察结束，他可能被送到福利院安置。

阮小冕心情沉重，坐在病床边，看着老先生迷茫的眼睛，强烈意识到自己的无能。

失去面试资格，被偶像奚落，被竹马和闺蜜背叛……这么多狗血同一天

泼在身上，她无所适从。

难怪关淮会讽刺她是"小朋友"，真的太天真了。

"老先生，对不起。"阮小冕耷拉着脑袋，"我只能帮你到这里……"

一只颤抖的手无声地覆在她的手背上。阮小冕讶异抬头，看着老先生努力地想要握住她的样子。他是不想让她走，还是在安慰她？

她反手握住老先生的手。

她决定了，照顾老先生，直到找到他的家人。

住院观察一周后，老先生右身侧肌力恢复许多，虽不能长时间站立行走，但行动障碍减少。住院花费太高了，阮小冕就接他回父亲在美院附近给她买的公寓照顾。

不用支付大额房租，只需负担生活费和康复医疗费，她觉得有办法和老先生一起渡过这个难关。

还要"感谢"关淮的奚落，浇灭她对恩薇的狂热，她将曾经费尽心思收藏的满柜恩薇高跟鞋，全部二手转卖，筹到了生活费。

她也明白坐吃山空的道理，利用老先生下午休息时间去做兼职。

阮小冕兼职的地方在微光岛酒店的二楼商务咖啡厅。

咖啡厅内，以沙发为天然隔断分割出简洁利落的不同空间，各个位置开阔又互不干涉。

位于北面靠窗的位置，最为得天独厚，转头能观赏到微光岛酒店对面商业写字楼群和购物广场繁华的街景，稍稍抬头，咖啡厅内的全景一览无余。

而有个特殊的、一直放着"已预约"的牌子的位置，只要客人到来，就是由领班孙莹亲自招待。

那位被孙莹称作"费总"的专位客人，看起来二十八九岁，总是很注重形象，精心打理的短中发层次分明充满时尚感，似笑非笑的桃花眼，衬得他英俊的面容有种说不出的暧昧风流，浑身散发出成熟浓烈的男性魅力。

昨天在更衣室换衣服，阮小冕无意间听到其他服务生抱怨孙莹，她才知道费总是微光岛酒店的总经理费英治，难怪孙莹不让其他人招待，是担心"争宠"吧？

阮小冕送走客人收拾桌面，她所在的位置与费英治的老位置隔了两三桌，眼角余光看到费英治对面坐了一位客人，可惜沙发遮挡，只看到半个自然卷的后脑勺。

"服务员。"费英治突然出声向她招手。

阮小冕"受宠若惊"，忙看向孙莹作"请示"，孙莹蹙起眉头，迎身上前。

不料，费英治对孙莹摆摆手，又冲着阮小冕唤道："就是你，过来。"

孙莹的脸色明显不悦，还是允许她去招待了。

"您好，费总，请问您有什么需要？"阮小冕毕恭毕敬地上前问，感觉孙莹落到她背上的视线有些火辣。

"你是新来的吧？在这里工作还习惯吗？"

费英治的桃花眼微微弯起，笑容灿烂。他今天邀请的客人对她颇多侧目，引起了他的好奇。

"谢谢费总关心，一切都好。"阮小冕礼貌地道。

"那麻烦你给他续杯黑咖啡。"费英治微抬起手，指向对面的客人，"他需要清醒。"

阮小冕顺着他的目光望去，看清客人的脸时吓了一跳。

关淮！

哦，对了，光耀集团的大楼就在对面，遇见关淮也不算太意外。

只是狭路相逢，曾被他奚落的难堪倏地涌上心头，她下意识地瑟缩，又硬生生地压住想逃跑的冲动，快速转移视线。

"好的，请您稍等。"阮小冕扮演好服务生角色，接单离开去准备。

"等等。"关淮背靠着沙发，一脸睡眠不足的憔悴，黑眼圈严重的眼睛，意味不明地上下打量着她。

"请问这位客人，您还有什么需要吗？"

阮小冕不喜欢他审视的目光，移开视线，避免与他接触，免得又被数落得一无是处。

"哟，假装不认识我。"关淮挑眉。

"抱歉，我确实不认识你。"

凭她对恩薇的喜爱，凭她初见他时瞬间发亮的眼睛，凭她被他提点两句就觉得受辱的表情，她怎么可能不知道他是谁？

"软绵绵小朋友，哦，不，是阮小冕小姐，你在记仇吗？这么小心眼儿，要吃大亏的。"

阮小冕毫不意外他一开口的挖苦，心中幻灭的偶像形象更加支离破碎。

关淮讨厌人哭，最初见她撒娇装哭很不爽，就想让她见识见识这个世界的恶意。

不过，当他看了她应聘实习生的简历和设计草稿，他发现她确实是喜欢恩薇的，那种热烈而纯粹的喜欢在她的设计草稿中一览无余，她若以恩薇为梦想，那他对她说的话就太无情了。

"小淮，你们真认识吗？"费英治对关淮的表现直摇头，"这样搭讪淑女很失礼的。"

"淑女？爱哭鼻子、爱撒娇，还爱翻脸不认人的淑女？"关淮哼道。

阮小冕在简历上写着最崇拜的设计师可是"关淮"呢！可瞧她现在的态度，这可不是面对偶像的正常反应，没有尖叫没有两眼放光也没有喜笑颜开……粉丝这样对偶像才是失礼！

"请问，您还有什么需要吗？"阮小冕隐忍着，面带笑容，再次询问。

简直瞎眼了！

她以前怎么会把这种毒舌男人当偶像？

第一次在光耀遇见他，她就深刻感受了 把他对她的厌恶。

而如今因为看她不顺眼，就借机调侃……

他才是最小心眼儿的人吧？

"甘愿放弃画笔来端盘子。"关淮扬起嘲讽的笑，"你的梦想也不过如此。"

恩薇上次并未招到合适的实习生，关淮以为她那么喜欢恩薇，视恩薇为梦想，应该还会再次投简历，没想竟毫无消息。

今天看到她在这里当侍者，想起不久前她还委屈地对他说"我只是把恩薇当梦想，尽我所能，就该被侮辱吗"，他心底就烧起无名火。

近来家里的事就够让他焦头烂额了，烦躁下找费英治转换心情，遇见阮小冕心情更糟糕……这女人装正经比撒娇时更让人火大！

阮小冕忍无可忍地顶了他一句："梦想？不是你让我明白这世上最不现实的就是梦想吗？"

"果然是小朋友，说两句又开始翻旧账了。"关淮撇嘴。

"小淮，你这样很幼稚。"费英治实在看不下去了，跟阮小冕道歉，"抱歉，他是心情差借题发挥，你别放心上，上杯黑咖啡让他闭嘴吧。"

成熟男人和半熟男人的区别一下子就呈现出来了，在风度翩翩的费英治面前，关淮何止是幼稚，简直是幼稚极了。

"好的，费总。"阮小冕心想她要调制一杯超浓的黑咖啡苦死关淮，看他还怎么挖苦人。

上完咖啡，阮小冕当关淮是瘟疫，有多远躲多远。

咖啡厅的门被推开，阮小冕忙去招待，看清客人就怔了下。

原以为忙碌中淡化的被背叛感，瞬间排山倒海而来，没有发泄的愤怒再

次聚集。

"小冕？"黎予臻一见她，故作娇羞，"真巧啊，昨天我和肖翊就在这附近约会，他还在楼上睡，我先下来吃点儿东西。"

"哦……是挺巧。"她这是在炫耀吧？

"要不我现在叫肖翊下来，大家坐下聊聊？"黎予臻在关淮他们斜对面的位置坐下，慢悠悠地翻着菜单。

"不用了，我在上班，不方便。"阮小冕问，"你要点什么？"

"一杯焦糖玛奇朵、一份马卡龙，麻烦快点儿噢。"黎予臻故意抱怨，"昨晚应付肖翊太累，饿坏了。"

"稍等。"阮小冕实在受不了黎予臻摆优越感秀恩爱，好像在嘲笑她的失败。

她快速给黎予臻端上焦糖玛奇朵和马卡龙，不愿意在黎予臻面前多待一秒。

黎予臻却不愿意放过她，硬是跟领班孙莹"借"她来聊聊。

"我和你没话说。"阮小冕坐在她对面，眼看下班时间到了，也懒得对她摆笑脸。

"因为一个男人，你就要跟我绝交吗？"黎予臻笑着反问。

"他是肖翊。"阮小冕有点儿恼火。

"肖翊不是你男朋友。"黎予臻说，"我没当第三者，你们还是青梅竹马啊！"

"我真后悔对你掏心掏肺，更后悔让你认识肖翊。"阮小冕对她的虚伪叹为观止。

"阮小冕，你就是自我感觉太好。"黎予臻嗤笑，"我最讨厌你自我中心，以为人人都得围着你转，撒撒娇就事事如愿，你真的被宠坏了！你对我掏心掏肺？哼哼，笑死人，你只是把我当陪衬的绿叶罢了！"

黎予臻的话犹如无形的巴掌，狠狠地扇在她脸上。阮小冕心寒，她以为她们有着比亲姐妹还亲近的友情，看来是她自作多情了。

面对黎予臻赤裸裸的恶意，阮小冕忍耐许久的愤怒要爆炸了，到底是起身泼她一脸焦糖玛奇朵，还是赏她一头马卡龙呢？

阮小冕脑袋里的两个小人儿还在打架，突然一只手按住她气得颤抖的肩膀，她愕然转头，怎么又是他？

他来看热闹的吗？

阮小冕本想避开关淮，扭了扭肩膀企图挣脱他的手，但他不为所动，反而大手一松，揽过她的腰，拥她入怀。

她身体一僵，诡异地看他摆出护花使者的姿态。

关淮居高临下，对黎予臻直摇头："啧啧，这位小姐，要不要借你一面镜子？"

阮小冕愣住，他这是在……帮她？

"你什么意思？"黎予臻盯着关淮搂着阮小冕的手，在她的印象里，阮小冕没提过有一个关系这么近的异性朋友。

"瞧瞧你现在小人得志便猖狂的嘴脸，有够难看的。"

关淮的嘴巴果然毒。

黎予臻的表情刹那僵住，恼羞成怒："你是谁？关你什么事？"

"你觉得我是谁呢？"关淮稍稍用力，揽近阮小冕，姿态更加亲昵，"在我眼皮子底下，这样欺负我家软绵绵，怎么不关我的事？你说我该怎么回报你对软绵绵的'盛情款待'？猖狂小姐？"

谁是他家软绵绵？

好像她是他的宠物，阮小冕浑身恶寒。

不过，看到黎予臻恼得脸部肌肉抽动，阮小冕舒畅许多，坦然地接受了关淮的"路见不平拔舌相助"。

"哼，阮小冕，还以为你对肖翊多喜欢，原来骑驴找马啊。"黎予臻不屑地说。

"你说谁是马？"关淮皱眉，"你乐意当见色忘友的禽兽，可别以己度人，误伤我家软绵绵。"

即使隔着过道，黎予臻和阮小冕的对话关淮还是听得一清二楚，无非是抢了好友心上人趁机炫耀顺便踩两脚表示胜利，可惜她啩瑟的嘴脸不好看。

黎予臻的脸一阵红一阵白，正欲发怒，瞄到刚进咖啡厅的人，立刻满脸委屈，眼泪慢慢地涌了出来，沿着面颊滑落。

看到肖翊走过来，阮小冕这才明白黎予臻为何瞬间变脸。

"你们这是怎么了？"

"没什么，小冕不喜欢我和你在一起，我有些难过而已。"黎予臻装模作样地吸了吸鼻子。

肖翊心生不悦，目光扫过关淮搂着阮小冕的手，"小冕，你也有男朋友，该懂得恋人和朋友不同，不能因为我和予臻在一起就闹脾气。"

阮小冕忽然觉得悲哀，她对肖翊从小到大的依赖和信任，一下子就消失殆尽了。

他不再是那个自带青梅竹马光环的肖翊了，当他选择了黎予臻，他就变成了一个被女人玩弄于股掌之间而不自知的庸俗男人。

肖翊和黎予臻已经离开了，阮小冕还久久地站在原地望着他们背影消失的方向，等回过神来才意识到自己还在关淮的怀抱里。

"可以放开我了吗？"阮小冕平静地提醒他。

"你不说谢谢吗？"关淮松开手。她战斗力太渣，看得他冒火。

"谢谢。"阮小冕回他一记"多管闲事"的眼神。

下班了。

最近太倒霉，她要回去刻橡皮小人，扎扎扎。

"你看到她刚刚的眼神了吗？"关淮不满地对费英治说，"那是道谢吗？"

"刚才我还以为你会和别人一起欺负她。"费英治揶揄他。

"我是怒其不争，怕她水漫微光岛，你知道我最烦人哭。"关淮抓了抓后脑勺儿，重新坐到费英治的对面。

再开口时，他已经没有了顽劣的神色，语气也变得严肃起来："费哥，我姐私下请她老同学调查了半个月也没什么进展，再这样下去，我担心她撑不住，早晚崩溃。"

"我会注意她的。"费英治听到和关凛有关的事，眉头皱紧，"你也要多看着她。"

关淮答应着，懒懒地靠在了沙发上，心里却在想另一件事。

遇见阮小冕那天，他接到家里出事的电话，心情很糟糕，说话没轻没重伤了她。再见阮小冕，帮她出了气，替她撑了腰，也算扯平了。

老先生出院后定期复查，医生说他的恢复比预期好，随时可能想起自己是谁，这让阮小冕觉得她的辛苦没有白费。

在咖啡厅的兼职也得心应手，阮小冕想自己应该是转运了吧，只是……

为什么费英治总是钦点她来招待，还总爱跟她聊起关淮？

"阮阮，你和小淮常联系吗？"

"我们不熟。"我和你也不熟，叫得不要太亲昵！

"小淮最近心情不好，你有空约他出来玩吧？"

"费总，我们真的不熟。"

费英治似乎认定了她和关淮关系匪浅，可是她连关淮的联系方式都没有，唯一的交集也只有她曾经把他当偶像，嗯，是曾经。

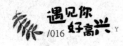

这天临近下班，费英治再次光临咖啡厅，这次他带来了一位艳光四射的波浪卷美女，浑身散发出强势的御姐气场，就是气色不大好，看起来很憔悴。

阮小冕先按照习惯给费英治上了杯蓝山咖啡，波浪卷美女点了黑咖啡。

端着黑咖啡回来时，阮小冕感觉到波浪卷美女和费英治之间气氛不大和谐。

"冷静？爷爷失踪一个月，毫无音信，你让我怎么冷静？"波浪卷美女微微激动。

"关凛，大家都在努力，爷爷不会有事的。你知不知道关淮很担心你，再这样下去爷爷还没找到，你就累倒了。"

"你找我来就是说这些废话吗？"关凛表情不耐，"我需要的不是安慰，而是他的消息！"

阮小冕尴尬地端着咖啡站在一旁，这个时候把咖啡端过去好像不大好。

关凛……

应该是和关淮有关的人吧？

就在这时，关凛霍然起身，拎包就走，转身时动作太快包包撞翻了盘子里的咖啡杯。"哐啷"一声，滚烫的咖啡泼了阮小冕一身。

"抱歉。"关凛冷冷地道歉，却看都没看阮小冕一眼，踢开地上的杯子碎片，快步离去。

费英治叹了口气，视线落在阮小冕身前，立刻脱下外套给她披上。

"她的性子一向这样，最近家里出了事，情绪波动比较大，真是不好意思，我代她向你道歉。"

费英治让阮小冕去楼上酒店客房部洗澡清理，还给她送来烫伤药，甚至要请她吃饭以作补偿。

她想到家里的老先生，拒绝了费英治的晚餐，却没能拒绝掉费英治送她回家的好意。

回家的路上费英治主动说起波浪卷美女的事："她叫关凛，关淮的姐姐，我打小就喜欢她，可惜追了十几年都没追到。阮阮，我是不是很没用？"

"费总怎么看都是很厉害的人。"这是阮小冕的实话。嘴巴不饶人的关淮，费英治一开口他就算再大的脾气也乖乖熄火了。"而且我也不了解你们之间的事，费总为什么问我呢？"

"因为阮阮软绵绵，看起来很好说话的样子。"费英治笑道。

"我才不是软绵绵。"她小声嘀咕。她不喜欢关淮取的外号，一联想到关淮她整个人都不好了。

费英治的手机响起，是关淮的来电，他直接免提接听。

阮小冕觉得关淮真是阴魂不散，她躲都躲不掉。

"费哥，你现在在哪儿呢？"

"我正在送阮阮回家的路上。"

对方一愣，很快傲娇地哼了一声："你决定放弃我姐，换口味找天真不懂事的小姑娘谈忘年恋了吗？"

费英治看了眼不自在的小姑娘，失笑："小淮，言归正传，你打电话过来有正事吧？"

"嗯，找到一些线索，但我不确定可靠性，所以暂时不能和关凛说，你来我这儿，我们一起分析。"

"行，我先送阮阮，之后就去找你。"

"等……等一下！你把手机给那个天真不懂事的小姑娘，我有话跟她说一下。"

费英治忍俊不禁，直接把手机给阮小冕。

阮小冕一脸不情愿地接过，关掉了免提，不想被费英治八卦。

"软绵绵？"关淮讨厌的声音在她耳边响起。

"我叫阮小冕。"她咬牙强调，"我和你不熟，有什么话好说的。"

"嗯，虽然我们不熟，但我毕竟来自有人情味和社会责任感的光耀，实在不忍看你误入歧途，必要时刻还得仗义执言的。"

人情味和社会责任感……这话有点儿耳熟。

"你是故意找碴儿的吗？"阮小冕有点儿恼火，"恕我不奉陪，拜——"

"你别急着挂电话，给我一分钟，听我说完。"关淮的语气一下子变得好正经，"软绵绵，关于费哥，我得让你了解真相。你别看他风流倜傥、英俊多金，就以为他是来者不拒的花花公子。其实他是个心有所属不懂移情别恋的老顽固，哦，对了，现在应该还是死守清白身的处男，这种墙脚最难撬，你懂我意思了吧？"

"……"阮小冕无语。

开车的费英治似乎也听到关淮某些刺激男性尊严的话，嘴角明显地抽动了两下。

"你希望我对费总不要有想法，以免自取其辱是吗？"阮小冕冷冷地说。

费英治干咳两声，有点儿尴尬。

"太好了，你听懂我的意思了。"关淮甚感欣慰，随即忧心忡忡地补充，"软绵绵，你头小脑容量有限，我就怕你想太多，会头疼的。"

"……"

这个人果然跟她有仇！

如果不是费英治的手机，阮小冕当场就摔了。

第二章　表达感谢的方式

阮小冕到家时，发现老先生坐在窗边吹风，满脸通红，发着烧。

她急忙送老先生去医院，不料老先生已烧到三十九度，打了退烧针，体温也一直降不下来。

医生说老先生是着凉引起的急性支气管炎，加上之前中风，身体免疫变差，才会高烧不退，只得将他转去监护病房。

阮小冕自责地请假在医院陪护。

第三天，老先生才退烧，转去普通病房观察。

老先生情况稳定下来，两三天没休息好的阮小冕才放心地回家补眠。

睡得迷迷糊糊的阮小冕，被门铃吵醒。来人穿着警服，说她涉嫌一起失踪案，让她协助调查。

肃静的讯问室内，白晃晃的讯问灯直射阮小冕，照得她一脸惨白。

阮小冕看过失踪人的照片，才知道她救的老先生叫关鹤松。

对着审问她的警察严律，她一五一十述说了救助关鹤松的事，疲惫地强调："关鹤松现在就在市医院，我没有限制他的人身自由，只是想等他恢复认知再联系他的家人，没有报警是我的错。"

她想报警对有认知障碍的老先生帮助不大，才想凭借一己之力照顾他。

"我们会核实。"严律正色，"你暂时还不能走，关鹤松家属要见你。"

阮小冕没有异议，虽然她的做法有瑕疵，但她问心无愧。

讯问室的门被敲响，严律出去看，不一会儿就回来："阮小姐，你现在就可以走了。"

"呃？"阮小冕愣住，"我不用见关鹤松家属吗？"

"关鹤松家属……就是报案人销案了。"

严律解释，带她离开讯问室，送她到公安局大门口。

阮小冕满头雾水，怀疑自己在做梦，从医院回来梦游到公安局了？

"严警官。"有个熟悉的声音响起，"这次多亏你们，真的非常感谢。"

"职责所在，无须客气。"严律摆摆手，"帮我向关凛问好，后续有任何问题随时联系我。"

"好的，严警官。"

阮小冕错愕地看着向严律道谢的关淮，他怎么在这里？

关淮一脸的从容，心情看起来不错。但她一见他，感觉就不好，只想离他远点儿。

谁知严律顺手就把她推到了关淮面前。

"阮小冕，这位是关鹤松的孙子关淮，就是他销的案。"严律很高兴当事人和解，"关淮，她叫阮小冕，你爷爷失踪期间照顾他的人。"

关淮是关鹤松的孙子？

阮小冕吃惊地看着关淮，这么巧？

"阮小姐，今天的事是误会，让你受累了。"关淮客气道。

"真的是误会吗？"

听到关淮正经地叫她"阮小姐"，她浑身不自在，鸡皮疙瘩都起来了。

"这样吧，我送你回家，路上跟你详细说明。"关淮指了指停在外面的白色奥迪。

"不用。"阮小冕想也不想地拒绝，"我想去市医院看关鹤松先生。"

"爷爷转院了，你想见他，就跟我走吧。"关淮见阮小冕犹豫不决，顿时阴阳怪气地道，"还是你觉得只有费哥才有资格当你的司机？阮小姐？软绵绵大小姐？"

"这和费总有什么关系？"

果然是她认识的那个关淮，难为他在严律面前跟她装客气，没说两句就原形毕露了。

"看来你的脑容量是真小，被蚂蚁咬一口就失忆了吗？前几天费哥送你回家，你得意忘形到挂我电话呢！"关淮的声音像是从鼻孔里哼出来。

"你哪只眼睛看到我得意忘形？"

她当然要挂电话，因为不能摔费英治的手机啊！

"我的耳朵听得到。"关淮傲娇道，"费哥这个司机当得好吧？让你念念不忘，就不乐意坐我的车了。"

"……"

阮小冕无语，他的耳朵也听到她念念不忘了？

她瞪着胡说八道的关淮，脑中有个念头在翻滚——好想揍他！

严律见她和关淮认识，对她的恼火视而不见，将她交代给关淮，就回去工作了。

她不愿意跟关淮走，可又想去看关鹤松，但关淮又不大可能告诉她关鹤松转去哪家医院，她就不能自己去……

"需要我打电话给费哥吗？"关淮掏出手机，用遗憾的口气说，"费哥应该和我姐在一起，大概抽不出时间来接驾。"

"……"阮小冕不想再将话题牵扯到费英治，"要见关鹤松先生，只能跟你走，对吧？"

"当然，他可是我爷爷。"关淮扬扬下巴。

要不要给你鼓掌夸你好棒棒啊。阮小冕心里吐槽，故作客气道："那就麻烦你了。"

关淮瞟向副驾驶座的阮小冕，她目视前方，岿然不动。

"我驾龄五年，零违章零事故，安全驾驶可以获得交通部认证呢。"关淮打趣道，"所以，软绵绵，不用一脸的'视死如归'。"

"请专心开车，谢谢。"阮小冕转头瞥了眼老司机，坐在他身边，丝毫不能放松。

气氛有些尴尬，关淮笑了笑，示好道："软绵绵，谢谢你救了我爷爷。"

爷爷关鹤松是光耀集团董事局主席，虽然处于半退休状态，不插手集团业务，但作为光耀创始人，他一直是光耀的灵魂，一举一动都影响着光耀。

所以，爷爷失踪他会那么着急，也因此他和关凛无法公开寻人，明面上宣布爷爷出国，私底下拜托可信之人，通过各种渠道打听。

前些天，关凛寄予厚望的高中同学——严律，在交通监控系统中发现爷爷失踪那天银杏路口的异样。细查之下，才知道那天有老人昏倒，围观人多，却都没拍到老人模样。

鉴于银杏路和光耀集团大楼的地缘关系，严律还是将这个线索告知他们。

顺着这条线索，根据视频记录的时间，排查那时段急救中心的出诊记录，确认银杏路的晕倒老人被送到了市医院。

关凛上午一得知消息，就跑去市医院。他随后赶过去，确定送医的人是爷爷。

找到诊治过爷爷的相关医生了解情况，他看到相关文件上的签名——阮小冕，有些匪夷所思。

关凛说严律已将假冒家属限制爷爷人身自由的阮小冕"缉拿归案"，要弄清她的企图。

他直觉是误会，在场的费英治也不可思议，表明阮小冕是他咖啡厅员工，人品有保证。

联系前后种种，以及医院方面的说辞，关凛接受阮小冕是爷爷救命恩人的事实，他就赶来销案，否则真要六月飞雪窦娥冤了。

"我差点儿以为'好心被雷亲'呢。"

听关淮说明缘由，阮小冕也理解家属担忧之余的疑惑，没有替关鹤松报警或登报寻人，她的做法确实有问题，难怪关凛会怀疑她"居心叵测"。

"你是我家恩人，好心会有好报的。"关淮见阮小冕放松下来，脑中有个想法闪过，"恩薇的实习生，怎么样？"

"恩薇的实习生？"阮小冕不觉得惊喜，反而怀疑，"跟你共事？"

她和关淮不对盘，而因为关鹤松，两人现在的关系很微妙，她并不想接受这种名为报恩的施舍，尤其施舍来自踩碎她梦想的关淮。

"与偶像共事不是美差吗？"关淮骄傲扬眉，允许她对他搞个人崇拜。

阮小冕瞬间觉得丢脸，好像黑历史赤裸裸地被摊开。她在简历中对关淮的仰望和推崇，被他看到了吧？

阮小冕不想承认将他当偶像，端出官方态度："关于你的提议，我会考虑的。"

关淮的车开进了梅利综合医院，下车绕过去给她开门："软绵绵，这种机会转瞬即逝，你要懂得把握，不需要费脑子思考，小心用脑过度会发烧的。"

"……"

阮小冕很想抬脚踹关淮，他寻着间隙就挖苦她，她不用考虑跟他共事了。

抱着回家扎小人的念头，阮小冕跟关淮来到贵宾病房。换了更好的医院和护理，关鹤松的精神看起来很不错，一见到她，就兴奋地挥手。

"关老先生，恭喜你和家人团聚了。"阮小冕看着关鹤松微笑，真心为他高兴。

"好……好……"关鹤松只能用简单字眼表达，拉着阮小冕的手，又一手拉住了关淮，"结……结……"

"爷爷，我不是姐姐，我是弟弟。"关淮纠正，"姐姐在给你准备晚饭。"

关鹤松着急地摇头，拉着关淮的手放到阮小冕手背，再次努力表达："结……结……结婚！"

"呃？"

阮小冕和关淮面面相觑。

怀疑听错，关淮小心确认："爷爷，你在说什么？谁要结婚？"

"你……你……"关鹤松抓紧他们的手，"你……你们……结婚！"

他想恩将仇报吗？

阮小冕吓得抽回手，惊恐地看向关淮，她可不想天天被毒舌。

"结婚，开什么玩笑？"关凛和提着保温饭盒的费英治出现，不以为然地打量阮小冕，"爷爷会看上你？你怎么给他洗脑的？太荒谬了。"

"我不会洗脑，也没有结婚的想法。"阮小冕尴尬死了，赶紧跟关鹤松告别，"关老先生，以后请多保重，我告辞了。"她还是先走为妙。

"等一下。"关淮一把拉住她，往怀里一带，抱个满怀，挑衅关凛，"爷爷的提议不错，结婚的人是我，我没意见就行，反正……你又不会结婚满足爷爷的心愿。"

"你！"关凛怒瞪关淮。

两姐弟互相较劲的目光之间，似有火花闪现。

关淮这是在演哪出？

阮小冕在他怀里僵住，这么莫名其妙的事情，她有意见！

可惜眼力较量中的关淮和关凛完全无视她，她只能向费英治求助。

"你们姐弟别见面就跟仇人似的。"费英治对这种场面习以为常，分开针锋相对的关家姐弟，"爷爷只是表达他的愿望，关键还得看阮阮。"

"阮阮？好亲切的称呼，她和你们关系可真好。"关凛冷眼扫了阮小冕一眼，"突然飞上枝头变凤凰，可喜可贺啊。"

她一点儿都不喜，好不好？阮小冕嘴角抽了抽，但没有反驳关凛，而是扭动胳膊，希望关淮放开她，她和他没熟悉到可以谈婚论嫁的程度。

"软绵绵，激动得说不出话了吧？"关淮这才松开手，他的处事原则之一，关凛越反对的事，他越要支持。

"……"

她是无言以对好不好？

阮小冕推开自以为是的关淮，躲到费英治身后，抱歉地看了眼病床上的关鹤松。

"所以，阮小姐的决定呢？"关凛若有所思地看着阮小冕和费英治，"或者你更想攀费家的枝头？"

闻言，费英治回头看了阮小冕一眼，挑了下眉："阮阮，我和小淮的枝头，你选哪个？"

"费总，你就饶了我吧。"阮小冕头疼，义正词严地声明立场，"我和你们不是同一世界的人，我对你们一点儿兴趣都没有。"她是凤凰跌下枝头变麻雀，但还没惨到需要被施舍婚姻。

"你是外星人吗？"关淮一脸她逻辑不行的表情，"就算你在北极我在南极，我们也是同一世界的人。"

这不是重点好不好？

一开口就被挑刺的阮小冕，面对关淮感觉沟通无能。

她干脆把费英治往前一推，他现在是她的老板，员工有难，他来主持公道，

天经地义。

关凛看着阮小冕和费英治，突然意兴珊阑。她一手接过费英治手中的保温饭盒，扶起关鹤松，准备照顾爷爷吃饭。

"既然阮阮不愿意，这事到此为止。"费英治明白阮小冕的意思，打着圆场，"天色不早，小淮，你和关凛照顾爷爷，我送阮阮回家。"

关淮和关凛看了看费英治，没再说什么。

阮小冕赶紧向关鹤松挥手告别，转身就跟费英治走，但手腕突然被关淮拉住。

"你……还有事吗？"阮小冕不明所以地看着关淮，手腕被他握着的地方，热热的，感觉怪怪的。

"费哥看起来斯文，但他其实会飙车。"关淮一本正经道，"他有个外号叫环城十三郎，只用十三分钟就跑完三十公里的环城路。"

费英治啼笑皆非地看着关淮，直摇头。

"所以费总的驾驶技术很好？"

不管费英治是环城十三郎还是拼命十三郎，这跟关淮抓着她手不放有什么关系？

"你脑子真不会转弯啊。"关淮一脸孺子不可教的表情，"飙车党开车，安全隐患大。"

"……"阮小冕无语，她坐过费英治的车，开得非常平稳。

"小淮。"费英治拍下关淮的肩膀，"你可以更拐弯抹角一点儿，但别再翻我的黑历史。"

关淮看着不开窍的阮小冕，只得松开她的手，有点儿尴尬地对费英治说："费哥，那我家恩人，有劳你了。"

又听到关淮称呼"我家恩人"，阮小冕浑身不自在，感觉和关淮的关系变得更加奇怪了。

"阮阮，走吧。"费英治对阮小冕说，却似笑非笑地看着关淮。

阮小冕赶紧跟费英治离开医院，这一天太折腾了，她想回家继续补眠。

担心关鹤松心血来潮又乱点鸳鸯谱，阮小冕不敢再去医院探望。不过，她在咖啡厅上班时，费英治也会告诉她关鹤松的恢复情况。

转院五天后，关鹤松出院。

得知关家大宅有专门的家庭医生和护理师照顾，阮小冕很放心。

又过了两天，关凛来咖啡厅找她，给她一张六位数的支票，来回报她为关鹤松垫付医药费。

阮小冕没有清高地拒绝这笔钱，接受就代表着她和关家互不相欠。

"你很识相也很聪明。"关凛评价她，顺便说一下，"关淮不是喜欢你才同意爷爷的提议，他就是习惯跟我唱反调，毕竟他还有施丹蔻。"

阮小冕没兴趣探听施丹蔻是谁，庆幸关淮只是一时冲动，他若当真，光是想象……不，她实在没办法想象和关淮结婚的画面，会天天被挖苦脑子都不够用吧？

美术学院，空旷的画室里，只有阮小冕。

纷扰之事抛在脑后，她终于有闲情逸致拿起画笔，画起毕业展的作品。

画笔铺展开的空谷，只见崖壁间夹缝求生的槭叶铁线莲，一大簇白色的花儿，沿着石壁倾泻垂曳，洁白飘逸，仿佛新娘头纱。

现在的她就像这崖花，没有了后盾，希望在悬崖峭壁寻求立足之地。

她画着画着，却画出高跟鞋的模样……

想起关淮说的进恩薇当实习生的提议，阮小冕叹了一口气。

拒绝关淮，以后大概没机会进恩薇吧？

离开医院，大半个月过去，她没再见到关淮，也没机会回复他。

再说，关凛给了酬谢，她也没理由接受关淮为"报恩"给的工作。

关于毕业实习，费英治说微光岛酒店有自营的画廊，她可以转到画廊工作，充当经纪人跟进画家的创作进度，安排季度画展和拍卖会，与她专业也对口。

"哟，盘子端那么久手指没僵化，可喜可贺。"

身后传来不速之客的声音，带着调侃的熟悉嗓音，惊掉了阮小冕手中的画笔。

她回头，对上关淮一手抚着下巴、好整以暇地打量着她作品的目光。

"你怎么在这里？"

"找你的，别受宠若惊。"关淮一脸熟人串门样儿，将手中的白色提袋往前一递，"伴手礼。"

这么客气？这么懂礼节？

阮小冕狐疑地盯着提袋，犹豫着要不要去接。

关淮眯起眼睛，有威胁之意。她才勉为其难地接过提袋，打开看，是一双高跟鞋。

裸粉色漆皮晚装鞋，款式简洁经典，鞋面缀饰水晶石，仿佛晨露中迎着朝阳绽放的粉色蔷薇，柔软优雅又难掩闪亮光芒。

阮小冕快速地搜索脑中关于恩薇高跟鞋的记忆，并没有这款鞋型，但这双鞋样子很熟悉。

阮小冕突然不可思议地望向关淮："这双鞋……不会是？"

她不敢想，关淮没有理由这么做。

"就是你想的那样。"关淮双手环抱，"我将你简历里那幅设计图'晨曦蔷薇'做出来了。"

阮小冕受宠若惊，小心地捧出高跟鞋，由衷地道："凭我的设计图就能制作出比我想象中还要美的鞋子，太厉害了。"

在专业素质方面，关淮确实有资本值得她崇拜，轻而易举就能将她的妄想变成现实。

"试试吧。"

关淮给她搬来一把椅子当换鞋凳。

面对美鞋，阮小冕一时忘记和关淮的"过节"。当她的脚往鞋子里塞的瞬间，鞋面和鞋底分崩离析，细细长长的酒杯跟从鞋底脱落，"咚"地掉在地上。

她傻眼。

这是纸糊的鞋子？

还是她试鞋的力道太重了？

"这……"阮小冕尴尬地提着鞋面，抬头看向失声大笑的关淮，"你耍我？"

"忘了告诉你，这是半成品。"关淮拎起横尸地面的鞋跟，想到刚刚鞋子解体瞬间阮小冕的表情，又"扑哧"笑出声。

"所以，你是专门来讽刺我的设计不值一提吗？"

阮小冕难堪地紧攥着鞋面，缀饰的水晶石硌得她掌心有些疼。

为什么她要被他这样戏弄？

"软绵绵，一双鞋子从脑中想象变成设计草稿，到成品展示在柜台售卖，你知道这之间要经历多少道工序吗？"关淮不答反问，捧起另一只没有解体的高跟鞋，直视她恼怒的眼睛，"你的设计图只完成其中一步而已。"

"我明白你的意思了，你所在的世界高端又大气，像我这样光凭喜欢就幻想成为设计师的人，简直不知天高地厚。"阮小冕恼羞成怒，将手中的鞋面砸向关淮的脸，拍掉他手中的高跟鞋，受够了他拐弯抹角挖苦她的行径，"关大设计师，关淮大师，你放心，我不会再梦想成为高跟鞋设计师，不会玷污你高大的世界，这样，你满意了吗？可以带着你的半成品滚了吗？"

在他面前，从一开始她就像个笑话。

她好歹帮过他爷爷,不看僧面看佛面,有这样面子里子都不给她留的吗?

就算她异想天开想要进入恩薇当设计师,这值得他大费周章弄个半成品就为嘲讽她吗?

她从来没见过这么无聊又小心眼的男人!

"软绵绵,多日不见,怎么患上被迫害妄想症了?哎,看来是我的疏忽,你别激动。"关淮瞥了眼地上解体的高跟鞋,再看看像被踩着尾巴张牙舞爪的阮小冕。

她的脑子真不会拐弯,他都跟她说过别想太多了,这不一想多脑子就发热抓狂了吧。

"你才有病!"阮小冕见关淮一副从容样,更加火大,"你不走,我走!"

"我话还没有说完。"关淮拉住她的手腕,"前几天,关凛找过你吧?"

"对,她找过我,给我一大笔钱当感谢,你觉得我贪婪吧?"不然干吗专程来嘲讽她。

"我觉得关凛表达感谢的方式很肤浅,这不是拿钱侮辱人吗?"关淮严肃道。

"被钱侮辱总比被你侮辱好。"她一点都不介意关淮用同样肤浅的方式侮辱她,而不是换着花样挖苦她。

"软绵绵,你有没有听过一句话,授人以鱼,不如授人以渔?"

"所以,关老师来给我授业解惑吗?"阮小冕再次发现与关淮无法沟通,他就这么为人师的?

"我很感谢你救了爷爷,爷爷和关凛有他们的感谢方式,我也有我的。"关家有家训,比如施恩不图报受惠必感恩,比如滴水之恩当涌泉相报,比如一人受惠全家报恩……这些关于施恩受恩报恩的家训,深入关家人的骨髓中。正是这样的处事原则,才让乱世出生的关鹤松一路从孤儿成为光耀商业帝国的掌舵人。

"你也有你的感谢方式？呵，就是拿半成品来羞辱我？"

阮小冕头疼地扶着额头，难道她像关淮所说脑容量太小，才一直搞不清楚他的用意吗？

"一双鞋子从设计图到成品要经历数十道工序，作为设计师必须比任何人都要了解每道工序和细节，这才是对自己作品的负责。"关淮停顿了一下，"你梦想成为高跟鞋设计师，那我来帮你实现这个梦想，这就是我表达感谢的方式。"

给她半成品，是想让她明白设计图和实物的差别，梦想和现实的距离，同时刺激她，激励她亲自来完成自己的成品。

阮小冕眨了眨眼睛，在消化关淮的话。

所以，这才是他的来意？

"可……可我收了关凛的钱。"

关家已经回报她了，她不能得寸进尺。

"关凛给的那点儿钱？"关淮不以为然，"阮小冕，你的眼界就这么小？你对恩薇的喜欢只有这程度？还是说，你的梦想无足轻重，让你没有利用一切来实现的觉悟？"

"我……"

面对诱惑，阮小冕默然。

感性和理智在较量，理智告诉她这是好机会，感性认为她跟关淮合不来。

"这是你进入恩薇的最后入场券，也是你通往梦想的唯一捷径。"关淮拍了拍阮小冕肩膀，"拜偶像为师，与偶像共事，这种天上掉馅饼的好事，你只需张嘴接住，还要我教你怎么吃吗？"

他拍她肩膀的手很用力，给她带来无形的压力。

哪有人这样强迫报恩的？

阮小冕的离职请求，费英治直接批准了。

只是按照程序，一个月后阮小冕才能正式离职。

"兼职待遇，正职要求，原来微光岛的招牌叫表面功夫。"

关淮表示不满，阮小冕没必要浪费时间端盘子。

"霍瑀如今是星漾的设计总监，我推荐小阮过去，相信他会倾囊相授的。"费英治轻飘飘的一句话打到关淮的七寸。

关淮的不满瞬间消失，改口称费英治对微光岛管理有方，让阮小冕趁机多学些"员工素养"。

星漾是国内时尚女鞋的一线品牌，与光耀旗下的歌萝品牌市场定位相同。两者市场占有率相当，彼此竞争激烈。

据悉，光耀在高端女鞋市场成功推出恩薇品牌后，星漾有意开发新系列鞋履与恩薇一较高下。去年六月更是大手笔从恩薇挖走设计师霍瑀，担任设计总监。

业内传言霍瑀离开恩薇，名为跳槽，实则是被关淮逼走的。

因为以关淮的资历和经验，是没资格成为恩薇的专属设计师。但关淮是光耀继承人之一，董事局主席的孙子，首席执行官的弟弟。

关淮进入恩薇，是顶替了霍瑀，并且通过"高岭之花"，一跃成为恩薇第二设计师。

"能以恩薇之名发布作品的只有三大专属设计师，他们是光耀金字塔顶端的设计师。"费英治提前给阮小冕打预防针，"专属设计师手下的助理设计师，无法发布署名作品。他们的作品只能以专属设计师的名义发布。小阮，想当恩薇的设计师，你要有不成功便成仁的心理准备，不是每个人都有关淮的天分。"

"谢谢费总提点。"听他这些话，阮小冕明白了他不让她立刻离职的用心。

十二月是微光岛酒店的旺季，圣诞新年期间业务更为忙碌，同时还要筹备新年画展，严重缺人手，阮小冕临时抽调到画廊，协助画展工作。

元旦之后，阮小冕才去光耀报到。人事经理谢越亲自带她完成一系列入职手续，同时跟她介绍光耀的相关情况。

光耀集团拥有众多子公司，经营着二十多个相关鞋类品牌，针对不同定位的市场。恩薇是光耀金字塔顶端的品牌，奢华路线的市场定位，直接由首席执行官关凛负责运营管理。

恩薇设计部位于光耀集团大楼二十七层，三大专属设计师除了关淮，还有首席设计师兼设计部总监周昉、第三设计师麦修伦，他们都拥有各自独立的工作室和样品室。

恩薇每季度会围绕不同主打设计师推出新品，每季新品不会超过十二款。每一款设计作品都要经过专属设计师、首席执行官、市场部总经理的三方审定会议，简称"三会"。

三大专属设计师既是一同征服首席执行官和市场部总经理的伙伴，又是互相竞争的对手，彼此间关系微妙。

"小关先生，我要不要去跟周总监和麦设计打招呼？"第一天上班，阮小冕恭恭敬敬地向关淮请教职场规矩。

谢越提醒过她一些，比如对关家人的称呼——董事局主席关鹤松要称"关先生"，恩薇设计师关淮则是"小关先生"，首席执行官即行政总裁关凛要称"关总"。

"软绵绵，你知道只是恩薇助理设计师的头衔有多少人垂涎吗？光是集团内部的设计师，就有一堆摩拳擦掌想晋升恩薇。你空降恩薇，多么遭人恨懂吗？"关淮不以为然地摆摆手，"你现在是我的人，拜我这个码头就行，等做出成绩，自然有人跟你套近乎。"

关于遭人恨这件事，阮小冕一进恩薇就体会到了。

比如她去总务处领办公用品，得知她是关淮工作室的人，当面吹捧示好。她忘记东西折返取时，就听到他们在编排她和关淮的暧昧关系，直说她潜规则上位。

"小关先生的意思是，我只要让你满意就可以了吗？"阮小冕向他确认。

"对。"关淮意味深长，"你只需对我负责。"

"小关先生是我师父，我会对小关先生负责的。"阮小冕郑重其事。

"孺子可教。"关淮满意地点头，顺手摸摸她的头，"脑子变聪明了点儿，为师很欣慰。"

阮小冕抬眼看了看关淮的手。

这算夸她吗？

不过，她怎么有种变成关淮宠物的错觉？

阮小冕以实习生的身份担当关淮的助理设计师，一眨眼就过去了半个月。

她如同干涸的海绵孜孜不倦地吸收各种知识，按照关淮的指示，跟进制鞋的每个工序流程：一切从她笔下的设计图开始，绘制出她脑中想象的鞋子模样；然后跟随版师学习开版分解鞋子的各个部位，确定鞋型和鞋楦，制作出鞋样；接着根据鞋样选择所需材料，熟悉鞋面、大底、中底、装饰等不同原料和辅料；最后根据选定的材料制作出样品鞋。

在关淮手把手的教导中，利用样品室完善的设备，通过手工和机器，革样、开料、折面、铲皮、车面、猛鞋、底落、成型、烘干、抛光等十多道工序，阮小冕复制出关淮曾制作成半成品的"晨曦蔷薇"，进一步完成所有步骤，再不用担心"晨曦蔷薇"在她手中解体。

　　捧着花了一周制作出来的"晨曦蔷薇"，阮小冕忍不住向关淮献宝，期待他的认可。

　　"小关先生，你看，我做出来了。"

　　"软绵绵，你觉得作为高跟鞋，最能体现它价值的点在哪里？"关淮答非所问，接过鞋打量。

　　这双鞋的材质与他打样的一样，但阮小冕选择了更为修长的鞋楦。鞋楦是鞋的成型模具，以脚型为设计基础，不同鞋楦决定着鞋的造型和式样，更决定着脚的舒适度。

　　"高跟鞋能够修饰身形，让人看起来更为挺拔，我想最有价值的地方是给人以自信吧。"这是阮小冕最看重的地方，"所谓好鞋，是能带人去好地方的。"

　　"这是唯心主义的观感，关键是如何带来这种观感？"关淮循循善诱，"好鞋，好在哪里？"

　　"颜好有质感。"阮小冕受不了关淮用看笨蛋的眼神看她，"女人爱鞋，本来就是唯心主义。若以唯物心态讲究价值，高跟鞋性价比就低了。"

　　"鞋子合不合适，只有脚知道。"关淮笑道，"在我看来，高跟鞋能提升女性的魅力度和自信度，但最能体现它价值的点在于脚感。高跟鞋要漂亮，但不能成为主人的负担，让主人感觉舒服的高跟鞋才是好鞋，才能让主人走得更远，来到更好的地方。"

　　阮小冕恍然大悟。

　　说到底，创造美丽的事物也要以人为本，不合脚的高跟鞋只会给人带来疲惫和危险，让人在追求美丽的时候付出不舒服的代价。

　　"恩薇的高跟鞋，是我穿过脚感最棒的，即使它很贵，仍觉得物超所值。"

　　阮小冕袒露她对恩薇的偏爱，恩薇的高跟鞋基本是晚装鞋，后跟全是细长的酒杯跟，平均高度超过十厘米。

乍一看，很难驾驭。

实际上，恩薇高跟鞋上脚的感觉很棒。重心稳定，着力平衡，最大限度修饰身形的同时，保持最佳脚感。

"那么，我们来进行样品出来后的重要程序。"关淮捧着鞋，推着阮小冕坐到试鞋凳，"这道程序一般由专职试鞋员进行，根据试鞋员提交的试鞋体验报告，设计师再对样品进行修改完善。你的鞋子脚感如何，由你亲脚体验最合适。"

"原来还有专职试鞋员。"

阮小冕喃喃着，却见关淮蹲下身，脱掉她的通勤高跟鞋，按摩起她的脚来。

她有些傻眼，缩了缩脚，说话都结巴起来："你……你……在做什么？"

不是试鞋吗？

怎么变成按摩了？

感受到脚上传来的力度和热度，她双颊都要烧起来。

"试鞋前需要放松脚部，以免影响脚感体验。"关淮瞥了眼脸红的阮小冕，揶揄道，"软绵绵，你以为我在做什么呢？"

"……"

好像是她想太多，她只觉得脸颊越来越烫，不能正视被关淮握在手中捏揉的脚。

关淮慢悠悠地动作。

她的脚小巧白皙，足够他一手掌握。

她的足弓线条很漂亮，指甲修得圆润，干干净净地没涂指甲油，捏揉时的触感犹如她人一样软绵绵，让他脑中随之蹦出许多高跟鞋的灵感。

他抬头看着阮小冕越来越红的脸，忍不住伸出手，想去碰那张鲜红欲滴的脸颊。

"亲爱的，我来了。"

突然响起的声音，让关淮停下动作。

阮小冕循声望去。

样品室的门口，站着一位身材高挑脸蛋清纯的大美女，有个名字自动在她脑中冒出——

施丹蔻。

第
三
章

不会做
多余的事

"Chloe！"关淮放下阮小冕的脚，起身迎向 Chloe，"你不是在备战米兰时装周吗？"

不是施丹蔻呀……

阮小冕感觉有些微妙，默默地试穿起鞋，眼角余光忍不住瞄过去。

"当然想你呗！"

Chloe 轻眨眼睛，俏丽明媚。

超过一米七的身高加上十厘米的高跟鞋，让她拥有和关淮差不多的海拔。她随手撩开垂到身前的长发，倾身，贴着关淮的面颊来个热情亲吻礼，吻完左面颊再吻右面颊。

"礼数到了就行。"关淮推开试图把亲吻礼变成法式深吻的 Chloe，瞄向"非礼勿视"的阮小冕，"来到我的地盘，就得入乡随俗，招呼打得含蓄点儿，免得含羞的小朋友不自在。"

俊男美女"耳鬓厮磨"的亲昵样，养眼又暧昧，即使只是见面礼，被晾在一旁的阮小冕，确实有被"闪"到。

"哪里的小朋友？她吗？"Chloe 顺着关淮的目光，看向试鞋凳上的阮小冕，"Enoch，你的口味退化太大了。"

"Chloe，你可以侮辱我的口味，但不能质疑我的品位。她可是我的嫡传弟子，恩薇助理设计师阮小冕。"关淮骄傲地说起徒弟，"软绵绵，这位是来自意大利的假洋鬼子 Chloe，中文名施丹蔻，混迹各大时装周秀场的不称职模特。"

"什么叫不称职模特？"施丹蔻不满地捶了关淮肩膀一记，"我只是不想受约束，没接太多工作而已。"

原来她真的是关凛说的施丹蔻，阮小冕心情有点儿复杂地起身，打招呼："你好，施小姐。"

"嗯。"施丹蔻敷衍地应了一声，亲昵地挽起关淮的胳膊，"Enoch，作为地主，你得给我接风洗尘，走，我们吃饭去吧！"

"我这边还有工作——"

"肯定是我比工作重要，走啦！"施丹蔻打断关淮，拽着他胳膊往样品室外走，强势又霸道。

关淮只来得及向阮小冕挥手示意，便消失在她的视线外。

像龙卷风过境，带走关淮。

阮小冕站在原地，感受着穿上"晨曦蔷薇"带来的不适感，从脚趾的末梢神经蔓延到她的心间……被故意无视，不是什么愉快的事。

施丹蔻虽是纯东方的清丽长相，天使脸蛋魔鬼身材，但作风洋派奔放，闪耀得让同为女人的阮小冕都无法忽视，无怪血气方刚的关淮，任她予取予求了。

"关淮不是喜欢你才同意爷爷的提议，他就是习惯跟我唱反调，毕竟他还有施丹蔻。"

阮小冕冷不防地想起关凛的话。

有施丹蔻当参照，难怪关淮说她是"小朋友"。

"晨曦蔷薇"终究是不成熟作品，穿在脚上磨脚感明显，提醒她的设计未够水准。

专业试鞋员是如何进行试鞋体验？

如何找出可改进的空间？

正当阮小冕烦恼时，手机收到了消息。

"在我工作室第三文件柜有试鞋体验报告书的范本，规定了各项体验参数，参考你的试鞋感受，逐项填写说明，明日给我一份报告书。"

他还记得"为师之道"，看来没有完全被施丹蔻迷昏头嘛。

阮小冕不由得扬起嘴角，回复："谢谢小关先生指教。"

"我们设计界有句名言，天才是 1% 的灵感加上 99% 的汗水，但 1% 的灵感比 99% 的汗水重要多了。所以，软绵绵，不用勉强自己，我不会盯着你，偷懒也没关系。"

他这是拿爱迪生的话来挖苦她吗？

于是，她偷懒不再回复。

等阮小冕填好说明，脱下"晨曦玫瑰"，已经过了下班时间。

电梯从高层下来，一开门，阮小冕就看到电梯里的关凛。一身干练西装长裤，大波浪卷披在身前，冷艳又不失风情，气势凛人。

想到关凛给的感谢支票，面对她，阮小冕有点儿心虚，不由得踌躇。

"进来。"关凛表情冷淡，将大波浪卷拢到身后。

阮小冕进电梯，站在关凛身边，压力山大。

关凛瞥了她一眼，问："在恩薇还习惯吗？"

让阮小冕进恩薇，关凛是拒绝的，无论学历背景还是专业水平，她都达不到恩薇的标准。

但关准不这么认为。

"羡慕与嫉妒同行，自信便如影随形，这就是 Envy，恩薇。"关淮念着恩薇的品牌内核语，向她挑衅，"我会将璞玉雕琢成令人羡慕嫉妒的美玉，想她所想，如她所愿，才是最棒的报恩。"

"那孩子不贪心，她想要什么，就给她吧。"

说话很慢的爷爷，巴不得给予能给的一切。虽然他对阮小冕不愿当他孙媳这事耿耿于怀，还埋怨她在医院拖他后腿。

在关淮的我行我素和爷爷的推波助澜下，她就睁只眼闭只眼了。现在看到阮小冕，她忍不住问了问。

"习惯，我会努力的，谢谢关总关心。"阮小冕摸不清关凛对她的态度，谨言慎行。

"干劲不错。"关凛斜睨她，"今天施丹蔻来公司签约歌萝代言，之后去找关淮，你见过她吗？"

"嗯，见到了，打过招呼，她就和小关先生去吃饭了。"阮小冕据实回答。

"施丹蔻是时尚界的宠儿，代言过很多国际品牌，这次为了关淮才跟光耀合作。关淮在意大利留学时认识她，两人感情一直很好。"关凛的语气很平静，像话家常。

"关总，我没有多余的心思。"阮小冕说道。关凛不会觉得她对关淮心存妄想吧？

"聪明人就要知道可为与不可为。"关凛满意地点头，"对了，爷爷恢复很好，与人沟通已无障碍，只是行动还有些不便，谢谢你当初的细心照顾。"

"不客气。"阮小冕由衷道，"关总，请代我转达对关先生的问候。"

"你若当面问候，爷爷会更开心。"

电梯到达一楼，关凛率先离开。

阮小冕跟在她身后，走出光耀集团大楼。

楼前广场并排停靠着宾利和劳斯莱斯，几乎同时，两辆车的驾驶座的门打开。

阮小冕认出了宾利车主——费英治，抬手跟费英治打招呼。

而从劳斯莱斯下来的是位穿黑西装身形壮硕的中年男人。

他们一起朝她和关凛走来。

"雷叔，你怎么来了？"关凛皱眉问黑西装男人，朝他身后看了看，"爷爷呢？"

"关先生在家。"雷叔说，"他让我来接阮小姐吃饭。"

阮小冕有点儿意外，看向不久前希望她分清界限的关凛，犹豫不决。

关凛没说什么。

"爷爷一直念着你，说你把他忘了，他很失落呢。"费英治拍拍阮小冕的肩膀，"阮阮，去看看他吧。"

听他这么说，阮小冕有点儿内疚。她现在进了恩薇，再刻意跟关鹤松保持距离，就显得矫情了。

关家大宅位于城南，是栋有近百年历史的三层洋房，红瓦粉墙尖屋顶。

"关总和小关先生一般周末才回大宅，平时住市中心的公寓，方便工作。"雷叔见阮小冕有点儿拘谨，边领着她走，边介绍，"大宅里除了关先生，还有些照顾他的人，比如我、厨师、保姆，最近还住进了护理师。你是关先生重要的客人，不用太见外。"

"那……关先生其他家人呢？"阮小冕有些疑惑。比如关淮关凛的父母，似乎没有在光耀集团任职。

"关先生只有孙女和孙子。"走到大门口，雷叔握着门把的手顿了顿，随后推开了门，朝里面道，"关先生，客人我给您带来了。"

发现自己的问题很敏感，阮小冕有些尴尬地跟着雷叔进门。

关鹤松一见她，不待他人帮忙，自己转着轮椅转向她，握住她的手，站起身。

"小冕，瞧你瘦了一大圈，最近很辛苦吧？"关鹤松精神抖擞，虽然说话语调缓慢，但条理清晰，确实恢复得不错。

"关先生，我现在恩薇工作，刚开始学习的东西多，是有一点点的辛苦。"

"小冕，别这么客气称呼关先生，你叫我爷爷吧！"

关鹤松拉着阮小冕往餐厅走去，雷叔提醒他坐轮椅，他一脸不乐意，给他送来拐杖也不领情，孩子气全冒出来，还让雷叔旁边凉快待着去，别妨碍他和阮小冕拉家常。

"爷爷，你走慢点儿，我扶你。"阮小冕赶紧扶好他。

他一听她改口，立刻眉开眼笑。

"对不起，爷爷，我一直没有来看你。"阮小冕有点儿愧疚。

"你现在来了啊。"关鹤松推阮小冕在餐桌旁坐好，"看看这些饭菜合胃口吗？"

葱扒海参、清蒸海胆、鲍鱼排骨汤、双味鱿鱼丝、蜜制鲜蚝、盐水菜心、火焰醉虾、干贝发菜……看着这些丰盛又充满地方特色的菜，阮小冕的心底有暖流涌起。

"都是我家乡的菜，爷爷费心了，谢谢。"

"你喜欢就好。"关鹤松说，"我要谢谢你陪我这个老头儿吃饭。"

饭后，关鹤松又热情地招待她喝茶。

"小淮和小凛都是我行我素的人，但在公司里，你有什么不懂的尽管问小淮，他若藏私不教你，你只管跟我说，我替你做主。"关鹤松说起关家姐弟，"还有，小凛会不会为难你？"

"爷爷，他们都很好。"阮小冕摇头，"我反而受之有愧，当初只是刚好帮了你，你们却给我这么多，让我无以回报。"

"无以回报的话，给我当孙媳妇吧！"关鹤松开心地建议。

"爷爷，你又开玩笑。"阮小冕失笑，就怕他"恩将仇报"。

关鹤松喝了口淡茶，目光肃然："小冕，我是认真的。"

在茶餐厅，阮小冕帮忙解围，他就觉得这个模样柔美的女孩儿特别合眼缘。得知她要去光耀面试，他琢磨着怎么让她顺利通过，由于没带手机，打算亲自去光耀，却不慎摔倒。

他庆幸遇到阮小冕。

在她自顾不暇的情况下，她还把他接回家照顾。

因此对于阮小冕，他越看越稀罕。自家有年纪相仿的孙子，"肥水"当然"不流外人田"。

"爷爷，我和小关先生……"阮小冕头疼，后悔当初告诉他将关淮当偶像，"小关先生现在是我师父，我对他……"

"咦？稀客！"

惊喜逗趣的熟悉声音，打断了他们的对话。

阮小冕循声抬头。

果然是关淮，还有施丹蔻。

施丹蔻视线扫过阮小冕，脸沉了沉，但很快亲热地迎向关鹤松。

"爷爷，我听 Enoch 说您在养病，真的好担心，现在好些了吧？"

"嗯，多亏小冕，我现在好得很。"关鹤松微笑着说，"小淮回来正好，待会儿送小冕回家。"

"爷爷，不用这么麻烦。"阮小冕很识趣，"我打车回去。"

"这可不是关家的待客之道。"关鹤松摇头，强调，"小淮，你替我送小冕。"

"爷爷，Enoch 是陪我回来看你的，他还要送我回酒店呢。"关淮还没发表意见，施丹蔻就先不乐意了，故意挽起关淮的胳膊，冲他眨下眼睛，"对吧，Enoch？"

"Chloe，你不是说酒店无趣吗？晚上就住大宅吧。"关淮松开施丹蔻的手。

"那你要一起住大宅。"施丹蔻强调，"不然就去你公寓。"

"主随客便。"关淮理所当然道，似笑非笑地走向一脸勉强的阮小冕，"软绵绵，所谓师父有其事，弟子服其劳。祖师爷现在给为师分配任务，作为弟子这么不配合，想被我逐出师门呢？还是要祖师爷亲自为你服务呢？"

"……"

爷爷什么时候升级成祖师爷了？

在辈分面前，阮小冕不得不"尊师重道"，她若敢"忤逆师命"，他说不定就要"清理门户"了。

她才摸进恩薇的门，可不想被扫地出门。

阮小冕第二次坐关淮的车，仍然觉得不自在。

想起离开关家大宅时，施丹蔻投来"关淮是我男人谁动谁死"的眼神，她就如坐针毡。

一路上，她故意注视车窗外。

"软绵绵，试鞋体验报告弄好了吗？"关淮瞥了眼快要挣脱安全带贴在车窗的阮小冕，她还真嫌弃他当司机啊？

"嗯。"阮小冕正襟危坐，公事公办道，"小关先生，报告书我放在你办公桌上了。"

"居然没偷懒。"关淮又瞥了她一眼，"不错，不错，堪为员工表率。"

完全听不到一丝表扬的意思，阮小冕咕哝："什么啊。"

"你不满意员工表率的头衔吗？那员工楷模？如何？"关淮挑下眉。

"我只做了分内之事，小关先生别给我戴高帽，会头疼的。"

别以为她听不出他话中的挖苦之意，他都说她头小脑容量有限，还这样捧杀她，阴险。

"戴紧箍圈才会头疼的。"关淮愉快地纠正，"可惜你不是猴子我也非唐僧，就别杞人忧天了。"

"……"阮小冕无语地看着关淮，他的话题太跳跃了，但是，"但你一开口就跟念咒似的，何止让我头疼呢。"她这次学聪明了，只嘟囔不出声。

"软绵绵，你在考验为师的唇语解读能力吗？"关淮又看见阮小冕动着唇犯嘀咕。

"小关先生，你还会唇语啊？"阮小冕佯装不明所以地眨了两下眼睛，"虽然不明白唇语是怎么回事，但感觉很厉害的样子，不愧是师父！"

"这声师父叫得好。"关淮满意地点头，决定暂且放过她，"对了，软绵绵，爷爷都跟你说了些什么？"

"随便聊聊。"阮小冕目光闪烁，又飘向窗外，可不想再提结婚的事，"就是爷爷关心我的工作，教我一些经验。"

"爷爷没说我坏话？"关淮转动方向盘拐了个大弯。

"绝对没有！"爷爷只说他我行我素，这是事实，不是坏话。

"没有？那你这是对待师父的态度？"关淮提出质疑。

他正和施丹蔻吃饭时，接到费英治告知爷爷邀请阮小冕共进晚餐的信息。他担心爷爷又点鸳鸯谱，才匆忙赶回。

"小关先生，你想太多了。"她总不能说发现你有女朋友，她得避嫌吧。

车缓缓驶进小区，在阮小冕指示的楼前停下。

关淮解开安全带，突然倾身靠向阮小冕，一手握住她的下巴，扳过她的脸，直视她的眼睛。

"我想太多了？软绵绵，口是心非时请注意眼神配合。"

呃，太……太靠近了！

她都能感受到他的鼻息迎面而来。

他盯着她的目光，充满了研究和揣测，如同潜伏的狼瞅见了落单的小绵羊。

阮小冕如临大敌，推开他的手，脑袋往后缩。

"小关先生，你真的想太多了。"阮小冕感受到关淮的危险气息，心脏跳得都乱了。

"软绵绵，可你表情在告诉我，我想得少了。"关淮看了眼被拍开的手，又倾身靠过来，一只手搭在她的座背上，凑近她。

他的脸越来越近，阮小冕脑海里不可避免地浮现出施丹蔻的脸，尽管她被安全带绑在座位上，无处可躲，但她却尽量往车门歪斜，试图离他越远越好。

"小关先生，我要下车了。"她有点儿慌张。

"那……"关淮故意顿了顿，才说，"我帮你解安全带。"说着，他的手落在安全带扣子上，解开。

"小关先生，谢谢你送我回来，再见，晚安。"不去想自己是不是又被关淮耍了，安全带一松开，阮小冕瞬间大喘了口气，开门弹射下车，预备落荒而逃。

万万没想到，她的动作还是太慢了。

关淮从另一个车门下来，挡住了她："软绵绵，有件事我觉得有必要告诉你。"

"小关先生，请指教。"阮小冕马上立正，严阵以待。

"关凛跟你说过施丹蔻吧？"施丹蔻今天第一次出现在她面前，但她的反应像早就知道施丹蔻的存在。

阮小冕有点儿讶异，是他太了解关凛了？

"关总是提过。"而且，再强调他和施丹蔻的亲密关系，害她和他单独相处时才会如此别扭。

"她还说我和施丹蔻关系匪浅吧？"关淮一脸了然。关凛他还不了解，只是她以为每个人都像她那样放不开吗？

"小关先生，你和关总不愧是亲姐弟，真是心有灵犀。"

关淮大概讨厌别人背后说他私事，所以送她回来这一路，话题绕来绕去，原来都是试探，试探爷爷和关凛对她说了他什么。

"你猜猜我和施丹蔻什么关系？"关淮好笑地看着阮小冕一副想逃的样子，她一定又想太多了。

"小关先生。"阮小冕忍不住翻了个白眼，"我知道你们金童玉女感情好，但这样对单身人士晒幸福，很不厚道的。"

"哈哈！"关淮大笑，似乎被她的话所取悦，"金童玉女……软绵绵，你用词真传统，可惜猜错了。"

"……"

阮小冕看着神清气爽的关淮回到车上，有点儿无语。

她不是又被他耍了吧？

"软绵绵，脑子不好就别想太多啊，明天见。"关淮倚靠着车窗，决定让她睡个好觉，"对了，施丹蔻是我表姐，只是表姐。"

阮小冕望着夜色中奔驰远去的车影，某根纠结的神经突然间松弛了。

关淮的姐姐还真多呢。

光耀集团，恩薇设计部。

阮小冕抱着文件夹走出关淮的工作室，文件夹中是关淮的新作——夏季"爱莲说"系列鞋履设计图稿。

他把设计图稿的开版工作交给了她。

开版也叫出格，就是将设计图稿实物化，制作样品。

上周关淮看了她提交的"晨曦蔷薇"的试鞋体验报告书，进行了指点。她改进的"晨曦蔷薇"样品鞋，通过关淮的"验收"。由此她算系统地掌握了整个制鞋流程，关淮便安排她跟着歌萝的开版师学习手工开版。

在经验丰富的开版师指导下，加之阮小冕本身坚实的美术基础，她很快就掌握了技巧和窍门。

"软绵绵，我以为如果外星人绑架你去做研究，都会惊叹你大脑的折旧率之低。"关淮看着她画好的开版图，感慨地摸摸她的头，"哦，原来在学业上，你有好好用过脑了。"

"小关先生，你这样说我很没礼貌的，我又不是胸大无脑的花瓶。"阮小冕当即表示抗议，夸她一句有那么难吗？

于是，关淮没礼貌地往她胸前瞥了两眼："软绵绵，你说得对，不然花瓶会哭的。"

跟关淮斗嘴就是挖坑埋自己，阮小冕愤愤不已。

不过，关淮毒舌归毒舌，但对她这个徒弟不藏私，现如今更是放心地将他的作品交给她开版，这算是对她工作能力的认可吧？

抱着设计图稿边走边出神的阮小冕，在走廊拐弯处跟人撞个正着，跌坐在地，上方随即响起不客气的嫌弃声。

"哪儿来的冒失鬼？撞到总监都不吭声吗？"

"这不是小关先生的助理设计师吗？"

被撞到的人是恩薇首席设计师周昉，说话的是他的助理设计师席菲和苏其澳。

阮小冕起身站稳，赶紧道歉："总监，对不起！"

周昉伸手弹了弹西装被她撞到的衣摆，没有回应。

阮小冕对周昉的了解仅限于报道，这是她第一次在恩薇见到他。三十多岁的模样，五官清俊表情冷漠，戴着银边眼镜，眼神犀利。他的目光一沉，她就紧张起来。

"那是什么？"总监问，周围的空气瞬间冷凝。

她拿起手中的文件夹："这是小关先生的设计图稿。"

周昉伸手，示意拿给他看。

"这……"

阮小冕为难，三大工作室虽然隶属同一设计部，却是相互独立相互竞争的存在。日常工作中，各工作室人员很少交集，最直接的交流就在"三会"上。

关淮的"爱莲说"系列鞋履，打算参加农历年前最后一次的"三会"，同时争取夏季主推新品的机会。他的新作品是要和周昉、麦修伦两位设计师一争高下的，她要给了，那不是泄露情报给对手了嘛。

"怎么，总监不能看？"席菲不以为然，"总监是恩薇设计部的负责人，有权过问其他设计师的进度。"

"阮助理，你不会是在担心小关先生的创意被剽窃吧？"苏其澳提醒阮小冕，"如果你有这种想法，是对总监的侮辱。"

席菲和苏其澳都把话说到这份上了，阮小冕只得摊开设计图稿让周昉过目："我来恩薇不久，对有些工作程序不大清楚，还请总监多指教。"

周昉倒也没生气，一言不发地拿起设计图稿查看，眉头不知不觉地皱了起来。

"差强人意。"周昉把设计图稿还给阮小冕，留下四字评价，便带着席菲和苏其澳离开了。

阮小冕心里不是滋味地捧着文件夹，有种关淮被羞辱的感觉，暗恼自己处事不周。

她想着要不要向关淮报备此事，没注意样品室对面房间走出来一个人。擦身而过时，那人撞到了阮小冕的胳膊。阮小冕手一抖，文件夹落地，设计图稿四处散落。

"对不起！对不起！"她一边道歉，一边蹲下身去收拾散落在地的设计图稿，无暇去看撞到什么人。

"爱……莲……说……"那人也蹲身捡设计图稿，还兴致勃勃地念出设计图稿上系列鞋履的名称。

阮小冕连忙抢过他手里的设计图稿收进文件夹，护在怀里。

一抬头，发现对方是恩薇第三设计师麦修伦。他的年纪和费英治相仿，但气质长相南辕北辙。扎着小辫子留着小胡子，耳朵戴着耳钉，像流浪艺术家，一副玩世不恭的样子。

"哟，小关先生的小助理吧？"麦修伦起身，懒洋洋地背靠走廊墙上，"放轻松，别像老母鸡护小鸡仔一样护着设计图稿，我是对小鸡仔没兴趣的雄鹰，不会抢你宝贝的。"

"麦设计，不好意思。"阮小冕暗暗松了口气。

"小关先生也开始偷懒了吧？"麦修伦瞟了眼样品室，"他以前都是亲力亲为，现在学我了，画完设计图稿，就把其他后续都交给助理设计师负责，哈哈，看来我有机会把他拽下来重回第二大设计师的宝座了。"

"小关先生不是偷懒，而是给我学习的机会。"阮小冕认真地反驳。

"是吗？"麦修伦笑得不怀好意，"小心教会徒弟饿死师父哦。"

"麦设计，你这是高估我呢？还是小觑小关先生呢？"阮小冕可不认为她的资质超过关淮，更未想过她有天会对关淮造成威胁。

"真有趣。"麦修伦笑容一收，凑近阮小冕，按着她的脑袋说，"当初我看简历就挑中了你，结果你失约了。我没想到，原来是小关先生从中作梗，把你收为己用。你说我要不要把你抢回来呢？"

不……不……不会吧？

她和麦修伦还有这样的渊源？

"麦……麦设计，别这样。"

阮小冕希望麦修伦快点儿把他"泰山压顶"的手挪开，实在受不住他这般"厚爱"。

麦修伦干脆揉起她的脑袋，但很快被伸过来的手抓离。

关淮不知什么时候出现，变成护仔的母鸡，把阮小冕推到身后。

"麦设计，把我家助理当宠物逗，被咬了我是不会给你打狂犬疫苗的。"关淮不爽地警告。

"下次我会注意的，哈哈！"麦修伦不以为意，冲着阮小冕眨眨眼睛，笑哈哈地走人。

"狂犬疫苗……小关先生，你当我是会咬人的狗吗？"阮小冕不知道该感谢关淮出面解围呢，还是埋怨他赶来落井下石呢？

"我是作为业界良心给予忠告，打狗还需看主人。"关淮将手中的文件往阮小冕怀里一塞，"你漏了两张图稿，拿好。"

果然是来落井下石的。

阮小冕接过文件，忍不住小声抗议："小关先生，虽然我是属狗的，但话也不能这样说，多伤自尊。"

"我还以为你属羊的，软绵绵地任人上下其手，惹急了也只会干瞪眼。"说着，关淮抬手揉揉她的发，打算把麦修伦留在上面的气息揉散掉。

别人碰她。

不爽。

"我星座是属羊的，白羊座。"阮小冕无辜地补充，她每次被关淮奚落，只能忍气吞声，连哭鼻子都不敢呢。

"……"

终于，轮到关淮无语，拍拍她的肩膀，挥挥手让她去样品室。之后他绷着脸回工作室，捶桌闷笑。

这个软绵绵还真是属羊的！

将设计图稿铺展在工作台上，阮小冕的双手在鞋楦、量弧器、曲线板、美纹纸、切割板、布卷尺、双针分规、美工刀等一堆开版用具中游走不停，定位计算各部位、美纹纸贴楦成型、分解各部位绘制平面图。

阮小冕开版的动作越来越熟练，很快就根据关淮设计图上的标记备注选择材料配置，最后制作成样品鞋。

捧着"爱莲说"第一双样品鞋，她忍不住自我陶醉起来。

原来经过努力，她也能将关淮的设计变成实物，有其师必有其徒啊！

样品室的门突然被打开，施丹蔻出现。她环视一圈，不待阮小冕开口招呼，不耐烦地问："Enoch 呢？"

"施小姐，小关先生大概在工作室吧？"阮小冕起身，拉起一块皮料盖住工作台上的设计图稿，她直觉认为设计图稿不宜让施丹蔻看到。

"他不在。"施丹蔻就是从工作室过来的，她代言歌萝的广告有部分在光耀集团取景拍摄，趁着拍摄空当她来找关淮，打他手机却没人接听。

"你打个电话给 Enoch，问他在哪里？我想见他呢。"

"稍等。"阮小冕客气道，可惜她拨打的电话被挂掉，便猜测，"我之前看过小关先生的日程安排，他现在可能跟关总商讨公事不便接电话。"

"那我在这里等他。"施丹蔻在工作台边的椅子坐下，"你给我倒杯咖啡。"

样品室内只有速溶咖啡，是她工作时提神之用。阮小冕给施丹蔻冲了一杯，结果她喝了一口就嫌弃地放一边。没一会儿，她的注意力就放到工作台上，还好奇地去掀皮料。

阮小冕眼疾手快地按住她的手。

"施小姐，不好意思，这下面的设计图稿，按规定不能对外公开。"

"我是外人吗？"施丹蔻不悦，"Enoch 在意大利时我们就开始交往了。"

"交往？"阮小冕愣住，"你和小关先生不是表姐弟吗？"

"理论上是表姐弟关系，不过他姨妈是我继母，完全不影响我们交往结婚。"施丹蔻的手指向皮料，"这是 Enoch 的设计图稿吧？ Enoch 跟你说过不准我看吗？"

原来他们是没有血缘关系的表姐弟，难怪关凛对他们在一起的态度那么笃定。

阮小冕突然觉得心口闷闷的："小关先生没那么说。"

见施丹蔻又去掀皮料，阮小冕担心弄坏底下的设计图稿，只得让步。

"所以是你自作主张不让我看了？回头我让 Enoch 跟你讲讲规矩。"施丹蔻翻起"爱莲说"设计图稿，眼睛发亮，"Enoch 的设计，真是越来越了解女人心，不枉我们在一起这么多年，看来得让他为我量身定制才行。"

碍于她的身份，阮小冕不好多说什么，但工作被打断，心情很不爽。

手机响起来，是关淮的回电。

阮小冕接起电话，就听到关淮欢快的声音："软绵绵，遇到难题想跟师父请教吗？"

"确实有难题。"阮小冕看了眼施丹蔻，"施小姐正在样品室等你，你什么时候回来？"

"她给你添麻烦了吧？"关淮不答反问。

"还好。"阮小冕看到施丹蔻示意她把手机给她，便道，"小关先生，你和她直接说。"

施丹蔻一接过手机就撒娇："Enoch，你怎么不回我电话？我可是趁着工作空隙来见你，你现在在哪里？"

"我刚和关凛谈完公事，不回你是因为我正在去探班的路上，你不在拍摄现场可好？"

"当然不好，原来你也想我呀，我马上回去，你等我！"

"嗯，把手机给阮小冕，我有工作要交代。"

施丹蔻眉开眼笑地把手机还回去。

"软绵绵，不想工作被打扰，你态度要强硬点。"关淮了解施丹蔻强人所难的霸道作风。

"小关先生，你这是让我得罪人吗？"施丹蔻和他关系那么好，未来说不定变成"师母"，她哪敢强硬拒绝呢？

"尽管得罪，有我在。"关淮霸气道，"所以，送客。"

阮小冕结束通话时，发现施丹蔻不知何时已经离开了。

施丹蔻是急着去见关淮吧？

阮小冕莫名觉得烦躁，用力甩甩头，摒弃杂念，继续工作。

经过一周在样品室的埋头苦干，阮小冕终于完成"爱莲说"系列鞋履的开版工作。只是还来不及向关淮报告她的成果请他验收，她就被关凛请去她的办公室。

"阮小冕，你最好有正当理由可以说服我。"关凛目光冷厉，直接将一本杂志摔到阮小冕怀里。

关凛的态度让阮小冕胆战心惊，拿起杂志一看，顿时花容失色，难以置信。

这本高端定位的《顶端周刊》，封面用硕大加粗的橘色字体标明特别企划：恩薇夏季新品设计图独家曝光——天才设计师关淮"爱莲说"全方位赏析！

双手不受控制地颤抖起来，无法抑制的寒意在血液中流窜开，阮小冕哆哆嗦嗦地翻开杂志看完正文，只觉天昏地暗，心脏都要停止跳动了。

不久前她才完成开版工作的"爱莲说"系列鞋履设计图稿，通过翻拍的照片，在杂志中一览无余。为了丰富特别企划的内容，甚至展示了根据设计图打造出的相关样品鞋。劣质的材料与配件、粗糙的手艺与做工，山寨的鞋型与质感，完全颠覆了恩薇的精致与华丽，与市面上各种跟风模仿的鞋子无异，凸显不出关淮设计的精髓，反而显得不伦不类。

在特别企划中，撰稿人直言恩薇设计与品质已经不可同日而语，严重背离高端奢侈品路线的定位。同时指出关淮的设计才能已在最初的"高岭之花"中燃烧殆尽，然后含沙射影地攻击关淮以光耀集团继承人的身份入主恩薇，才导致恩薇江河日下，毫不讳言地说财富无法成为天赋的给养，只会摧残腐败虚伪的才能。

"关总，不是我泄露设计图稿的。"阮小冕完全傻眼，《顶端周刊》到底从哪里拿到"爱莲说"的设计图稿？

"爱莲说"设计图稿定稿之后，只经过关淮和她的手。为了开版工作，这些设计图稿一直在样品室，就算不是她泄露的，保管失当也是她的责任。

"《顶端周刊》今早一出刊，网络电子媒体就全面跟进，铺天盖地报道这事，不但破坏恩薇的形象，甚至影响光耀的股价。"关凛极力克制内心汹涌澎湃的怒火，"阮小冕，关淮的设计图稿是在你手中出问题的，你觉得轻飘飘一句不是你泄露的就能收拾现在的残局吗？"

"对不起，这都是我的责任，我会负责的。"阮小冕的脸色有些发白。

"你怎么负责呢？辞职赔偿还是负荆请罪？你觉得有用吗？阮小冕，事关恩薇——"

"嘭！"

粗暴闯进办公室的关淮打断了关凛。

"关淮，你在干什么？"关凛恼火。

关淮脸色阴沉，直接上前将阮小冕拉到身后，直面关凛的怒火："这事在我调查清楚前，请不要妄下定论。"

"你的设计生涯可能因此葬送，你还要护着她？"

报恩的方式有成千上万，关凛一开始就反对关淮把外行人的阮小冕招进恩薇，没想到这么快就出了这么一个大纰漏。

"她是我的人，自然要对她负责！关凛，我的设计生涯还没有脆弱到被这种无聊杂志摧毁，你太小瞧我了。"

关淮表明态度后，直接拉着阮小冕离开。

阮小冕回头看关凛。

关凛双眼含怒，将杂志撕个粉碎，像是撕了她留在恩薇的可能。

第四章　除非你半途而废

　　阮小冕跟着关淮回工作室，神情恍惚，不知所措。

　　"来，吃点儿巧克力，压压惊吧！"关淮取出施丹蔻带回来的意大利Venchl巧克力，直接剥了一颗塞进阮小冕的嘴里。

　　牛奶夹心巧克力的爽口脆甜和丝滑细腻在舌尖蔓延开，神经稍稍松弛。

　　"对不起，小关先生。"

　　关淮的从容反而令阮小冕愧疚，她失职了，辜负了他的信任。

　　"事出突然，确实让人措手不及。"关淮在她身边坐下，引导她的情绪，"不过你别急着揽错，先冷静下来，然后回答我的问题。"

　　"你尽管问。"阮小冕转头看他，"我不会隐瞒任何事情。"

　　"除了你我之外，还有谁看过'爱莲说'？"

　　关淮又剥了一颗巧克力往她嘴里塞，巧克力缓解情绪的效果很显著。

　　"爱莲说"设计图稿泄露，阮小冕是有不可推卸的责任，但他想她并非主观故意，只怕是初入职场不懂防备。

　　阮小冕咬着巧克力，深呼吸再深呼吸，感觉脑子清醒很多，回想她接手"爱莲说"之后的事。

周昉和麦修伦看过"爱莲说",不过周昉"差强人意"的评价,她最终没有向关淮报告这件事。麦修伦帮她捡过设计图稿,只看过部分"爱莲说"。前两天麦修伦为了躲催稿的助理设计师,想进样品室"避难",也被她拒绝了。

她一直和设计图稿单独待在样品室,除了关淮时不时会来查看进度,顺便指导她外,就是那天施丹蔻来样品室找关淮,她也看过"爱莲说",只是接了关淮电话,很快就走了。

每次离开样品室,她都会将设计图稿锁好,钥匙随身携带,设计图稿现在也好好地在样品室,究竟是怎么泄露的?

阮小冕将所知的和设计图稿相关的事,巨细无遗地告知关淮。

关淮没有立刻发表看法,陷入沉思。

阮小冕在一旁看得紧张,唯恐他不相信她。

"软绵绵,原来麦修伦还会来工作室骚扰你啊。"过了会儿,关淮才开口。

对"爱莲说"曝光一事,他脑中有了想法,但觉得不可能,他需要时间来证明。

"按照小关先生吩咐,会影响工作的人,我都拒绝了。"阮小冕忙道,"所以,麦修伦没进过我们的样品室。"

再者,就算麦修伦大放厥词要拽下关淮登上第二设计师的宝座,也应该不会采取这种下三烂的手段……不,如果说"爱莲说"设计图稿曝光能打击关淮,麦修伦也能从中获利。关淮一旦倒下,他就能上位吧?

细细一想,阮小冕有种说不出的恐惧,职场真是不见血的战场吗?

"麦修伦这人,看似懒散无纪律,实则擅长扮猪吃老虎。"没有野心和企图的人是无法在恩薇立足的,关淮说道,"下次他若再插科打诨,就算你属狗,也别被他牵着鼻子走。"

狗是套着项圈拴绳牵走的,牛才是牵着鼻子走的。不过,这种时候,阮小冕没心情纠正关淮的常识错误,向他保证"我会注意的,不让他有机可乘。"

她误会了，他不是要她在工作中戒备麦修伦。不过关淮也没多作解释，免得她对麦修伦想太多。

"嗯。"关淮点头，拍拍她的肩膀，"'爱莲说'的事我会处理，最近你不用来公司，就当提前放年假吧。"

"我还能回来吗？"阮小冕小声问。她被停职了，这年不好过了。

"我相信你。"关淮摸了摸她点头，"别想太多。"

这次，关淮没有挖苦她"想太多会头疼"，她反而觉得空落落的。

"爱莲说"被曝光一事，当天就在光耀集团传得沸沸扬扬。阮小冕成了众矢之的，她觉得自己像过街老鼠一样离开了公司。

阮小冕在公寓内"闭门思过"，不敢去问关淮进展，害怕拖他后腿，绞尽脑汁想做点儿什么来补偿，却毫无头绪。

她打电话向费英治探听，费英治趁机要求她陪自己参加漪澜温泉度假酒店的开业酒会，因为关凛不愿当他的女伴。

"度假酒店的开业酒会？费总何必去捧场？"听说漪澜和微光岛只隔两条街，在这种风口浪尖，阮小冕不想行事高调，找理由推托。

"必要的应酬免不了。"费英治不甚在意，"再说，商场上哪有永远的对手，我和漪澜的乔总有私交，所以漪澜也有微光岛的投资。"

阮小冕问他为何不找其他人当女伴，他说长辈很乐意介绍相亲对象陪他应酬，但他不想让关凛误会。没办法，阮小冕只能乖乖当他的女伴。

穿梭在衣香鬓影中，阮小冕心不在焉地跟着费英治应酬。

终于闲下来，她忍不住问："小关先生现在怎么样？"

"小淮没问题的。"费英治笑道，"别看小淮年轻气盛，其实处事比关凛冷静多了。"

"爱莲说"曝光一事，费英治当天看到新闻就知道阮小冕会受牵连，关凛的暴脾气肯定会爆发。他电话关凛表示关心，顺便替阮小冕说两句好话。关凛直接说阮小冕难辞其咎，就算关淮护航，也不能在恩薇待下去了。

关淮知道阮小冕可能找他商量，还提前跟他打招呼，让他帮忙开解，免得她钻牛角尖。

"小关先生，真的没问题吗？"阮小冕想起关凛的强势，关凛本来就反对她进恩薇。

"嗯，没有人比我更了解关家姐弟。"

费英治十三岁时认识关家姐弟，如今快十七年了。那时关凛十九岁、关淮七岁，两姐弟关系微妙，关淮爱哭黏姐姐，关凛嫌弃弟弟，他处在中间，经常去安抚关淮。他是看着关淮长大的，太了解他们姐弟了。所以，他和关凛纠缠十几年，不管关凛对他若即若离，还是关淮笑他死心眼儿，他都放不开关凛，甘愿为他们姐弟的事操心。

费英治并不想对阮小冕诉说关凛带给他的苦恼，也不想纠结关淮的进展，便拉着她去跟酒会主人——漪澜的总经理乔弘朗打招呼。

阮小冕的注意力却被乔弘朗的女伴吸引，目光在她身上流连。

"这位是'澜'珠宝定制的设计总监欧阳漪小姐。"费英治做介绍，"欧阳小姐，我的女伴阮小冕，恩薇的助理设计师，请多多关照。"

欧阳漪笼烟含雾似的水眸扫过阮小冕，慵懒道："真巧，阮小姐，我今天穿的就是恩薇。"

"欧阳小姐，很高兴认识你。"阮小冕的目光垂向她的脚，向乔弘朗请示，"乔先生，我可以和欧阳小姐借一步说话吗？"

乔弘朗比了个请的手势，以眼神询问欧阳漪。

欧阳漪有点儿不明所以，但是也厌烦了应酬，就和阮小冕到角落的沙发休息。

"欧阳小姐，不介意的话，请把鞋给我做些处理，就不会再磨脚了。"

阮小冕从鸡尾酒调酒师那边弄了杯伏特加，倒在纸巾上做准备。

"哦，被你发现了。"欧阳漪恍然，暗暗松口气，也幸好角落灯光暖昧，她才能放下端着的架子。

"小关先生……就是我在恩薇的师父，他是恩薇专属设计师，教过我如何观察脚感。"

阮小冕将浸湿伏特加的纸巾包裹在鞋子磨脚的后跟处，按摩揉捏此处，直至鞋质柔软，需要三五分钟。

"关淮？"欧阳漪打量着细心处理鞋子的阮小冕，长相温柔，气质平易近人，"最近有他的新闻，我看过他曝光的作品，可惜了。"

"嗯。"阮小冕有点儿难受地点头，"发生这样的事，我作为助理有很大责任，我可能不适合当设计师的。"

"我倒觉得你很适合当设计师。"欧阳漪说，"不管是你的高跟鞋设计，还是我的珠宝设计，设计间是有共通性，你擅长观察、细心敏锐，这些都是设计师所需要的素质。"

"谢谢你，欧阳小姐。"阮小冕受到鼓励，心情不由得变好，将处理好的鞋子交给她，"你现在试试看。"

欧阳漪重新穿上鞋子，感受到原本不适的新鞋变得柔软服帖，她一下子对阮小冕亲近起来："小冕，你有化腐朽为神奇的力量，现在非常舒适。"

"小关先生说鞋子最大的价值应该体现在脚感上，好脚感能让主人倍感愉悦。"

如何让新鞋服帖的办法也是关淮教她的，可惜她的失职却要他来善后。想到这儿，阮小冕情绪又低落下来，这时手包中的手机响起。

是关鹤松的来电，她感觉到了压力。

因为"爱莲说"设计图稿在她手中泄露，而这一失误，导致光耀股票小幅下跌，市值蒸发了数亿。

农历年将至，施丹蔻拍完广告后回意大利住了几天，便推掉不少工作回了中国。这一次，她直接搬进关家大宅，美其名曰替工作忙碌的关淮和关凛陪伴爷爷，并宣布她要和他们一起过年。

书房里，施丹蔻正缠着关鹤松教她书法，应时写春联。

她不耐烦练习基本笔画，随心所欲在红纸上挥笔。结果，扭捏的字体不见美感，更无风骨。

"爷爷，这毛笔软趴趴的，不听话。"

她十岁移民意大利，英语和意大利语是她的常用语，中文使用率变低但听说没问题，可惜书写水平停留在小学时代。面对这结果，她开始后悔为求表现跟关鹤松学书法，自讨苦吃。

"书法如道法，讲究自然和谐平心静气。"关鹤松坐在一旁看施丹蔻写字，缓缓道，"这一横一竖一撇一捺一点一折一钩一提的基本功，并非一蹴而就，需要朝夕不断地练习，打牢基础，方能挥毫笔墨胸有成竹。"

关鹤松一讲道理，施丹蔻就头疼，下笔越来越敷衍，赶紧转移话题："爷爷，Enoch 新作被杂志曝光，光耀股票跟着下跌，这好像蛮严重的吧？听说是内部人员泄露设计图稿，Enoch 助理是到底怎么保管的？"

关鹤松皱起眉："你在说小冕？"

"她是个外行，拿着 Enoch 的设计图稿却没保管好，结果连累 Enoch，被业内看笑话。"施丹蔻放下毛笔，愤愤不平，"爷爷，你看 Enoch 的心血这样被毁，阮小冕是不是该负责？"

"没那么严重。"关鹤松摇头，"小冕保管失当也是无心之失，哪能苛责她？"

施丹蔻撇了撇嘴，重新握起毛笔比画着。

关鹤松明显在偏袒阮小冕。

这时书房响起敲门声，阮小冕跟在雷叔身后走进来，她来看望关鹤松。

"爷爷，最近身体怎么样？"

昨天在酒会上接到关鹤松电话，他若无其事地嘘寒问暖，绝口不提"爱莲说"的事，让她更内疚。

"好，好得很。"关鹤松一见阮小冕就眉开眼笑，亲切地拉着她寒暄。

关鹤松对阮小冕的热情，让施丹蔻心里不是滋味。

"阮小姐来得正好，我和爷爷刚刚还聊到你。"施丹蔻放下毛笔，接过雷叔送来的茶盘，示意雷叔去休息，她来招待客人。

阮小冕有点儿意外施丹蔻在关家，她以为施丹蔻拍完广告回意大利了。

"我今年要在这里过年。"施丹蔻看她的疑惑，主动说，"Enoch 本来说好陪我的，结果为了'爱莲说'的事，他忙得不见人影，我闲得只能和爷爷学书法。"

提到"爱莲说"，阮小冕立刻不自在，正要道歉："抱——"

"小冕，你美术专业的吧？学过书法吗？"关鹤松直接打断她，不让她接施丹蔻的话。

"我选修过国画，也学了些书法。"阮小冕回答。

"好，那一起来写春联。"关鹤松不由分说地拉着阮小冕来到书桌旁。

被忽略的施丹蔻心生恼火，寻了个借口到书房外，打电话向关淮抱怨："Enoch，爷爷偏心，阮小冕一来，就把我当透明人。"

"爷爷和她是患难之交，感情自然好。我和关凛去争宠，可能也得靠边站呢。"关淮反应平静。

毫无异议地确认阮小冕在关鹤松心中的地位，这让施丹蔻更不爽了："感情好也不能是非不分吧？明明'爱莲说'责任在她，爷爷却这般袒护，真奇怪。"

"关家家训，滴水之恩涌泉相报，何况是救命恩人。"

"那她不能仗着有恩，就做事不负责。"施丹蔻最近住在关家，已经知道了关淮是为了报恩让阮小冕进恩薇的。

"Chloe，明天九点你来我工作室。"关淮转移了话题，"我想给你看样东西。"

"你想我啦？"施丹蔻的心情瞬间变好，"没问题，我准时到。"

"我等你。"

施丹蔻喜滋滋地收起手机，看向书房内挥毫泼墨的一老一少，没那么心意难平了。

"软绵绵，现在马上立刻来公司。"

最近因"爱莲说"失眠的阮小冕，到早晨才迷迷糊糊地有了睡意，结果接到关淮电话，听着对方用严肃得令她胆战心惊的声音发号施令，她睡意顿时全消。

"爱莲说"的调查有结果了吧？

阮小冕匆匆梳洗，换装出门，下楼就看到门口熟悉的白色奥迪。

关淮打开车门，慢悠悠地走向她。

金色晨光倾泻而下，洒在他身上，在松软的卷发间跳跃，在俊俏的面容上发亮。

他突然这样出现，带着鲜亮的光芒，闪到她睡眠不足的眼睛，心脏瞬间跳快了。

"小……小关先生，你怎么在这儿？"

阮小冕有些惊讶，几天没见关淮，再见到他，像几十天没见似的，面对他，莫名地不知所措起来。

"距离我打电话给你才过去十五分钟。"关淮看了表，饶有兴味地打量穿正装、化淡妆的阮小冕，黑眼圈扣分了，"你动作这么快，是有特殊的出门技巧？还是对师父望穿秋水了？"

熟悉的口吻、不变的调侃，还是那个会见缝插针调侃她的关淮，阮小冕忽然安心下来，正经回道："你在电话中用了'现在立刻马上'强调事态紧急，我当然不敢怠慢。如果我领会有错，请师父指正。"

"这个领会，满分。"关淮笑起来，拉开副驾驶座的门，"上车吧，我们去公司。"

"小关先生特地来接我？"阮小冕有些受宠若惊。

"我今天心情好。"关淮眉开眼笑，"上班前，你陪我去吃早餐。"

看来"爱莲说"的事情很顺利，那么，她能重新回恩薇工作吗？

怀着忐忑的心情，阮小冕被关淮带到公司附近的茶餐厅。

"小关先生。"阮小冕环视四周，"去年十月，我去光耀面试前，第一次遇见爷爷就在这里。"

"爷爷说过，你替他买单解围。"关淮找来服务员点好餐，"正好，以后你的单，我来买。"

"我的单？"阮小冕猜，"你要提供长期饭票吗？"为了报答她的一饭之恩？

"嗯哼。"关淮挑了挑眉。

"不敢当，你请我一顿饭就够了。"阮小冕再次觉得他今天对她友好得反常，于是小心翼翼地确认，"还是说，你要更换表达感谢的方式，用长期饭票替代我在恩薇的工作？"

"'杞人忧天'和'庸人自扰'，你选哪个？"关淮好商量地问。她这是在怀疑他处理"爱莲说"的能力吗？

"呃，我选第三个，自以为是。"阮小冕讪讪道。

"我最后说一次。"关淮凝视目光闪烁的阮小冕，正色道，"阮小冕，我会帮你实现梦想，除非你半途而废。"

郑重其事的关淮，有着不容置喙的气势，彰显着他的认真和笃定。

“小关先生，我明白了。”阮小冕正襟危坐。

“脑容量不足就省着点儿用，赶紧吃早餐补补吧。”关淮伸手摸摸她的脑袋，停职的这些天，让她心慌慌了吧？

听着熟悉的毒舌，阮小冕反而放松下来，看着服务员端上来的广式早茶和一笼笼精致的早点：水晶虾饺、芋头丝糕、蟹子烧卖、芝麻豆蓉卷、肠粉……

她咽了咽口水，感觉真饿了：“看起来很好吃的样子。”

“请吧。”

今天的关淮太好相处，让阮小冕第一次觉得有师父当靠山真不错，胃口大开，饭后跟着关淮去公司。

时隔多日，阮小冕再次回到恩薇。

在诸多侧目中，她亦步亦趋，紧跟关淮，一进关淮的工作室，就看见关凛和施丹蔻已在那儿候着了。

目光跟关凛对上，阮小冕有点儿气弱，但想到关淮在茶餐厅重申的立场，她便不卑不亢地打招呼：“关总，施小姐，早上好。”

“Enoch，你应该只约了我看东西吧？”施丹蔻无视阮小冕，上前挽住关淮的胳膊。

关凛有点儿意外阮小冕和关淮一起来工作室，开门见山道：“关淮，你要给我什么交代？”

一早接到关淮电话，让她九点来他工作室，美其名曰要给“爱莲说”事件做个交代。

“各位女士，请坐好。”关淮从施丹蔻手中抽回胳膊，指着会客区的沙发示意她们入座。

气氛随即严肃起来，阮小冕向关凛比了个“请先入座”的手势，之后在她身边坐下。

施丹蔻不情愿地放开关淮，在另一边坐下，嘟囔着："这是要开会吗？无聊，我又不是公司员工。"

关凛睨了施丹蔻一眼，后者立刻端正坐姿，抿了抿嘴没再嘀咕，目不转睛地看着办公桌后整理材料的关淮。

阮小冕瞅了瞅关凛和施丹蔻，觉得她们三人凑一块儿有点儿诡异。

"为什么让你们来，理由很简单。"关淮捧着一沓材料过来，分成三份发给她们，"来看看我最近的成果，说说你们的意见。"

接过材料，阮小冕好奇地翻开，这是份图文并茂的文件，中文、英文、意大利文混合使用，表述不同内容。在文字中穿插的图片有网页缩略图、邮件来往截图、IP 地址数据图，还有"爱莲说"系列鞋履设计图稿翻拍图。她的英文水平中等，意大利文只认得些日常用语，仔细辨认后，才确定这份材料是"爱莲说"事件的调查报告。

换句话说，关淮找到"爱莲说"被泄露的证据，可以证明她的清白了？

阮小冕有点儿激动地望向关淮，他对她微微颔首，然后目光投向沉着脸的关凛。

关凛翻阅材料，一直没有表态，她极力克制情绪，但也挡不住额间青筋跳起，渐渐满脸愠色，转而怒视施丹蔻。

"哗啦"一声，施丹蔻一惊，手中的材料散落在地。她脸色刷白，慌忙去收拾材料，好一会儿才回座，额头冒出冷汗，不敢正视关淮。

阮小冕恍然大悟，为什么材料中 IP 地址会有意大利的数据，为什么来往的邮箱地址会有意大利语的后缀，为什么关凛会恼怒……她想起那天来样品室找关淮的施丹蔻，非要看设计图稿以炫耀她和关淮的亲密关系，难道在她转身接电话的时候，施丹蔻趁机用手机翻拍了设计图稿？

可是，施丹蔻并没有泄露"爱莲说"的动机，这对她没任何好处，她那么在意关淮，没理由伤害关淮……除非她是竞争对手公司的人，这更不可能。

阮小冕想不通施丹蔻这么做的理由。

施丹蔻是光耀旗下歌萝的品牌代言人，又和关家关系匪浅，如果她真的……难怪关凛动怒，不过关淮这是把难题推给关凛？

"关总，如你所见，这是'爱莲说'事件的全部真相，你说谁该对此事负责呢？"关淮真诚地请教关凛。

"施丹蔻，你有什么话说？"关凛直接问施丹蔻，扬了扬手中的材料，"难为你特地回意大利发匿名邮件了。"

"我……"施丹蔻脸上青白交错，恼羞成怒地将材料摔在茶几上，转而质问关淮，"Enoch，你居然入侵我的电脑，偷窥我的隐私，这和小偷有什么区别？"

"我只是做了与你类似的事，我都没有动怒，你又何必生气。"关淮认识施丹蔻八九年，太了解她的性子和行事风格。

"爱莲说"事件发生后，关淮排除阮小冕的泄露可能后，梳理相关信息，他就怀疑施丹蔻了，又觉得她今非昔比，不会做这种损人不利己的事。于是，他求助于表哥——娱乐圈赫赫有名的金牌经纪人耿放歌。

耿放歌与时尚圈娱乐圈的记者关系良好，一查之下，他发现《顶端周刊》所曝光的"爱莲说"内容，来源于网络匿名邮件。而匿名邮箱地址的后缀是意大利文，发送的服务器来自意大利。

耿放歌给关淮的信息，证实了关淮的猜测。

关淮联系在意大利的姨妈，也就是施丹蔻的继母窦盈秀，打开施丹蔻的电脑，通过远程操作，轻而易举地就从中找到了相关证据。

施丹蔻拍完广告回意大利后，便注册临时邮箱，向《顶端周刊》公开的投稿邮箱发送了匿名邮件，附件是"爱莲说"设计图稿的翻拍照片。

关淮对此很失望，但并没有太意外。

施丹蔻还是他认识的施丹蔻，就算她在名利圈历练过，心性并未改变，某种意义上说，她还是为所欲为的自私，从不顾及别人的感受。如同四年前，她说她很在乎他很爱他，却仍然做出伤害他的事。

"所以，你不怪我？"施丹蔻一脸惊喜，抱住关淮，"我就知道，你还是爱我的。"

她泄露"爱莲说"并不是想伤害关淮，只是讨厌在他身边转的阮小冕。从第一次见到阮小冕开始，她就有了危机感，本能地提醒她，要让阮小冕远离关淮才行。尤其发现关鹤松那么偏爱阮小冕，有意撮合阮小冕和关淮，她的危机感更强烈了。

或许，她对阮小冕太戒备，所以看到阮小冕被关淮信任并负责他的作品，她脑中就有个疯狂的念头在叫嚣：只要阮小冕负责的设计图稿出错，阮小冕就不可能再留在恩薇，留在关淮身边。

直到《顶端周刊》上市，"爱莲说"的曝光带来种种连锁反应和影响，她才意识到事情的严重性。但她相信关淮能应付，只是关鹤松对阮小冕的袒护，让她感到挫败，觉得自己做了无用功，反而让阮小冕在关鹤松面前讨了便宜。

"我可以原谅你这一次。"关淮推开施丹蔻，让她站直，"但你必须向阮小冕道歉。"

"不要！"施丹蔻不假思索地拒绝，"没看好设计图稿是她的错，她工作懈怠让人有机可乘，她的责任最大，凭什么我要跟她道歉？！"

背了黑锅的阮小冕，心底恼火，碍于关淮，她只说："小关先生不介意，我也没关系。"这事她确实有责任，但关淮都表示原谅，她就没立场争是非曲直了。

"啪！"不料，忍耐许久的关凛火了，直接甩了施丹蔻一巴掌。

"施丹蔻，我不是关淮，不会任你胡作非为。"关凛声色俱厉，"为你犯的错，这巴掌你该受着。"

施丹蔻不敢置信地捂着被打的脸颊，瞪着训她的关凛，气势被关凛压倒。为了找回点儿自尊，她气急败坏道："关凛，我们的合作到此为止！你别想我再给歌萝代言了！"她愤怒地冲出工作室，并掏出手机打电话冲着经纪人喊订票，她要回意大利。

"这事到此为止，后续我会处理。"关淮淡淡地瞥了眼阮小冕，就离开了。

虽然不喜欢施丹蔻的作为，阮小冕仍提醒关淮："施小姐看起来不大好，你不去追吗？"

"她该学会为自己的行为负责。"关淮淡淡道，"软绵绵，你不原谅她也没关系，总之，欢迎你回恩薇。"

四年前，施丹蔻对他说："Enoch，不要来追我，不要绊住我，不要成为我的障碍。"

从那之后，他就不再追着她跑，也不会围着她转。她给予他的美好有多随心所欲，那么她给予他的伤害就有多肆无忌惮。

"我回来了。"阮小冕很感激他为她洗刷嫌疑，"谢谢你，小关先生。"

然而察觉到关淮的眼中有隐约的感伤，她的胸口忽然堵堵的。

她不知道关淮和施丹蔻的过往，却直觉他很爱施丹蔻。即使施丹蔻毁了他的设计，他仍选择原谅，没有责怪。

难怪施丹蔻会有恃无恐。

她有点儿羡慕施丹蔻，被偏爱的，才有恃无恐。

农历年前最后一次"三会"，因"爱莲说"泄露失去夏季主推新品的审定机会。

尽管明白"爱莲说"被曝光意味着这系列设计作废，但面对关淮在"三会"中失去资格的结果，阮小冕无法心平气和地接受。

前两天关凛以光耀集团负责人的身份，正式对外回应"爱莲说"事件。

关凛指出"爱莲说"是关淮昔日设计习作，被"高岭之花"淘汰的废稿，并非恩薇设计成稿，同时谴责媒体罔顾职业道德的做法，对《顶端周刊》保留诉讼权利。

最后，关凛对外透露，关淮的最新作品会在"高岭之花"上市周年纪念的秋季推出，感谢外界对关淮的关注。

阮小冕看到新闻中关凛对"爱莲说"事件的说明，替关淮十分不平。

"什么叫作被'高岭之花'淘汰的废稿呢？言下之意是，'爱莲说'不如'高岭之花'吗？"

作为姐姐的关凛，完全没有维护关淮，甚至成了损害关淮权益的人。

"逝者如斯夫，往者不可谏，来者犹可追。"关淮对此看得开，一点儿都不意外关凛的做法。她的表态终究是为了顾全大局，就算爆出是施丹蔻所为让她负责也于事无补，反而会影响歌萝的形象。

再者，《顶端周刊》打造的"爱莲说"系列鞋履样品，拙劣得让他不愿承认那是他的设计，与阮小冕做出的样品鞋差了整整一条银河系距离的质感。

阮小冕拧眉，无法释怀："这是没有任何转圜余地吗？"关淮的心血和她为此付出的努力就此付诸东流，她难以接受。

"你再纠结，眉心都要长出皱纹，这可不能算工伤。"关淮的手戳着她的眉头，不以为意道，"关凛放话在秋季推出我的新品，那我们就往前看，把握机会通过下次'三会'。"

关淮揉开阮小冕眉间的褶皱，才满意地收手。

阮小冕怔怔地抬头看他。眉心残留着指腹的余温，似乎穿透皮肤直入心脏，带来一阵悸动。

关淮的动作太坦荡，她却有被撩拨的错觉，回过神来，她不自在地别开视线，说："我不甘心，我们为'爱莲说'付出那么多，却无法让'爱莲说'

面世，真的不甘心。"

"那就不甘心吧。"关淮摸摸她的脑袋，"软绵绵，好东西是需要时间酝酿和等待的，所有的付出都不会白费。"

阮小冕心不甘情不愿地接受，目送关淮离开工作室去参加"三会"。

"三会"的结果抄送到相关人士的邮箱，周昉的单品设计和麦修伦的"醉红颜"系列鞋履设计通过"三会"。麦修伦成为夏季主推设计师，系列鞋履新品将在年后投入量产，初夏上市。

阮小冕看完邮件，心情复杂地走出工作室。

关淮和麦修伦正走出电梯，回到恩薇设计部。

"这不是阮阮小助理吗？你来恭喜我成为夏季主推设计师吗？"麦修伦对着阮小冕吹口哨，别有深意地瞥了眼关淮，"还是你打算弃暗投明加入我的阵营？我随时欢迎哦，宝贝。"

听着麦修伦对她的称呼，她浑身起鸡皮疙瘩，看他张手迎接的模样，她连忙闪躲到关淮身后。

"麦设。"阮小冕强调，"我是小关先生的助理，请你不要这样。"

关淮瞅了她一眼，那眼神好像怪她招惹麦修伦似的。

"这次没有小关先生的作品竞争，我有些胜之不武呢。"麦修伦笑眯眯地看着关淮，"承让了。"

"不客气。"关淮似笑非笑，"多亏麦设担当主推，我们配角就可以放假过年，让主角加班加点完善设计稿，表现恩薇的精益求精。"

麦修伦一想到整个春节假期要加班，立刻没了逗弄阮小冕的心思，只想溜之大吉，找人喝两杯。可惜他的脚还没有迈开，就被他的助理逮住，拖回工作室。

"麦设，年后见。"阮小冕向被拖走的麦修伦挥手告别。

　　"三会"结束后，除了相关人员留守，集团统一下午开始放为期十天的春节假期。

　　"软绵绵，接下来没工作，提前下班，我送你回去。"整理完相关工作后，关淮穿上大衣，拿着车钥匙，示意阮小冕一起走。

　　阮小冕不想麻烦关淮，但在关淮强势的目光下，非常识相地感谢师父捎带一程。

　　"你老家在鹭城吧，什么时候回去过年？"

　　关淮看过阮小冕简历中的家庭地址，距离 X 市有三个小时的车程，高铁一个小时。

　　"嗯……"阮小冕看了眼开车的关淮，自从暑假她和父亲闹翻，她就没再联系家里。她心里憋着一股气，不想对父亲妥协。

　　现在提起回家的话题，阮小冕难免有点儿不自在："车票有些紧张，我还没买到票呢。"

　　"你要几号的票？我让颜溪给你订。"颜溪是关凛的特别助理。

　　"这种小事不用麻烦颜助理。"阮小冕忙摆手，可不敢劳烦关凛的人，"我可以搞定的。"

　　"你确定回家时间，跟我说下。"关淮也不勉强，笑道，"爷爷已经在盼着你春节来拜年了。"

　　"好。"阮小冕想起，昨天关鹤松还打来电话邀请她来关家大宅过年。

　　"软绵绵，打开你前方的手套箱。"关淮抬眼示意，"里面有你的东西。"

　　"我的东西？"阮小冕不明所以，关淮的车她坐过几次，难道有什么东西落下了？

　　打开手套箱，里面只有个厚实的红包。

　　"我的？"阮小冕拿起红包，一脸的不确定。

　　"这是师父给徒弟的压岁钱。"关淮说，"避邪驱鬼，保佑你早日学成出师。"

压岁钱?

小朋友才有的压岁钱?

回想起,他们刚认识时,关淮挖苦她是天真的小朋友。

阮小冕掂了掂红包的分量,他用红包挖苦她,她欢迎之至。

"徒弟谢谢师父。"她不客气地收下了,"徒弟在这儿给师父拜个早年,新的一年,祝师父灵感如泉涌——"

手机铃声打断了她的话,来电显示着"肖翊"的名字,阮小冕一时出神,并不想接他的电话。

关淮也看见了"肖翊"的名字,很快就想起这人是谁——阮小冕喜欢的青梅竹马,后来被她的好姐妹挖墙脚了。

手机无人接听就自动挂断了。

阮小冕暗暗地松了口气,她对肖翊和黎予臻的事有隔阂,心里跟他们划了界线,不再依赖肖翊,不知道现在还能跟他说什么。

不一会儿,手机又响了起来。

阮小冕尴尬地瞥了眼关淮,然后恼火地盯着手机。肖翊这样很烦人。

"接吧。"关淮忽然笑道,"说不定他想给你拜个早年。"

本来嫌烦的事情,被关淮这么一说,阮小冕自己都觉得好笑。

"小冕,你怎么才接电话?"电话一接通,就听到肖翊气急的声音,"你爸出车祸正在医院抢救,你赶紧回来吧!"

"怎么会?"阮小冕大惊失色,"你在骗我吧?"

关淮见她脸色刷白,靠边停下车。

"我骗你做什么?编这种谎话让你和叔叔和好吗?我没那么无聊,不信你电话向叔叔确认,反正我通知你了,回不回随你。"肖翊生气地挂了电话。

阮小冕颤抖着手拨通父亲阮宗延的电话,接的人却是朱韵。

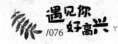

"我爸呢？他现在哪里？是不是出车祸了？"

"离家出走的大小姐，终于想起关心爸爸了。"朱韵不冷不热地嘲讽，"他在医院，请放心，我会照顾他，你不用回来。"说完就挂了。

阮小冕只觉得脑袋嗡嗡响，心慌意乱。

"软绵绵。"关淮有点儿担心，"你还好吧？"

"我爸出车祸了。"阮小冕方寸大乱，声音发颤，"他在医院，我想去看他，我现在就买票，哦，对了，手机可以订票……"

她抓着手机，想打开订票APP，太慌乱了，手机从她手中滑落。

关淮眼疾手快地接住手机，放进她手中，然后握紧她的手，安抚她："别慌，我送你过去。"

第五章 原来是眼神不好

三个小时后，阮小冕赶到鹭城医院，被告知阮宗延在病房休息。

朱韵已经回家，保姆秀嫂留下陪护。秀嫂见到阮小冕又惊又喜，想去通知病房内的阮宗延，但被阮小冕阻止了。

看着病房紧闭的门，阮小冕的神经有些紧绷，想起她和阮宗延之间的问题，心有愁绪。

"软绵绵。"关淮看见她的手越攥越紧，"你很紧张吗？"

来鹭城的路上，或许因为担忧害怕，她想转移注意力，就说起家里的事。

"半年前，我跟他闹翻，就不想回家，不想见他，这样很任性吧？"

关淮明白"他"是谁，有点儿意外也有点儿欣喜她愿意跟他说自己的事。

"听起来是有点儿任性。"他说，"但你真是任性的人吗？"

他认识她近半年，知道她不是任性胡闹的人，能让她不愿意跟父亲撒娇解决的事，不会是普通的事。

阮小冕的坦诚证实了他的想法，她和阮宗延的问题在于对方的欺瞒。

人生前二十年，阮小冕觉得阮宗延最爱的人是她。母亲早逝，为了不让她受委屈，他没有再婚，父兼母职，给她满满的爱。

直到她来 X 市读大学，阮宗延瞒着她跟朱韵结婚，并给她生了弟弟。

朱韵是她母亲小十岁的表妹，在阮宗延的建筑事务所担当财务经理十几年。半年前，朱韵带着满月的儿子从国外回来，阮小冕才知道阮宗延有了新的家庭，周围人都在恭喜他的建筑事务所后继有人。

她忽然明白阮宗延在 X 市买公寓是安排她以后的去处，不想让她介入到他的新家庭。

后来，她从秀嫂口中得知阮宗延和朱韵其实好了十几年，怕她闹才一直瞒着她。

阮小冕感觉到背叛，跟阮宗延吵了一架，怨他欺瞒，气他重男轻女，即使女儿成年，仍然想有个儿子来继承他的事业。

阮宗延反过来说她任性自私，不能接纳弟弟，说他把她宠坏了。

阮小冕跟他闹翻，离家出走，回学校，他就停她的卡断她的生活费，想让她妥协。

"他是我最亲的人，却那样防着我。"阮小冕很难受，"我害怕再见到他，可现在更害怕再也见不到他。我不想怀疑他对我的爱，可为什么我们父女会变成这样？"

关淮静静地听她倾诉，让她发泄心中的苦闷。

"软绵绵，我给你讲个故事吧。"

他明白她的纠结，懂她的无法释怀。

"春秋时，郑国国君郑庄公出生时难产，母亲因此厌恶他，宠爱弟弟。郑庄公对弟弟和母亲百般纵容，弟弟却在母亲的帮助下要夺取国君之位，郑庄公以此讨伐弟弟。他怨恨母亲偏心，便将她迁往外地，并发誓与母亲'不及黄泉，无相见也'。后来他后悔了，但君无戏言，有人想出办法，挖掘地道取名黄泉，便能'黄泉见母'，于是母子重归于好，其乐融融。"

阮小冕听完故事，沉默良久，有些释怀地向他颔首："谢谢你，小关先生。"

到了医院，阮小冕听秀嫂说阮宗延的车祸并不严重，没有生命危险，肖翊在电话中故意误导她。

"我不知道面对他，我该说些什么。"阮小冕苦笑，父女间的隔阂，终究是存在的，她没法像以前那样对他撒娇。

关淮突然张开手，不由分说地揽她入怀。

她只觉得眼前一花，撞进结实宽阔的胸膛中，靠在他怀里，听见有力的心跳声。

"小关先生？"阮小冕错愕，眼角余光瞄到旁观的秀嫂，脸颊不由得发热。

"据说，人紧张时听着心跳声容易放松下来。"关淮一本正经地解释，"因为我们在娘胎里就一直听着母亲的心跳声，才能消除对外界的不安，安心地来到这个世界。"

他忍不住想要抚去她所有的不安。

"原来如此，你安慰人的方式很特别。"

他的心跳声，他身上传来的温度，让她有些不自在。

"有效吗？"关淮低头问她。

她抬头就能看见他线条优美的下颚，还有长长的睫毛，带笑的目光，落在她眼中，在她心间荡起涟漪。

"嗯，很有效。"阮小冕故作冷静地离开他的胸膛，"我不紧张了。"

她有种被关淮撩到心弦的感觉，胸膛中似有颤动。

"去吧。"关淮抬起手，拍拍她的肩膀，"我去找医生了解情况"

关淮借口不熟悉医院，请秀嫂带他去见阮宗延的主治医生，留下阮小冕和阮宗延独处。

看着关淮离开，阮小冕深呼吸再深呼吸，才推开病房的门。

阮宗延靠坐在床上，颧骨上有明显的挫伤，左手肘缠着纱布，右手刷着手机。

似有感应，他抬起头，看见她，欣喜地放下手机向她招手："冕冕，过来。"

这一声熟悉的"冕冕"，让她想起小时候去事务所，他正在工作，看见她就会这样招呼她过去，坐在他的膝盖上，看他画建筑设计图。

她淘气地学着他画，却毁了他的设计图。她看他脸色大变，立刻瘪嘴做委屈状，撒娇认错，他就不忍责怪她了。

在她的记忆中，只要撒娇他就任她予取予求，直到他再婚生子，打破他们惯有的相处方式，两人有了隔阂。

"肖翊告诉我，你出车祸了。"阮小冕打量他周身，似乎没有特别严重的伤，暗暗松了一口气，"你还好吗？"

"一点儿小伤，不碍事，是医生非要我住院观察。"阮宗延拉住她的手，"冕冕，不跟爸爸生气了？"

"你没事就好。"阮小冕答非所问，想要抽回手，但最终还是没动。

"我很快就出院回家，我们一家人一起过年。"阮宗延紧握着她的手不放，"弟弟现在会自己站起来，他急着学走路呢，而且跟你小时候越长越像了。"

突然转到弟弟的话题，阮小冕脸色微变，心底抗拒。

不想回应他，就保持沉默，免得跟他再起冲突。

她有点儿僵硬地抽回手。

阮宗延明显失望。

父女间的气氛变得尴尬，适时响起了敲门声，让阮小冕觉得得救了，感激地看向进门的关淮。

"伯父，你好，我是小冕的朋友关淮。"关淮走到阮小冕身边，以朋友自居。

"是你陪冕冕来的？谢谢你。"阮宗延目光有些复杂地看着关淮和阮小冕，他不知道她现在交了什么朋友。

"医生怎么说？"阮小冕忙问。

"左手肘骨折，还有因为摔倒脑袋撞地，需要住院观察是否有脑震荡。"

关淮在主治医生那边看到详细的病例，"其他没啥大碍，若无脑震荡，明天就能出院休养，一两月便能痊愈。"

"那就好。"阮小冕从接到肖翊电话后一直悬着的心终于放下来，"小关先生，今天太晚了，你明天再回去吧。"

关淮今天陪她奔波大半天，不适合再开几个小时的夜车回 X 市。

"听你的。"关淮没有异议，徒弟有事，师父自然要护航。

阮小冕让秀嫂回家，她留在医院陪夜。关淮在医院附近的酒店入住，翌日一大早，他就带着早餐过来。

跟主治医生确认阮宗延并无脑震荡后遗症后，关淮直接开车送他和阮小冕回家。

打开后备厢取出院时整理的物品时，阮小冕才发现关淮抽空买了很多礼物：营养品、美容品、年货、儿童玩具……他根本没必要这么费心。

关淮理所当然道："第一次登门拜访，礼数总是要的。"

"小关先生，你是我师父，又是上司，不必在意这些礼节。"阮小冕受之有愧，关淮送她回家，已经是帮大忙了，"而且我和家里人关系尴尬，实在是用不着这样。"

"正因为尴尬，才需要礼数化解。"关淮抬手敲敲她的脑袋，"笨徒弟，师父这是在教你怎么做人呢。"

阮小冕摸了摸脑袋，乖乖受教："师父说的是。"

她很庆幸，关淮陪她回来。

阮小冕和关淮大包小包进门时，看见客厅里的肖翊和黎予臻，她怔了下，就撇开视线，将手中的东西交给秀嫂。

"小冕，你回来了。"肖翊迎上来，认出了关淮，表情有些微妙，"哦，你男朋友也来了。"

"伯父的事，谢谢你通知软绵绵。"关淮自动转换角色，自然地揽过阮小冕的腰，上演微光岛咖啡厅的续集。

阮小冕瞥了眼关淮，就顺势配合他演出，没有必要对肖翊和黎予臻澄清他的身份。

"小冕，不介绍下你男朋友吗？"黎予臻也凑过来，看着关淮笑得有点儿不自在，"虽然是第二次见面，但我和肖翊还不知道你男朋友的名字、做什么的？"

"我叫关淮，高跟鞋设计师。"关淮亲切地替阮小冕作答。

"我想起来了，是恩薇的高跟鞋设计师吧？"肖翊恍然大悟，"小冕，你的偶像对不对？"

"对。"阮小冕又看了眼关淮，"他是我的偶像，我现在跟着他实习呢。"

"小冕好厉害，把偶像都迷住了。"黎予臻挽起肖翊的胳膊，"不过，我有点儿好奇，你喜欢了十几年的青梅竹马，跟偶像相比，算什么？"

"予臻，你乱说什么？"肖翊皱起眉头，尴尬地望向阮小冕。

来阮家前，黎予臻因为肖翊和阮小冕联系吃醋，跟他闹别扭，不想跟他来阮家，又不愿让他一个人来。

阮小冕没料到黎予臻不装小白兔，反而当众给她找不痛快，在关淮面前提肖翊的事，想让她难堪吧？

"算什……"她刚开口想反击却被关淮打断了。

关淮突然捧起她的脸，盯着她的眼睛，一本正经地研究："软绵绵，你有近视吗？"

"我眼睛好得很。"阮小冕不懂关淮在搞什么鬼。

肖翊和黎予臻也不懂，两人面面相觑。

"原来是眼神不好，毕竟良人和狼人只差了个反犬旁，不怪你。"关淮欣慰地拍拍她的脸蛋，"还好，你眼睛没瞎，迷途知返。"

闻言，肖翊和黎予臻的脸色都变了，表情有点儿僵。

阮小冕不得不感慨关淮损人于无形的功力，实力碾压。

"嗯，年纪小，眼神不好。"她愉快地接话茬儿。她早就对肖翊失望，也不当黎予臻是朋友，既然他们来刷存在感，就别怪她不给面子，来而不往非礼也。

肖翊挂不住脸，匆匆拉着黎予臻离开。

阮宗延换好家居服出来，朱韵和秀嫂已备好饭菜上座，他想喊肖翊他们一起用餐，但他们已经走了。他怪阮小冕失礼："冕冕，你怎么不留肖翊？"

"大家这么熟，去留自便，何必客气。"阮小冕不以为然，看到朱韵已招呼关淮入座，俨然当家主母的模样。担心关淮不自在，她就在他旁边坐下。

关淮不着痕迹地打量朱韵，年近四十，保养得宜显得年轻，看似温良，眉眼间净是精明。她对阮宗延很温柔，轻声细语地伺候他用餐。而对阮小冕，她客气有礼，不怠慢也不亲近，故意忽略阮宗延和阮小冕父女间的古怪气氛，明知是因为她，她也不会去缓和，看起来安分守己的样子。

关淮感觉得出来，朱韵对阮小冕没什么感情，只是看在阮宗延的面子上，粉饰太平。

不一会儿，秀嫂抱着睡醒哭泣的弟弟出现，朱韵借口安抚小孩儿，回卧室去了。

阮小冕自始至终都低着头吃饭，听到弟弟的哭声，她僵住身体，握紧筷子，没有看弟弟一眼。

"冕冕，他是你弟弟。"阮宗延见阮小冕无动于衷，不满道，"就算你对我有气，也不能这样迁怒他，无视他。"

"哦。"她不咸不淡地应了声。

阮宗延失望地摇头，没有多说什么，就去卧室看孩子。

关淮拍了拍她死攥着筷子的手，让她放松。

"小关先生，我对弟弟的态度很糟糕吧？"

阮小冕松开筷子，有点儿疲惫地扶着额头，在这个家里，她已觉得自己格格不入。她知道弟弟无辜，但他的存在却在提醒她为何跟阮宗延有隔阂，她心里无法接受他。

"其实，我姐从小对我的态度也很糟糕。"关淮提起关凛，"我俩吵吵闹闹到现在，你觉得这种姐弟关系很糟糕吗？"

阮小冕摇头："我看得出来，你和关总很在意彼此，只是相处模式比较特别。"

"所以，你不用勉强成为和蔼可亲的姐姐。"关淮理所当然道，"不喜欢，保持距离也没问题。"

血缘关系虽然斩不断，但也不能成为道德绑架的绳索。

"嗯。"阮小冕有点儿释怀，"小关先生，谢谢你开导我，还有帮我应付肖翊他们。"

"不错，这次道谢有进步，没有送我'多管闲事'的眼神。"

关淮一脸的揶揄，第一次在微光岛咖啡厅碰到黎予臻找碴儿，他替她出头，她还嫌他多事呢。

"因为小关先生不是外人了嘛。"

这样的挖苦很有关淮的风格，阮小冕已习惯了，不会再去较真气到自己，顺着他的话，就像顺毛一样。

"我变成内人了？"关淮挑眉。

阮小冕愣了下，继而扑哧笑出声，纠正他："妻子才是内人，我可娶不了师父的。"

关淮用"错"词一点儿都不尴尬，反而摸摸她的脑袋，笑而不语。

又被当宠物了。

阮小冕无语，更无语的是她竟然习惯了，也不觉得讨厌了。

当天下午，关淮离开阮家回 X 市。阮小冕想缓和关系，就留在家里过年。

阮宗延认为这是她的妥协，接受了弟弟的存在，就制造各种机会来培养姐弟感情。

阮小冕对那一团肉嘟嘟的婴孩儿敬而远之，没法如阮宗延所愿去抱弟弟陪弟弟玩，他恼火她的冷淡，但也无计可施，便让她帮忙招待客人。

阮宗延在家休养，过年期间除了亲戚朋友来拜年，还有些工作往来的人来探望。

比起跟弟弟培养感情，阮小冕宁可陪客人喝茶聊天，感觉自在点儿。

这天，阮宗延说有重要客人要上门商讨工作的事，让她取出他宝贝的明前龙井备用。听说这客人在 X 市上班，过年才回路程老家，委托阮宗延的事务所翻盖老宅。

客人下午到阮家，阮小冕已经备好茶水，陪阮宗延接待客人，看清客人的模样，她很意外。

她知道这个客人，前恩薇设计师目前在星漾担当设计总监的霍瑀，她以前迷上恩薇高跟鞋时，就了解过恩薇设计部的事，收集相关设计师的信息，自然认得出霍瑀。

霍瑀年纪和费英治相仿，二十八九岁，人如其名，五官像雕琢过的玉石，温润含蓄，气质内敛，但浑身有种不屑与世争的孤高，给人以疏离感。

他和阮宗延在讨论老宅翻盖的方案，看都没看阮小冕一眼。

"这是我女儿阮小冕，我手不方便，她来帮我泡茶。"阮宗延趁机说，"霍先生是高跟鞋设计师吧？我女儿现在鞋业公司实习，跟你也算是同行。"

"阮小冕？"霍瑀对这个名字有反应，终于正眼看她，"你在恩薇实习吧？

关淮的助理？"

业内传闻霍瑀会从恩薇出走星漾，是受到关淮的排挤。

她是关淮的徒弟，这样见到霍瑀就有些尴尬了。

阮小冕很讶异霍瑀会知道她的情况，转而一想，他和关淮关系微妙，会注意关淮身边的变化也正常。

"嗯。"阮小冕谨慎地点头，"我是关淮的助理。"

"有资格成为关淮的助理，看来你的资质不错。"霍瑀若有所思地打量她，"有兴趣来星漾吗？"

不会吧？

霍瑀的画风是一言不合就挖墙脚吗？

"霍先生谬赞了，我只是实习生而已。"阮小冕可不敢当真，当然她对星漾也没有兴趣，被关淮知道会以为她要"背叛师门"吧？

"这是我的名片。"霍瑀直接将名片塞到她手中，"考虑好了，随时联系我。"

霍瑀看起来孤傲清高，行事风格还是很强势的。

阮小冕拿着名片，出于礼貌，只能说："谢谢。"

然后，霍瑀又把她晾在一边，继续跟阮宗延讨论方案，这让阮小冕觉得刚才的挖墙脚是错觉，霍瑀对她压根儿就没兴趣，也不是真的想要她去星漾。

大概是因为关淮，才跟她说两句吧？

手机响起邮件推送声，她一看是关淮发过来的，就跟阮宗延示意，出去处理。

"时尚杂志《Grace》的新年企划，联合光耀、星漾、路颐达、百思嘉、爱履五家公司举办第一届'撷秀杯'高跟鞋设计大赛，参赛设计师要求纯新人，未在市场上推出设计成品。大赛委员会的七名评委由五大公司的设计师和杂志邀请的时尚大师组成，兼顾市场需求和时尚品位。大赛冠军可获得五大公司提供的专属设计师职位，同时大赛前三名设计师的作品，有望签约五大公司量产上市。软绵绵，这个比赛很适合你，我已经帮你提交报名审查，你有两个月的时间准备，在四月二十日之前将设计样品提交大赛委员会就可以。"

阮小冕看完邮件的主要内容，直接回拨电话："小关先生，我刚看了邮件，你真的帮我报名了？"

"你不用太感激，我会帮你把关的。"

"我还没想好，突然参加这种比赛，心里没底。"

"我会亲自指导，你只需做出作品，不用考虑太多的，这也是我对你的考核。"

师父都这么说了，她就没有理由退缩。

为了迎战"撷秀杯"，阮小冕决定提前回 X 市。第二天早上，阮宗延让司机开车送她，他也送她到车站。

"冕冕，你刚开始工作，各种花销大，钱不够就跟我说。"

阮小冕心情有些复杂地看着他，他以为她已经妥协，就不"惩罚"她了？

"不用，我养得活自己。"

"你什么意思？"阮宗延皱眉，"还要跟我斗气吗？"

"没什么。"阮小冕打开车门，她已经忘记怎么跟他撒娇了，"保重。"

有些隔阂一旦存在，就成了心上的刺，想到就会被刺痛。

阮小冕一回 X 市，就去关家大宅向关鹤松拜年。

关鹤松塞给她一个大红包，不准她推托，新年讨个好彩头。

两人其乐融融地话起家常，关鹤松不忘跟她吐槽关淮："小淮这些天不知为什么，心情特别好，昨晚小费来看我，他就拉着小费喝酒，结果两杯就倒下，睡到现在大下午还没醒呢。"

"小关先生酒量很差吗？"阮小冕有点儿好奇。

"不是很差，是非常差。"关鹤松直摇头，"想当初我两斤白酒下肚面不改色，小凛颇有我的风范，小淮完全不行，最多两杯的量，还是啤酒，一喝就醉，醉了就睡。"

"他的睡眠质量肯定很好。"

看来以后她可以拿"两杯倒"这事揶揄关淮。

"小冕，你说他以后当新郎敬酒可咋办呢？"

"嘿嘿，给他找个酒量好的新娘？"阮小冕想象婚宴上关淮两杯下肚就醉得不省人事，就扑哧笑出来。

当着爷爷的面笑话孙子，终归不好，她忙转头掩饰笑意，瞥见楼梯口正欲下来的关淮，刚忍住的笑意又泄露了。

关淮穿着格子睡衣，踩着棉拖，一头自然卷刚睡醒又蓬又翘，直接让他变成金毛狮王，与素日雅痞模样相差甚远。

关淮瞪了眼失笑的阮小冕，她立刻噤声，恭敬地起身打招呼："小关先生，下午好。"

她和关鹤松对他的吐槽，不知他听见没？

"你怎么提前回来了？"关淮问，"也不说下。"

"因为你突然给我报名参加比赛啊。"阮小冕无辜道，"我想越早做准备越好的。"

"嗯，你等等。"

关淮转身回屋，不一会儿就换上牛仔裤毛衣出来，张牙舞爪的自然卷也打理得服帖。他手里拿着一本宣传册，递给阮小冕："这是'撷秀杯'比赛相关资料，你看下。"

阮小冕接过宣传册翻看，了解比赛的章程和细节。

"小关先生，你参加过类似的比赛吗？"

在关淮的履历中，她没见过他有参加设计比赛的经历。

"我有我练手的方式，不需要这种经验值。"关淮想起他在意大利的修行，这种比赛对他来说太小儿科了。

"也对，小关先生是天才嘛。"

他一出道就是BOSS级，直接控场。而她是新人，等级太低，得先刷刷经验打打小怪，才能升级的。

"哪里有什么天才？才能是可以培养的。"关淮难得谦虚，"大多数人的努力程度之低，根本达不到拼天赋的地步。"

"那你之前说，1%的天分比99%的努力重要。"阮小冕怀疑，"是在逗我？"

"真正努力过的人才懂1%天分的重要性。"关淮敲了下她脑袋，"所以，你先付出99%努力再说。"

关鹤松微笑地看着两人，护理师送药过来，提醒他该吃药休息了。

"我有些累了，你们好好聊。"关鹤松有意让他俩单独相处，吩咐关淮，"小淮，回头亲自送小冕回家，昨晚的酒醒了吧？不会酒驾吧？"

"爷爷，我不是酒鬼。"关淮无语，关鹤松向阮小冕吐槽他醉酒的屌样，太杀他的威风了。

关鹤松满意地去休息了。

"软绵绵，你酒量好吗？"关淮想起刚才她和爷爷的谈话。

"我不知道自己的酒量怎么样？"阮小冕瞅着关淮，满脸的揶揄之色，"不过，肯定不会'两杯倒'的。"

"嗯哼。"关淮似笑非笑，意味深远道，"很好，结婚时，你可以帮我挡酒了。"

"没问题，师父有事弟子服其劳嘛。"

被关淮毒舌习惯了，她也算"久病成良医"，语言技能提升不少，接他的话越接越顺，反而没意识到不对劲。

关淮笑眯眯地摸摸她的脑袋："好徒弟。"

阮小冕觉得一斗嘴就会被当成宠物，决定先研究"撷秀杯"的材料，然后向关淮请教比赛相关问题，讨论她参赛的设计主题。

关淮自然以专业人士的姿态，给她答疑解惑，末了强调："工欲善其事，必先利其器。"

"我需要准备特别的工具吗？"阮小冕一时不解，样品室的工具和材料应有尽有。

关淮瞥她一眼，道："脑子。"

又是关淮式的挖苦，说她脑子愚钝，需要磨得锋利些吧？

"小关先生，脑子确实是好东西。"阮小冕义正词严，"我出门都会带着的。"

"然后呢？"关淮忍俊不禁，"你要拿出来给我看吗？"

"……"

真不该顺着他的话说，像是搬石头砸自己的脚。

阮小冕和关淮商定以假日主题设计系列鞋履参赛。

"撷秀杯"比赛实际上分初赛和复赛两个赛程，初赛要求在三月二十日前向大赛委员会提交设计图稿审查，初赛结果和复赛入围名单会在四月号《Grace》杂志公布。

通过初赛刷掉大部分参赛者，复赛只有十个名额，参赛者要根据自己的设计图稿，挑选材料打版制作出样品鞋，检验是否具有市场推广性，在四月二十日前提交设计样品审查。

最终比赛结果，会在五月号《Grace》杂志公布，五月二十日举行颁奖典礼，以及同五大公司单品签约的仪式。

现在是二月下旬，她没有太多的时间了，设计草图通过关淮的认可才能绘制正式的设计图参赛，关淮是她需要跨越的第一关。

距离春假结束只有三天，这三天她不分昼夜窝在公寓里画设计草图，三餐全靠外卖搞定。

"撷秀杯"比赛主旨是"时尚引领市场，市场呈现时尚"，时尚并非少数人的审美，唯有被市场接受，才不会变成空中楼阁。

所以，"撷秀杯"要求参赛者提供系列作品审查，每系列四款设计要足以体现设计师的综合水平。为此，她画了近百张草图，从中选出最满意的四张组成系列。

节后一上班，她就将这系列假日主题的设计草图，呈给关淮。

阮小冕站在关淮的办公桌前，紧张地等待他的意见。

关淮翻看设计草图，抬眼瞥她，笑问："瞧你的黑眼圈，想跟大熊猫抢国宝称号吗？"

"徒弟愚钝，只能加班加点画图，让师父见笑了。"

关淮越放松，她越不安，从他替她报名到今天提交草图，只有四五天时间，容不得她慢悠悠地想创意再画图，想到什么必须马上画出来才行。

"软绵绵，告诉我，你的设计想表达什么？"办公桌后的关淮拿着草图起身，一脸高深莫测地打量她。

阮小冕被他犀利的目光看得忐忑，道："假日的邂逅和心动。"

为了表达这个感觉，她选择暧昧的暗色调，设计四款样式不同的高跟鞋，增加配饰点缀衬托假日的氛围，突出表现水晶和珍珠"画龙点睛"的效果，她想萌动的心如水晶一样剔透，又像珍珠一样珍贵。

"草图告诉我，你确实很努力。"关淮遗憾地摇头，"但，不行。"

如果是别人的作品，他会直接甩那人脸上问："什么玩意儿？回炉重造。"

"为什么？"阮小冕觉得当场被冷水浇了个"透心凉"，她费心费力的作品，关淮视线在上面停留的时间不超过三分钟，让她很挫败。

"第一，你没有考虑《Grace》杂志的时尚定位，把握不住《Grace》审美取向。

第二，你忽略了相关五大公司的市场方向，设计的表达太晦涩不符合市场行为。第三，作为设计师，眼界决定品位高低，过于堆砌的设计只会显得廉价，你的设计暴露了眼界的上限。"

关淮逐条指出她设计上的问题，针针见血，她觉得受到一万点的暴击。

"小关先生，果然严格。"被批眼界不行的阮小冕，忍不住想挣扎，"我的设计，难道没有一点点可取之处吗？"

"沉得住气没急眼，有进步。"

关淮以为被他全盘否定，她会气急败坏，结果没有，看来这段时间的调教效果不错。

"还请小关先生指教，我会从头再来的。"

跟关淮相处久了，阮小冕的抗压性得到显著提升，好胜心也变得强烈。

"设计并非一蹴而就。"关淮坐回去，又翻了翻她的设计草图，"对设计师来说，果然还是要有天赋的。"

"小关先生，你现在想说努力没用，没有天赋可以放弃了？"

阮小冕最不喜欢关淮的一点就是他太喜欢拐弯抹角。

"哟，领悟力不错。"关淮似笑非笑地瞅她，"你是抱着随时能放弃的觉悟当设计师的吗？"

"当然不。"阮小冕有点儿恼火，"小关先生，请你赐教的方式简单点儿。"

"眼界不够开阔影响品位审美，时尚敏感度迟钝把握不准市场方向，虽有灵感但未能雕琢研磨，作品自然差强人意。"话说得太敞亮就显得刻薄，关淮看阮小冕暗下来的眼睛，有些不忍，"但你还有可取之处，学习能力和行动能力不错，可以弥补不足。"

关淮想起她最初夹带在简历中的设计图稿，尽管是模仿恩薇的作品，可抓到了恩薇的特质，融入了自己的理解，别有一番韵味。

作为非专业设计出身，她通过自学和模仿能有那样的设计，虽然稚嫩业余，但确实有潜力，不然他也不会选择这么麻烦的方式来报恩。

他的师父——意大利传统手工制鞋工房的老鞋匠曾说，有些才能是可以培育开花的，有些灵感是能够研磨成型的，无论什么人，都不该自认已到达极限。

"那么，请给我三天，我会提交新的设计草图，到时请再指教。"既然有被认可的能力，她就发挥优势，下次的设计绝对要让关淮说出更多的"可取之处"。

关淮把设计草图塞到她手中，然后拿起办公桌上的日程表翻看，问："软绵绵，你有护照吗？"

"嗯。"阮小冕点头，一时跟不上关淮的思维，他话题转得太突然。

"明天把护照交给人事部，他们会做加急处理。"关淮直接下达新任务，"你这两天做些准备，我们出差。"

"要出国吗？我们要做什么？"阮小冕很意外。

"嗯，做什么暂且保密。"关淮凑近她，眨了眨眼睛，神秘兮兮地道，"相信出差回来，你会脱胎换骨，创作出更有趣的作品。"

"……"阮小冕无语，果然是不拐弯抹角就会死的关淮，心思难猜得跟海底针似的。

第六章 在这里 你的偶像

四天后，飞机在米兰国际机场降落。

阮小冕跟着关淮来意大利出差，光耀集团在米兰有海外办事机构，尽管恩薇晚装鞋在米兰奢侈品市场并无明显竞争优势，但光耀其他品牌女鞋在常规市场吃得开，每年参加鞋展都能获得可观的海外订单。

办事机构的工作人员来接机，关淮让他们把行李带回酒店，直接带她乘地铁前往蒙特拿破仑大道，这里是著名的奢侈品一条街，汇集众多世界顶级时尚品牌，比如 Armani、Versace、Prada、Fendi、Chanel、LV、Hermes、Gucci、Ferragamo、Dior、Giada、Valentuno 等等旗舰店落户于此，无愧米兰世界时尚中心的称号。

虽然长途飞行十个小时很累，但在飞机上睡了大半天，阮小冕下了飞机反而很兴奋，逛街的兴趣也变得高涨。

关淮就读的欧洲设计学院总部在米兰，对这里熟门熟路。阮小冕紧随其后，免得眼花缭乱迷失在奢侈品的世界里。

阮小冕不能免俗地拿出手机拍摄橱窗和街景。关淮双臂环抱在一旁，打趣道："刘姥姥进大观园了。"

"这叫收集素材。"阮小冕理直气壮道。难得众多高端品牌云集一堂，即使买不起那些奢侈服饰珠宝，流连其中，也能让人大饱眼福，尤其街上还有张扬霸气的各种跑车，凑一起都能开车展了。

"走，还有正事。"关淮不由分说地拖着她的胳膊，进入埃马努埃莱二世拱廊街。

玻璃圆顶的拱棚下，两条玻璃拱顶的走廊交汇于中部，形成一个八角形的空间，古典建筑与现代商铺形成奢华时尚又古典传统的购物中心。

"小关先生，我们是来出差，怎么变成……"阮小冕看着拱廊街的高级时装店、书店、餐馆、咖啡店、酒吧，表示怀疑，"逛街是正事？"

"置办看秀装备。"关淮反手推着她要进 Prada 旗舰店。

各种品牌春季新品都已上市，逛这一条街就能搞定所有的"装备"。

"等等。"阮小冕紧急刹车，死死地回拽住关淮胳膊，"小关先生，这次出差内容到底是什么？"为什么她有种上当受骗的感觉？

"现在正值米兰时装周，各品牌秋冬展粉墨登场，身为设计师，需要站在时尚最前沿，把握最新流行动态。"关淮拍拍她的手示意她松开，在旗舰店面前退缩显得小家子气，"走，去挑些适合看秀的新衣。"

"等等。"阮小冕把关淮拉到一旁，"小关先生，别为难我的钱包了。"打肿脸充胖子的事，她干不来，因为没钱窘迫的滋味她尝到过。

"不为难。"关淮笑道，"公司报销。"

"你确定？不是假公济私？"阮小冕不信，光耀再有钱也扛不住员工来扫荡奢侈品吧？

"这是恩薇福利，设计师参加四大时装周，会有一笔特殊的置装费，毕竟设计师代表的是恩薇形象。"关淮似真似假地说明，"四大时装周主题不同，设计师各有各的关注点。一般来说，周昉参加巴黎时装周，麦修伦会去纽约时装周，以前霍瑀则选择伦敦时装周。米兰是我的地盘，从学生时代起我就看米兰时装周的秀。这笔置装费由设计师处置，没花完回公司会被笑话的，在时装周这种场合讲究勤俭节约反而是种失礼。"

阮小冕半信半疑，但关淮说得如此诚恳，那她就抱着感恩的心享受公司福利吧。

于是，她抬头挺胸跟他进入各大牌旗舰店，结果她挑选的服饰，试穿时被关淮用"就这种品位"的眼神进行无声的嫌弃。毕竟花的是他名下的置装费，他不满意，她只能不断地换，结果他摇头都摇上瘾了。

阮小冕疲惫地坐在休息沙发上，想求饶了："小关先生，我们的审美观来自不同世界吧？"

"不，人类对美的认知是有共性的。"关淮愉快建议，"软绵绵，需要师父为你的形象把关吗？"

"有劳师父了。"

来米兰之前被批眼界已达上限，到了这里她都对自己的品位产生怀疑，完全抓不到关淮认可的点。

换上关淮挑选水蓝色一字领皮质套衫和银色金属质感几何镂空不规则下摆的半裙，原以为这种偏硬朗的设计，她穿起来会不伦不类，但实际效果出乎她的意料。套衫下别致的皮封和半裙高腰的设计，不仅显得腰细挺拔，还衬得她柔软的五官特别有神。

看着镜子中焕然一新的自己，阮小冕不得不佩服关淮的眼光，作为体现极致女性特征的恩薇设计师，他对女人的了解远胜于她，如何让女性大放异彩，他游刃有余。

"来，换上这双高跟鞋。"关淮拿来一双深蓝色边缘碎蓝星屑处理的高跟鞋，蹲在她身边，示意她抬起脚。

阮小冕想起以前试鞋时，关淮先给她按摩放松脚部，再穿上鞋子……这种亲昵的举止，特别暧昧，当时还被他笑想太多。

现在看着"纡尊降贵"的关淮，又要给她试鞋，她还是会觉得暧昧，双颊不自觉地发热。

导购小姐见状，赶紧搬来试鞋凳，示意她坐下换鞋。

"小关先生，我自己来吧。"阮小冕坐下来，作为师父，他不必事必躬亲的。

"你的形象我全权负责，有意见？"关淮挑眉，"还是对于鞋子，你比我更权威？"

哪敢有意见跟他比权威……阮小冕正襟危坐，脱下平底单鞋，抬起光脚，恭敬道："师父，请。"

"孔子说，知之为知之，不知为不知，是知也。"关淮握住她的脚，揉按起来，让她放松，"笨鸟要想先飞，就多听点儿老人言。"

"师父说的是。"阮小冕乖乖聆听"圣训"，毕竟蹲一旁放低姿态为她试鞋的人是关淮。

或许经过按摩消除了些疲惫，脚部变得很敏感，他握着她的脚套进高跟鞋时，能清晰地感受到他手掌的温度，从脚底传递到心间，让她有种说不出的悸动。

暧昧的气息从他的指尖蔓延，弥漫到她周身，心跳得有些快了。

跟关淮相处越久，越能感受他毒舌下的温柔，她在他面前也从拘谨变得放松，不经意间会被触动，会被吸引，会这样看着他出神。

"软绵绵？"关淮抬头，看着心不在焉的阮小冕，"累了？"

"呃，还好。"阮小冕回过神，视线有些尴尬地闪躲。

"你走两步，试试。"

关淮站起来，向她伸出手，拉着她起身。

她踩着高跟鞋，挺直身躯，走了几步感觉脚感，然后站在镜子前查看整体效果：神采奕奕的俏女郎，不凌厉硬朗也不温和柔软，而是刚与柔、力与美结合刚刚好，帅气又不失女性的娇态。

关淮的眼光确实"毒"，他要是哪天江郎才尽，完全可以改行当形象设计师的。

"满意吗？"关淮看着镜子中的阮小冕，条顺盘靓，好极了。

"满意。"阮小冕真心恭维，"谢谢师父给我打开了美的新世界大门。"

接下来一两个小时，关淮带着阮小冕在蒙特拿破仑大道斩获颇丰，大包小包地提着回下榻的酒店，让她见识了公司的好福利。

跟关淮确定第二天看秀的着装后，阮小冕本以为逛了大半天，腿酸脚疼的，大概会倒头就睡，结果因为时差睡不着，她从行李箱里取出速写本画设计图。

或许时尚之都的特殊魅力，让她一来就眼界大开，一安静下来，脑中的灵感便如泉涌，白日里的所见所闻，全化作了灵感的养分。

难怪关淮说出差回去，她会脱胎换骨。

她非常期待米兰之旅结束后，她能画出怎样的设计图。

米兰时装周在关淮和阮小冕来的前一天开幕，整个时装周期间有近百场时装发布秀，众多意大利时尚品牌参展，与其他时装周相比，米兰时装周的本土时尚色彩尤为鲜明。

为了给阮小冕来次震撼彻底的时尚洗礼，接下来几天，关淮每日带她观看五六个秀展，通过密集高强度的视觉冲击和刺激，激发她对时尚与设计的领悟。

见识过云端的风景，便不会被保守传统的审美所束缚，灵感迸发时，设计的表现自然更有空间。

"虽说时装周上鞋子并非主角，但它是衬托时装的最佳伴侣，时装的审美取向自然影响着鞋帽配饰的设计。"

进入秀场前，关淮给她上了一堂"看秀礼仪课"，顺便提点两句："软绵绵，接下来，知道该怎么看了吧？"

"整体把握，注意细节，时尚相关设计具有一脉相传的特性，对吗？"

阮小冕挽着关淮的胳膊，在T型台边第二排坐下，就看到对面第一排面孔有些眼熟的女明星面孔，穿着过于隆重华丽的礼服，凹着造型让随行的摄影师拍照，估计照片很快就会传到国内的社交平台，营造她在米兰时装周的时尚气氛。

"聪明的鸟儿永远有虫吃。"关淮赞赏地点头，然后跟她介绍本场秀的设计师情况。

秀场的灯光暗下来，聚光灯投向秀台，音乐响起，华美的时装秀拉开了帷幕。

关淮带她看的时装秀全是意大利本土品牌，比如华美瑰丽如 Armani、Ferragamo、Gucci 等传统奢侈品牌大秀，还有将皮艺发挥到极致的 Trussardi、把彩色几何印花元素玩得炉火纯青的 Emiliopucci、自信优雅充满女性魅力的 Bottegaveneta、以玩味方式演绎传统经典的 MSGM、突出精致花卉刺绣的 Dolce&Gabbana、个人风格突出古怪又激进的 Antoniomarras、针织质感玩转几何抽象图案和多彩线条的 Missoni……

各种风格的时装发布会，充满了意大利式的低调奢华，让阮小冕大呼过瘾，脑海中窜出各种点子在激烈地碰撞着。

时尚的世界，比她想象的更加广阔，充满各种可能。

这几天，阮小冕跟随关淮频繁出入秀场，获益良多。

一来感慨关淮和许多设计师的熟稔，不是他的校友，就是某圈子的前辈后辈，要么就是互相认识的朋友，难怪他能拿到这么多秀展的邀请函，她这个助理也沾光和许多顶级设计师有了交集。

二来，如此近距离接受最前沿的时尚资讯和视觉盛宴，就像受到暴风雨般疯狂而犀利的洗礼，固有的关于时尚的印象被迫更新升级，有种脱胎换骨

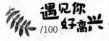

的感觉。

阮小冕不得不承认关淮说她眼界不够开阔已经是嘴下留情，她何止不开阔，根本是闭门造车还沾沾自喜。

关淮十几岁时来意大利，看过许多年的米兰时装周，长期的耳濡目染和潜移默化，让他的时尚触觉和对设计的敏感自然胜于他人。而且他从一流的设计学院毕业，接受过很多顶级设计师的指点，他的硬件和软件功能齐全，又自带天赋值，以"高岭之花"出道一鸣惊人，也不是偶然了。

越是了解关淮的设计经历，她就越仰慕他的设计才能，对他的迷妹心态也复苏了，忍不住庆幸他是她的师父，感激他愿意带她进入他的世界。

关淮带她看的最后一场秀是 Destiny 秋冬 RTW 时装发布会，相较其他品牌秀，Destiny 规模小很多，但聚集了众多华语媒体关注。

阮小冕进入会场后，发现看秀席上有很多眼熟的国内演艺圈人士，颇为惊讶。

"因为 Destiny 的设计师是 Lohartang。"关淮理所当然道。

"很厉害的人物吗？"阮小冕不耻下问。

"他是华裔，中文名叫唐洛华。"关淮不得不为时尚新鲜人解说，"十年前他曾是多家奢侈品牌的御用男模和代言人，但七年前他隐退成为服装设计师，在 Versace 和 Givenchy 任过职，推出不少脍炙人口的作品。三年前他在巴黎开了家高级定制礼服工作室 Daffodil，巧妙地将东方元素融入西式礼服，风格优雅空灵，很得上流名媛的欢心，传回国内，备受演艺明星追捧。对媒体来说，唐洛华是个充满传奇值得探究的男人，可惜他讨厌媒体根本不接受访问，新闻报道沿用的图片仍然是他十年前当模特的照片。现在唐洛华推出的成衣品牌 Destiny，他会在今天的发布会上正式亮相，当然引人关注。"

"听起来是人生赢家，小关先生也认识他吗？"阮小冕感叹，这样的人简直是为时尚圈而生的。

"他当过欧洲设计学院的特聘讲师，我修过他的课。后来构思'高岭之花'时，他邀请我去巴黎参观 Daffodil，受益良多。"

关淮拉着阮小冕在特定的位置坐好，主持人已经出场，Destiny 秀马上就要开始了。

"这么说，他是小关先生的良师益友。"他的交友圈各种高大上，让她大开眼界。

"嗯，秀后会有个庆功酒会，幸运的话，可能见到他本人。"

听关淮这么说，阮小冕蠢蠢欲动起来。

秀场内动感又优雅的音乐传奇，模特们款款出场，瞬间把看客们带入一个摇曳生姿的曼妙世界，背景音乐中，"That is Destiny，Love never die"被反复吟唱着。

Destiny 是"命运"的意思，设计师将对自然万物的信仰融入设计中：划过天际的枝丫、游弋水中的小鱼、随风飘落的枫叶、展翅高飞的羽翼、远走天涯的蒲公英……这些零碎又充满寓意的符号，被设计师巧妙地点缀于时装中，以明亮温暖的色彩彰显着"爱与命运"的羁绊。

这就是命运，爱永远不死。

当阮小冕看清 Destiny 的压轴模特是施丹蔻时，突然生出一种"命运"的感觉。

T 台上的施丹蔻，清透灵气的妆容，衬得原本精致清丽的面容愈加脱俗，高挑的身材、亮丽的服饰、自信的猫步，仿佛大地女神，端庄又大气，完全不见私下的任性傲慢。

天生为舞台而生的人，如同发光体在 T 台上闪耀，优雅清灵的 Destiny 在施丹蔻身上多了种热情飞扬的味道，她的气场没有被 Destiny 所黯淡，Destiny 的气质也因她显得更为热烈，仿佛是那团名为"命运"引得飞蛾前仆后继的焰火。

关淮是特地来捧施丹蔻的场吗？

看秀的兴奋劲冷却下来，阮小冕的心情变得复杂，悄悄地转头去看关淮的反应。

关淮失神了，似乎不知道施丹蔻会走 Destiny 的秀。他望着施丹蔻的眼睛在放空，像是陷入回忆，表情有些恍惚。

这样怅然若失的关淮，让阮小冕觉得陌生又难以靠近，失落感涌上心头。

最近和关淮相处太融洽，她都忘了施丹蔻的存在，忘了他们间有着她无法介入的羁绊。

意大利米兰，关淮曾在这里学习生活，那时候陪在他身边的人就是施丹蔻吧？

她忍不住又羡慕施丹蔻了。

走秀中的施丹蔻，是否会注意到灯光昏暗处的关淮呢？

自从施丹蔻出现，直到她和模特们出来谢幕，关淮的视线从未离开过她。

人气满满的秀场内，坐在关淮身边，阮小冕觉得越来越压抑，心情渐渐地烦躁起来。

散场时，关淮才回过神，对上阮小冕不自在的目光，才意识到自己的失常："我以为她今年没签米兰时装周的合约，看到她在 Destiny 出现有些意外。"

之前在光耀，因为"爱莲说"的事，他们和施丹蔻不欢而散，以施丹蔻的心性，没个一年半载是不会消气的，即使错的人是她。

"以前你说施小姐是不称职模特，我半信半疑，现在确定那是你的玩笑话，T 台上的施小姐是个再称职不过的优秀模特。"阮小冕若无其事道。

"任性妄为是她最大的缺点，也是她最大的优点，只要喜欢就能将一件事做到极致。"关淮苦笑了下，摇头，"可惜经常三分钟热度。"

"这也是施小姐最大的魅力吧。"阮小冕羡慕施丹蔻能"一喜欢就放肆"，因为只有备受宠爱的人才有这种资格。

"软绵绵，你不记恨她让你背黑锅的事吗？"关淮有点儿奇怪地看着阮小冕。

"谈不上记恨，就是有点儿不舒服。"阮小冕不讳言，"但她是小关先生重要的人，尽管我和她无法成为朋友，可也不影响我对她的评价。"

关淮怔了下，他和施丹蔻的事，阮小冕一直都放在心上的。

"软绵绵，你觉得她对我有多重要？"他不希望阮小冕想太多。

"我知道你们是表姐弟。"阮小冕正色道，"我也知道你们没有血缘关系，而且施小姐很爱你，分分合合也是正常的。"

为什么阮小冕和他有时会有隔阂？为什么她现在对他这么恭敬？为什么她会包容施丹蔻？

他明明一开始就告诉她，施丹蔻对他来说，只是姐姐。

"哈……哈……哈哈……"关淮拍拍自己的额头，笑得断续又无力，有种搬石头砸自己脚的感觉，他经常戏弄她"不要想太多"，结果她真对他的一举一动不多想，他就头疼了。

"小关先生？"阮小冕疑惑地看着关淮，她刚才有说好笑的事吗？

"走，先回酒店做些准备，晚上还要参加 Destiny 的庆功酒会。"关淮意味深远地看了她一眼，径自往秀场外走。

"等等。"阮小冕拉住他的胳膊，指了指秀场后台的方向，"不去打个招呼吗？"

"没必要。"

他顺势拖着她离开。

阮小冕和关淮回到下榻的星光罗斯酒店，换好参加酒会的小礼服后，房门被敲响。

一身阿玛尼春季灰白格子西装的关淮手中推着酒店的餐车站在门口，随意的动作尽显都市男性的干练和精致，看似随意但层次分明的卷发，透露出一丝丝属于雅痞的慵懒。

"酒会是应酬场合，吃不到什么东西的。"关淮自顾自地推着餐车进屋，端食物上桌，"这是意式烩饭、蟹肉鳄梨沙拉、Gorgonzola 奶酪，虽然简单，但都是米兰特色美食，值得一尝。软绵绵，站着干吗，坐下来吃吧。"

他们这几日奔波在秀场间，经常就着咖啡吃比萨，保持精神和味道的饱满，晚上回酒店再吃些宵夜。她忙着画设计图，关淮时不时被时尚圈的朋友喊出去交际，她和他还没正经地坐在一起吃顿饭。

阮小冕感受着烩饭入口后的浓郁滋味，胃口大开："味道真不错。"

关淮慢悠悠地坐在一旁喝咖啡："软绵绵，虽然已经过去，但我也不能否认。"

关淮放下咖啡杯，目不转睛地盯着阮小冕。

"呃？"阮小冕不明所以，"你在说什么？"

"施丹蔻是我的初恋，我的青春曾因她而热烈。"有些事他希望阮小冕弄清楚。

"这样啊。"阮小冕不知如何接他的话，聊这种隐私的感情问题，尤其和施丹蔻有关，她本能地抗拒，但又想知道他的过去。

"我十五岁来意大利，暂住米兰姨妈的家，认识了施丹蔻。对那时的我来说，她像龙卷风，说爱就爱，随心所欲地给我一切她认为好的东西，不管我接受与否。作为青春期的少年，很难抵挡这样热情的女生，我觉得她是一团火，肆意燃烧释放光热，我变成了向往她的飞蛾。我们在一起三年多，直到有一天她说，她要成为世界名模，让我不要去追她，不要绊住她，不要成为她的障碍。我们就这样分手了，我一度放不下，偷偷去看她的秀，第一次看到 T 台上的她，忽然明白，她想要的并非只是我一个人的关注，她享受万众瞩目，而我会成为她的障碍。今天在秀场看她走 Destiny 的秀，便想起过去的事，一时失态，让你见笑了。"

关淮平静地说着他和施丹蔻的过往，就算施丹蔻为事业甩了他，他也记得她的好，对她并无怨恨。

"小关先生，为什么跟我说这些？"她并没有"见笑"，反而因关淮袒露自己的感情而有点不知所措，又有点儿高兴。

关淮冲她挑眉："你猜？"

"这个……"阮小冕顿了顿，不敢乱猜，"增加对师父的了解？"

"因为你对施丹蔻太关注，我提供点儿真材实料供你参考。"关淮拍拍她的脑袋，"不然，你这里很容易跑偏的。"

"这样啊。"阮小冕莫名地松了口气，"你希望我不要去关注施小姐吗？"

"软绵绵，你的偶像在这里。"关淮指着自己，傲娇道，"好好关注我吧。"

"是，师父。"

阮小冕从善如流，觉得心里舒坦了很多。

关淮愿意告诉她过去和施丹蔻的事，她可以理解成他现在放下了吧？

唐洛华邀请许多圈内设计师和社交名流参加 Destiny 在卡斯特尔酒店举行的庆功酒会，同时谢绝所有媒体采访。

整个庆功会的氛围轻松惬意，如同老友聚会。

阮小冕以关淮女伴身份出席酒会，看他跟朋友寒暄，比如来自欧洲设计学院的校友现为新锐皮具设计师 Elvira，高级定制鞋设计师 Knowles，还有时装设计师 Gilda……关淮与他们谈笑风生，英语、德语、意大利语各种语言无间隙切换。

阮小冕跟不上他们变换的语言，也接收不到他们跳跃的思维，只得在一

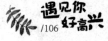

旁当个"微笑的花瓶"。

作为圈内佼佼者的设计师们，有种自成一体的距离感，形成自动屏蔽外行人的气场。关淮在这种环境中浸染多时，如鱼得水。但对初来乍到的阮小冕来说，跟他们等级差别太大，即使有关淮给她当领路人，她也无法表现自己。

在这群精英面前，她完全是"小白"，想听懂他们的谈话，都成了不可能的奢望。

关淮似乎感觉到她的不自在，转头以眼神示意。她连忙回以灿烂的笑容，表示自己没问题，不希望正在交谈中的设计师们关注她，免得她为自己"肚里无墨"自惭形秽，还是让她安静地当个花瓶吧。

正当阮小冕费劲地分辨关淮刚说的是意大利语还是德语时，酒会的主人唐洛华出现，瞬间吸引了所有人的注意力。

人群自动散两边，分出一条"星光大道"。

之前关淮介绍唐洛华时，阮小冕在手机上搜索过他，只看到他模特时期的照片——二十岁左右的唐洛华，长相并非传统意义上的帅气或者俊美，五官也不是黄金比例的立体完美，眉眼间却有种说不出来的勾人魅力，狭长的单眼皮眼睛，迷离又幽深，不经意间就将人俘虏。

单说五官，唐洛华并不帅，可以说有很多硬伤，但又不能说他不帅。他似乎天生自带魅力值，一出现就引人注目，气质又特别中性。阮小冕想了想，用一个词来形容他最精准，那就是"妖孽"。

难怪在稍微化妆修饰下，唐洛华变身女模代言女性香水也毫无压力。

不过，那是十年前模特时期的唐洛华。看到现在的唐洛华，瞬间刷新了阮小冕对他的印象，有种妖孽变良家的感觉。

一路向来客问好的唐洛华，穿着简单的牛仔T恤，眉眼温和似水，气质清淡如菊。

与曾经勾人摄魂的妖孽反差巨大，阮小冕一时失神地盯着唐洛华瞧。后者意识到她过于"火热"的视线，微笑着向她颔首示意。

阮小冕尴尬地转移了视线，这才发现与唐洛华一起出现的男人，竟然是霍瑀。

"小关先生。"阮小冕有点儿微妙地问关淮，她没告诉他在鹭城见过霍瑀，"那是霍瑀吧？"

原本和关淮相谈甚欢的设计师们，自然而然聚集到酒会主人身边，形成众星拱月之势。

唐洛华在其间言笑晏晏，阮小冕却注意到霍瑀似乎心不在焉。

"软绵绵，你是第一次见到霍瑀本人吧？眼力不错。"关淮说，"国内与唐洛华关系最好的设计师就是霍瑀，他以前出国进修时认识唐洛华，通过唐洛华的推荐进入 Ferragamo 工作，攒足了资本和资历，一回国就被关凛招进恩薇。不过，我进恩薇后，他就跳槽去星漾。如同传闻，我和他合不来，这人孤高自我，不好亲近。"

关淮好意思说别人自我？阮小冕在心底吐槽，然后问："所以，你不想过去打招呼？"

"作为礼貌，是要跟酒会主人打招呼，至于霍瑀，正所谓道不同，不相为谋——"

"Enoch？"

背后传来一道不确定的声音，打断了关淮的话，他循声回头。

来人立刻面露喜色，难掩兴奋："Enoch，原来你也在这里。"

施丹蔻疾步上前，理所当然地挤开阮小冕，亲昵地搂住关淮的胳膊，整个人倚向他。阮小冕一时没防备，跟跄了两步才站稳脚跟，手中的鸡尾酒差点儿洒出去。

她有点儿意外又见到施丹蔻，但又不觉得太意外，毕竟施丹蔻是 Destiny 主秀模特，而这里是 Destiny 庆功酒会。

看施丹蔻的反应,今天在 Destiny 秀场,走秀中的她似乎没发现看秀的关淮。

关淮将鸡尾酒放进路过侍者的端盘中,拉开施丹蔻的手,扶她站好:"你没喝醉吧?"

"喝醉了才能靠着你吗? Enoch,你以前不是这样的。"施丹蔻不悦,瞟了眼旁边的阮小冕,表情变了变,就当她不存在,抓着关淮的手不放。

阮小冕尴尬地站在一旁,紧紧地攥着酒杯,心里不是滋味,有点儿酸涩,有点儿无奈。

"Chloe!"关淮又瞥了瞥旁观的阮小冕,正色道,"我是来出差的,明天下午回国,行程匆忙,就没特地联系你,但很高兴在这里见到你。"

"上次的事,你还在生气吗?"施丹蔻松开手,他对她这么客气疏离,根本感受不到他见到她高兴的心情。

"那事过去了,不要再提。"

关淮又看了眼阮小冕,心底窜起无名火。她是他的女伴,离他那么远做什么?

"我会跟她道歉。"施丹蔻顺着关淮的视线望去,忽然放低了姿态,"只是,Enoch,我现在很不舒服,你陪我出去透透气,好吗?"

施丹蔻回意大利后冷静下来,才意识到自己任性妄为的举动,让关淮对她有多失望,这并非她想要的。她必须正视一个现实,那就是——关淮不是过去任她予取予求的关淮了。

在准备 Destiny 秀期间,她几度想飞回中国,她得让关淮明白她在意他,她想和他重新开始,弥补她之前对他造成的伤害。

年轻时不懂爱情,以为那只是我乐意我高兴的事。

随心所欲地对他好,不管他是否接受。

肆无忌惮地抛弃他,也不管他是否接受。

关凛毫不留情的那巴掌，打碎了她的自以为是，她恼羞成怒，愤然离去。

但是，关淮没有来追她。

她终于发现，关淮不会再围绕着她转，是她亲自把他推出自己的世界，因为她不想浪费心思在他身上，那会阻碍她在时尚界立足的。

当关淮离开意大利回到中国，在设计界一鸣惊人时，她开始后悔，为什么她会将关淮当成障碍呢？他们明明可以双剑合璧，笑傲时尚圈的。

她向继母也就是关淮的姨妈——窦盈秀，打听关淮的事，窦盈秀只说关淮很好。窦盈秀对她和关淮之间的情感纠葛，从来不干涉，她曾为窦盈秀的"明事理"高兴，所以甩了关淮后，她也不觉得愧对窦盈秀。

这次回意大利，窦盈秀主动说起自己协助关淮远程操控她电脑的事，为擅自动她电脑的事向她道歉。

或许冷静下来了，她没有怪窦盈秀，反而跟窦盈秀说起在中国发生的事，问窦盈秀："我是不是真的错得很离谱？"

"人非圣贤，孰能无过。"窦盈秀淡淡道，"但，知错能改，善莫大焉。"

窦盈秀的话给她勇气，她更想去挽回关淮，她向唐洛华请假，她想去中国找关淮，关淮不来追她，那么她会像以前一样去追他，喜欢他就告诉他，想他就要去看他。

唐洛华阻止了她的冲动，他说关淮不是以前少不更事的毛头小子，她再我行我素只会重蹈覆辙。

唐洛华告诉她，若想挽回弥补，不能再沿用两人过去的相处方式，她唯一能做的就是改变自己，让对方知道她也不再是过去的她，获得对方的信任，才能有新的开始。否则，以任性的方式表现自己的存在感，对方只会庆幸"离开她是对的"。

"哪里不舒服？"关淮看施丹蔻的脸色确实不好，不过认识她这么久，第一次见她这么低声下气，不像她的作风。

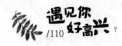
"这段时间为了走秀，一直在节食，今天要上场就什么东西都没吃，刚才喝了点儿酒，胃就不舒服，现在越来越难受了。"

施丹蔻的手捂着胃部，她忍耐了许久，放弃以精神力去抵抗，脸色渐渐变得难看，整个人无力地往关淮身上靠。

关淮见状，赶紧扶住她，向阮小冕招手，示意阮小冕过来。

"Chloe 有点儿不适，我先带她去休息。"关淮一手拍拍阮小冕的肩膀，"你在这里，放松点儿，跟其他设计师交流，大胆地跟其他人交流，我待会儿回来要检验你的成果。"

"好的，小关先生。"

阮小冕看着依偎在关淮怀里的施丹蔻，施丹蔻的脸紧贴着他的胸膛，看不见表情，她不确定施丹蔻是否不适。但她唯一能确定的是，关淮还是很在意施丹蔻的。

望着关淮搂着施丹蔻离开的身影，阮小冕怅然若失，渐渐地，心烦气躁起来。

分手后的情侣还能当朋友吗？

能当朋友的，肯定是有人余情未了吧？

阮小冕不由得羡慕施丹蔻，羡慕她可以这样在关淮面前肆意撒娇，被他另眼相待，是特别存在的证明。

为什么她这么羡慕施丹蔻呢？

阮小冕捂着额头，突然不敢去想这个答案。

第七章 | 该放手的人是你

阮小冕端着鸡尾酒，望着关淮离去的方向发呆。

想着关淮布置给她的任务，她有点儿苦恼，这一屋子的陌生人，她要去"搭讪"谁？她的英文能应付吗？

一道颀长的身影在她前方站定，清冷的嗓音，用中文叫她的名字："阮小冕。"

阮小冕有点儿惊讶他会过来跟她打招呼："霍先生，真巧，你也在这里。"

他会注意到她，应该知道她是和关淮来参加酒会吧？

霍瑀指着角落的沙发，示意她坐下来聊聊。

"你没有打电话。"霍瑀淡淡地陈述，听不出他的情绪，"还在考虑吗？"

没想到第二次见面，霍瑀还记着挖墙脚的事，这让阮小冕有些诚惶诚恐，因为她压根儿就没考虑过这事。

"霍先生，谢谢你愿意给我机会。"阮小冕斟酌着用词，"我对现状很满意，没有改变的想法。"

关淮是她追逐的目标，也是她进入高跟鞋设计界的初心，她没有任何理由离开恩薇去星漾。

对于她的拒绝，霍瑀不置可否，只说："阮先生拜托我关照你。"

阮小冕恍然大悟，原来他是看在阮宗延的份上，才向她伸出橄榄枝，并非真心想挖她去星漾，这让她暗暗松了一口气。

"希望有机会可以向您学习，还望您不吝赐教。"阮小冕客气道。

"欢迎。"霍瑀的口气依旧冷淡，他顿了下，似乎想起了什么，从西装口袋里掏出个印有 Cartier 标志的小礼盒，递给她，"给你。"

阮小冕不明所以，在他强势的眼神示意下，不得不接过小礼盒打开。

里面是一条 Cartier 奢华猎豹系列嵌镶祖母绿和缟玛瑙的钻石项链，市场报价是六位数人民币，完全可以充当传家宝的玩意儿。

"霍先生。"阮小冕像拿着烫手山芋，觉得莫名其妙，"这是什么意思？"

她不会自作多情地认为如此贵重的珠宝是要送她的，他敢送，她绝对不敢收。

霍瑀眉毛都没抬下，理所当然道："你的生日礼物。"

阮小冕目瞪口呆，真是天外飞来一笔横财。

这种挥金如土的败家子作风，跟霍瑀孤高的气质完全不搭。

当然这不是重点，重点在于她和霍瑀都算不上认识，第一次见面他就挖墙脚，已经让她觉得莫名其妙；今天第二次见面，送她这么贵重的珠宝，只让她觉得匪夷所思。

"你一定是搞错了。"她吓得把小礼盒一收，直接塞回霍瑀手中，她生日是三月二十二日，还没到呢。

"没有错。"霍瑀又将小礼盒递过来，补充道，"这是阮先生给你的生日礼物，我受人之托而已。"

阮小冕无语，拜托，说话不带这么大停顿的。

她尴尬地拿回小礼盒，心底百味杂陈，给她这么贵重的生日礼物和给她买公寓的用意是一样的吧？让她在外面自立门户，不要参与他的新家庭吧？

"他……有说什么吗？"

阮宗延这样拜托霍瑀，会不会将他们父女的问题也告诉了霍瑀？

"阮先生说他爱你，从未逼你妥协。"霍瑀忠实地转达阮宗延的话，"只是身边人自作主张，他失察了，对你很抱歉，希望你原谅他。"

身边人自作主张？

阮小冕一下子明白过来，她心间长出的刺，并非阮宗延种下的。

朱韵是阮宗延的财务经理，在他的事务所工作十几年，从未出差错，自然备受信任。

朱韵不喜欢她，但表现得从来不讨厌她，也未介入他们间的问题。因此，她即使对阮宗延种种欺瞒举动失望，也不曾迁怒朱韵。

她很意外朱韵私下离间她和阮宗延的关系，但深想又不太意外。

作为母亲，朱韵想要为儿子争取更多的资源，已成年的继女就成了最大的威胁，而她对弟弟的不认可，只会让朱韵更加坚定要将她"赶"走的想法吧。

阮小冕对早逝的母亲并无深刻的记忆，朱韵让她看到一个自私护犊的母亲形象，她心寒之余也有些羡慕。如果，阮宗延也有这般护犊私心，他们父女间就不会轻易被离间了。

他以为她在经济上受了委屈，就以这样的方式补偿她，通过霍瑀转交，大概也是瞒着朱韵吧？

"谢谢你，霍先生。"阮小冕收起小礼盒，"麻烦你了。"

"不麻烦。"霍瑀说，"举手之劳，随身携带。"

随身携带？

阮小冕不知道从哪里吐槽，他完全不把这个项链当回事吧？

手机忽然响起，是关淮发来了信息。

他说有事不会再回酒会，给她预约了计程车，让她直接回星光罗斯酒店，不用等他。

阮小冕看着手机上的信息，心底涌起一股难以言喻的失落，还有一丝丝的凉意。

他被施丹蔻绊住了吧？

或许施丹蔻撒撒娇，他就走不了吧？

阮小冕握紧了手机，不由自主地羡慕着施丹蔻，羡慕她总能轻而易举地带走关淮的注意力，因为她是被爱着的吧？

"霍先生，不好意思。"阮小冕瞬间意兴阑珊，只想回去画设计图，"我想回酒店了，今天很高兴见到你。"

霍瑀看着她，问："哪家酒店？"

"星光罗斯。"

"我也是，一起走。"霍瑀起身，率先往会场出口走。

呃？一起走？

就算父亲拜托他关照她，也没必要这样尽职吧？

"霍先生，你不跟唐先生说一声吗？"阮小冕忙不迭地跟上霍瑀，委婉地拒绝，"其实我一个人可以回酒店的。"

"我本来就不想来酒会。"霍瑀的脚步没有停，"没必要说。"

关淮说霍瑀这人自我，阮小冕终于领教到了，只得配合霍瑀的节奏，跟他一起回星光罗斯酒店。

希望别在酒店碰到关淮，不然她还真不好解释为什么她会跟他合不来的人同行？

显然是阮小冕杞人忧天，她并不会碰到关淮，因为当天关淮没有回星光罗斯酒店，他只发了个消息告知她。

阮小冕隐约猜出他外宿的原因，自从在 Destiny 秀上见到施丹蔻，他的举止就有些反常。

施丹蔻是他的初恋，这里是见证他青春的米兰，太多共同的回忆足以绊住他的脚步。

　　第二天，阮小冕开始收拾回国的行李。

　　关淮打来电话："软绵绵，我还要在意大利待几天，你先回国吧。"

　　"小关先生……"她欲言又止，想问他要做什么，但听见手机那端传来施丹蔻暧昧不清的声音，像被泼了冷水，清醒地应声，"好的。"

　　不问缘由，恪尽职责，她没有立场干涉关淮的私生活。

　　那个瞬间，施丹蔻的声音仿佛看不见的手，穿过手机，攥住她的心脏，捏碎了她对关淮的在意，让她意识到现实——施丹蔻对关淮志在必得，谁跟她抢关淮她就撕了谁。

　　阮小冕本能地回避跟施丹蔻竞争。

　　她向来羡慕被关淮特别对待的施丹蔻，清楚她和施丹蔻的差别，施丹蔻是被偏爱的人，可以恃宠而骄，索求关注。而她不行，不管在父亲面前，还是在青梅竹马面前，她都失去撒娇的资格了。更别说在关淮面前，从一开始她就没有撒娇的权利，和关淮成为师徒，关系缓和，两人的互动渐入佳境，她开始信任他，不自觉地依赖他……但施丹蔻一出现，就让她泄气了，她害怕面对施丹蔻，害怕跟施丹蔻去争取关淮的关注。

　　阮小冕不得不提醒自己，关淮是她的偶像，是她的师父，可以崇拜仰望，但不可以喜欢他，更不能爱上他。

　　于是，阮小冕按照原计划回国。

　　之后，顾不上调整时差，她就投入到"撷秀杯"比赛作品的设计工作中。米兰之行，让她灵感迸发，下笔犹如神助。

　　抛弃所有纷扰的心思，努力工作摒除杂念，作为徒弟，设计出让师父认可的作品，这才是她面对关淮的正确方式。

关淮在意大利多待了四天才回国，一上班就收到阮小冕全新的设计草图，名为"米兰假日"的系列鞋履，令他眼前一亮。

看似中规中矩的经典高跟鞋样式，但简洁流畅富有设计感的线条轮廓，明快的色彩选择，巧妙的撞色处理，没有多余烦琐的配饰，将米兰的时尚活力与假日的欢畅气氛表现得淋漓尽致，凸显假日令人愉悦的氛围。

"撷秀杯"高跟鞋设计大赛，设计定位并非标新立异，而是实用主义。

时尚杂志与鞋业公司联合举办的比赛，名为挖掘设计新人，其实他们需要的是能够直接被市场接受的时尚设计，并非设计师自我表现而罔顾市场需求的"超时尚"作品，所以对参赛作品的完成度要求非常高。

阮小冕"米兰假日"系列鞋履的设计，绚丽飞扬，朝气蓬勃，设计简单却不落俗套，时尚感和市场需求的点掌握得刚刚好，跟她之前过于晦涩表达的设计相比，不可同日而语。

看来带她去米兰见世面是再正确不过的选择，她的学习能力和行动能力，让她迅速吸收各种养分，化为己用，提升了自己的设计质感。

"软绵绵，士别三日当刮目相看。"关淮啧啧点头，"这次设计整体不错，只需在细节表现方面，加强细腻度凸显质感。通过初赛没问题，提交设计稿参赛后，你可以直接制作复赛所需的样品。"

不管阮小冕在"撷秀杯"最后名次如何，关淮都打算将"米兰假日"推荐进歌萝设计部。这系列鞋履充满青春都市的时尚感，会受年轻女性的欢迎，符合歌萝的市场定位，稍作宣传，一定会成为畅销单品。

将"米兰假日"当作阮小冕设计师生涯的出道之作，可以在她的履历中增上漂亮的一笔。她是块值得雕琢的璞玉，只要攒足资本，他来指导规划，成为恩薇的专属设计师也是指日可待的事。

"谢谢小关先生的肯定。"

阮小冕暗暗松了一口气，关淮不是会客气恭维的人，他的专业素养和眼界，决定了他话语的份量，他的认可是她行动的最大动力。

"有个问题……"关淮顿了顿，又翻了翻设计草图，"虽说你是我的嫡传弟子，但设计风格与我相差甚远，倒像是得到了霍珥的真传。软绵绵，你不会向霍珥偷师了吧？"

霍珥作为恩薇的前专属设计师，他对色彩和敏感度和把握度远远超过其他人，惊艳华美的撞色设计让他的风格在恩薇独树一帜。别人模仿他的风格，基本是画虎类犬，些微的色度差异就会影响设计的整体质感，漂亮大胆的撞色对设计师本身的色感要求太高了。

阮小冕的撞色，从草图上看不出色彩精确度，但整体效果明朗爽快，后期注意色度，成品很值得期待。

"呃，这是在夸我吗？"阮小冕目光微闪，很意外关淮的敏锐，竟然能从她的草图中看到霍珥的影子。

其实从米兰回国时，她才发现和霍珥乘坐同一航班，大概为了兑现阮宗延拜托他的"关照"，霍珥主动换了座位，成了她的邻座。

"现在是学习的机会。"霍珥提起她之前的客气话，"我可以教你相关专业知识。"

这种近乎傲慢的直接，让阮小冕大开眼界，同时明白他为什么和关淮不合，他直接，而关淮是迂回的高手，两人频道不同，难以对接。

霍珥愿意对她释放善意，给她专业指导，她没有理由拒绝，她懂得珍惜这种学习的机会。

漫长的飞行，阮小冕是在跟霍珥进行专业交流中度过的，受益匪浅的同时也发现霍珥是个有意思的人，看似清高孤傲，却很坦率真诚，有问必答，从不迂回。

霍珥主动提起"撷秀杯"，推荐她去参赛，然后针对"撷秀杯"的定位，给了她一些建议，其中最重要的一点是，他说大胆明快的撞色设计很容易出挑。

在恩薇，霍瑀对色彩的把握确实出神入化，关淮纯色风格也不遑多让，各有所长。而阮小冕是美术专业出身，对色彩比较敏感，这也是她本身的优势，所以她接受了霍瑀的建议，在创作中发挥所长。

"博采众家之长，为己所用，不错。"关淮习惯性地抬头去摸她的头，以示表扬。

阮小冕却不着痕迹地弯下身，对他行拱手礼："谢谢师父。"

她回避的动作，让关淮的手尴尬地停在半空，最后强行抓了把空气，比了个加油的手势："好好干，师父看好你。"

"我会努力的。"阮小冕毕恭毕敬。

"软绵绵。"关淮感觉到微妙的距离，"你不问我在意大利多待几天做什么吗？"

阮小冕没料到他会主动提在意大利逗留的事，装傻道："应该跟工作有关吧？"

"不。"关淮盯着她，"是私事。"

"哦。"

阮小冕避开他的视线，她知道是他的私事，懂得避嫌的。

"哦？"关淮似乎有些不满，"软绵绵，你真的不好奇吗？"

阮小冕只好装作很好奇的样子，捧场道："小关先生，那几天在意大利做什么？"

"酒会那晚，施丹蔻不舒服昏倒了，我送她去医院。"关淮若有所思地看着阮小冕，"她严重贫血需要住院观察，我在照顾她。"

当时施丹蔻太虚弱，像孩子一样撒娇，恳求他陪她，他没法拒绝，住院三天确定可以回家调养，他才离开。

"施小姐的身体，现在还好吧？"

果然是因为施丹蔻，阮小冕早就知道关淮不会对她置之不理的。

"嗯。"关淮点头，"我在意大利第一年出水痘，是她照顾我的。"

"互相照顾，蛮好的。"阮小冕表示理解，作为旁观者。

"你……"关淮想再说什么最终还是没说，将设计草图还给她，"比赛的事，加油。"

"好的，小关先生。"阮小冕认真地回应他的期待，看向他的眼睛却有着闪烁不定的光。

设计草图通过关淮的审核后，阮小冕就投入到正式设计图稿的绘制。初稿完成，提交关淮审查，确定她在细节方面完善后，他让她注意色度，不能用油画调色的感觉来确定颜色，必须有精准的色号参数，后期制作样品时才不会出现色差。毕竟"米兰假日"系列鞋履最具竞争力的设计，就是线条和色彩。

阮小冕相信关淮的专业眼光，重视他的意见，经过一番精益求精的修改后，在三月十八日正式定稿，她才向"撷秀杯"大赛委员会提交"米兰假日"设计图稿。

之后，她听从关淮的建议，开始制作复赛所需的样品，因为关淮跟光耀研发中心打过招呼，她可以自由出入应有尽有的集团样品室，挑选所需的材料，回关淮的样品室制作成品。

关淮新系列鞋履的设计还在构思草稿阶段，他现在只接了两个私人订制的单子，一个是为乐坛小天后量身定制巡回演唱会的系列造型鞋；另一个是珠宝设计师欧阳漪，她要定制婚鞋。

阮小冕作为助理的工作就是整理定制客人的各种资料，协助关淮开版，其他时间全用在"米兰假日"的样品制作中。

"米兰假日"设计图稿提交不久后就是阮小冕的生日，她忙着制作样品，并未留心日子。

周末，阮小冕也待在样品室，连续工作五六个小时，累得趴在制作台小憩。

睡得迷迷糊糊，感觉有东西在头上移动，她睁开眼，发现是关淮在摸她的脑袋，一个激灵，人瞬间清醒，倏然起身。

"小关先生。"阮小冕不自觉地回避着关淮的视线，"你怎么来了？"

对于她的过度反应，关淮只是挑了下眉，指着制作台上的蛋糕，笑道："软绵绵，生日快乐！"

自从意大利之行后，阮小冕明显在跟他保持距离，回避他的动作越来越明显，从小绵羊退化成毛毛虫，一碰就炸毛。

这让关淮有些小失望，本以为小绵羊养熟了，会认主了，结果莫名其妙地跟他生分了。

"真开心有人帮我过生日，我自己都忘了。"阮小冕立刻一脸笑呵呵的，真开心假开心混在一起。

她很意外关淮会记着她的生日，心里柔软的一角不经意间被触动，她保持着开心表情，看着关淮打开包装盒，里面是个草莓慕斯蛋糕。

"我记住就行。"关淮理所当然道，将蜡烛插到蛋糕上，点火，关灯。

"来，许愿吧！祝你生日快乐……祝你生日快乐……祝你生日快乐……"

烛光中，她看着自顾自唱起生日歌的关淮，低低的声音，穿过耳膜，酥酥的，钻进了胸腔，心里就变得痒痒的。

阮小冕配合地闭上眼睛合起双手，许愿。

只愿她早日独立成为设计师出道，在这个世界立足，她才能更自信地面对自己的内心。

她睁开眼睛，吹灭蜡烛。

关淮重新开灯，他的手中多了个蓝色盒子："你的生日礼物，打开看看。"

"哇，还有礼物啊，谢谢小关先生。"

阮小冕依旧很开心地接过盒子，打开一看，里面是双高跟鞋：柔软月白色的皮质鞋面，做成柱状五角星的同色酒杯跟，而鞋内暗藏乾坤，内衬设计成深蓝色的星空。

鞋子内底没有品牌标签，分别印着"星河耿耿漏绵绵"和"月暗灯微欲曙天"两排字。

错落的星辰，仿佛在闪闪发光，又像睡着了，静谧平和，呈现出那句诗的意境。

"星河耿耿漏绵绵，月暗灯微欲曙天。"关淮念着诗歌，"这双鞋的创意来源，所以，软绵绵，它的名字就叫'绵绵'。"

会心一击，她听见心脏"扑通扑通"跳得很响。

"这是小关先生的设计吧？"阮小冕语气有些浮夸，"我真的受宠若惊，不敢当呢。"

不管是有意还是无意，关淮的举动，总能轻而易举地撩到她的心弦，让她受不了。

"你是我家的恩人。"关淮说，"也是我的嫡传弟子，还是我的左右手，生日礼物要亲手制作才有诚意。"

"我的荣幸，很高兴能进恩薇，福利太好了。"阮小冕眉开眼笑，声音中还带点儿兴奋。

她知道关淮感觉得出来近来两人间的微妙氛围，他越是靠近，她越想躲避，抗拒着心底的蠢蠢欲动。但她又不愿让关淮发现她的退缩，就努力在他面前假装积极，一副情绪高涨崇拜师父的样子。

"来，穿上试试？"关淮拉过椅了让她坐下，自然而然地为她提供试鞋服务。

阮小冕想起之前他为她试鞋的情景，那种脚在他手中的暧昧，肌肤相亲

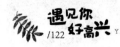

的亲昵，容易令她想入非非。

"我相信小关先生的设计，脚感一定超级棒。"阮小冕将鞋子放回盒子，夸张地说，"这么独一无二的鞋子，我要供起来当传家宝。"

"你不试穿？"

关淮表情有些古怪地看着她，伸出手想去探探她的脑袋，怀疑她发烧了，才会出现如此不合逻辑的行为。

阮小冕见他伸手过来，立刻避开，打哈哈道："我是标准码的脚，不试穿也知道合适的。"

关淮的手又尴尬地悬在半空，自从意大利回来后，阮小冕就很抗拒跟他有身体上的接触，以前明明任他"揉圆捏扁"的。

哪里出错了吗？难道她进入了叛逆期？

"软绵绵……"

"小关先生，我们该吃蛋糕了。"

阮小冕直接打断他，强行化解尴尬，热情地用蛋糕招待关淮，夸他买的蛋糕好吃。然后蛋糕一吃完，她就以还要工作为由，很强势地将关淮"请"出样品室。

样品室恢复了宁静，手机响起来，是阮宗延打电话来祝她生日快乐，她感谢他托霍玚转交的生日礼物，两人对朱韵的事只字不提，粉饰太平。

结束电话后，阮小冕才拿出"绵绵"试穿。为她量身定制的鞋履，与脚部完美契合，绵延不绝的柔软脚感，舒服得有点儿撩人，仿佛片片羽毛拂过心头，胸间起了波澜，荡着阵阵悸动。

心弦被拨动了，而她藏起回音，害怕与其共鸣。

生日过后不久，四月号《Grace》上市。

如关淮所料，阮小冕成功晋级复赛。

"米兰假日"系列鞋履四双样品已制作完成，获得关淮认可后，阮小冕提交大赛委员会审查。

阮小冕除了"撷秀杯"比赛的事，还要忙着准备毕业相关事宜。四月中旬，关淮在她的毕业实习鉴定表上签名盖章，肯定了她在恩薇的实习工作，同时准许她回学校做毕业设计，每周来恩薇一两次处理助理事务即可。

根据光耀规定，应届生拿到毕业证后才能正式签约，她便能从实习生转为正式员工。

对此，关淮贼兮兮地说："正式员工的福利更优厚，比如恩薇设计部的个人置装费，出国参加鞋展还能公费旅行……如果你毕业了，实习期结束后就是试用期了。"

反正毕业与否，她都会在恩薇工作的，阮小冕相信作为关淮的徒弟，就算是临时工，福利也不会差的。

阮小冕回美术学院提交了实习报告和毕业设计初稿，同时跟着导师进行相应的修改。

毕业设计修订完稿时，五月号《Grace》出刊，专题刊登了第一届"撷秀杯"高跟鞋设计大赛的结果和获奖作品及设计师的情况。

第一名，设计师魏醒，二十六岁，来自一家小镇婚纱定制店的婚纱设计师，他的作品叫作"霓裳伴侣"，风格梦幻飘逸，如同清流，简洁却不简单，脱俗却不媚俗，孤芳却不自赏。

第二名，设计师阮小冕，二十二岁，美术学院在读的油画专业学生，她的系列鞋履"米兰假日"，明媚热情，时尚的动感和假日畅快的气息融为一体，漂亮的色彩充满油画的质感。

第三名，设计师万殊，年仅十九岁的少年，无业，他提交的系列作品名为"无色"，以黑白为基调，以令人耳目一新的绑带设计，对经典鞋款进行大胆改造，评委将他的风格称为"犀利的复古，轮回的时尚"。

鉴于获奖作品会签约公司批量生产，杂志上并未刊登相关的设计图稿或样品照片，等成品上市时才会公开。

这让阮小冕对其他两名获奖者的作品充满好奇，尤其是第三名万殊。

可惜，五月二十日举行的颁奖典礼，刚好碰到阮小冕的毕业答辩。等毕业答辩完成后，她赶去《Grace》举办颁奖典礼的礼堂时，颁奖典礼已经结束，她从工作人员手中接过代领的奖杯和证书，还有作品的签约意向书。

所以，她没能见到魏醒和万殊。

听说万殊也没有参加颁奖典礼，还拒绝了路颐达和爱履两家公司的签约意向书，引来诸多猜测。

而作为大赛的冠军魏醒，没有接受五大公司提供的专职设计师职位，不过，他将"霓裳伴侣"系列鞋履签约授权给光耀集团，由歌萝设计部负责推广量产。

按照大赛委员会规定，光耀获得"霓裳伴侣"授权就失去签约其他获奖作品的权利，这让关淮将"米兰假日"推荐给歌萝设计部的计划落空，而星漾抢到了"米兰假日"的优先签约权。

关淮明显对此不高兴，但也无法否认"霓裳伴侣"的市场价值。再者，阮小冕并未以"恩薇助理设计师"或者"关淮徒弟"的身份参赛，关淮能干涉的空间很少，而曝光他和阮小冕的关系，只会引起对她获奖的争议。

即使不爽阮小冕的作品被星漾拿下，关淮只能睁一眼闭一眼，毕竟这个机会对阮小冕很重要。

阮小冕独自拿着星漾的签约意向书，去星漾正式签约授权。

工作人员直接将她带往总监办公室，她非常意外，负责跟她签约的人是霍瑀。

霍瑀的工作作风相当干脆利落，没有多余的寒暄，将拟好的合同给她过目，授权条件优越，几乎是按照主推设计师的待遇推广量产"米兰假日"，支付的授权费很可观，作为新人设计师，除非脑子进水，否则没有任何理由拒绝。

"霍先生，我能问个问题吗？"阮小冕想起了最初霍瑀建议她参加"撷秀杯"的事。

"问。"霍瑀比了个请的手势。

"星漾相中我的作品，纯粹是因为作品本身吗？"

还是有霍瑀关照的成分？

"你的作品，符合星漾的市场定位。"霍瑀不讳言，"你的设计风格，符合我的胃口。"

"那我要谢谢你的赏识了。"直到现在，阮小冕才相信霍瑀说她资质不错的话。

"你对签约条件有什么不满意吗？"霍瑀问。

"没有。"阮小冕摇头，签约条件这么好，或许里面有霍瑀的关照，但没什么不好，她是靠作品得到的。

"合作愉快。"霍瑀率先签好他的名字，盖上星漾的公章。

阮小冕签好名，合同一式两份，她带着自己的那一份，告别霍瑀。

"阮小冕。"打开门时，身后传来霍瑀的声音，"随时欢迎你来星漾上班。"

阮小冕回头，霍瑀真是致力"挖墙脚"一百年不变呢。

她颔首示意，笑了笑，没有多说什么。

她即将大学毕业，正式进入职场。她选择了光耀作为她在这个世界奋斗的战场，星漾从来不在她的考虑范围。

阮小冕最后一次回美院参加毕业典礼，又见到了肖翊。

"小冕，我看到你在设计大赛上获奖了，恭喜你。"肖翊挤到她身边的位置坐下，"听说你已经签约光耀了，这样你的梦想就能实现，小冕真棒！"

"嗯。"阮小冕不动声色地瞥了他一眼，他倒没什么变化，还是那么轻佻自在，忘记之前在她家的不欢而散吗？

"你现在对我这么客气？"肖翊凑过来，"因为黎予臻吗？"

阮小冕皱眉，直截了当道："肖翊，你想说什么？"

"我向黎予臻提分手了。"

"哦。"

肖翊果然还是肖翊，他的恋爱依然长不了。

"你不好奇为什么吗？"肖翊对她的冷淡反应有些失望。

"从中学开始，我就看着你恋爱分手，再恋爱再分手，如此反复，有什么新鲜的？"

"这次和你有关。"

"哦。"

阮小冕不以为然，他和黎予臻在一起后，她自动跟他们划清界限，基本处于绝交状态，怎么分手还能赖上她？

"小冕，以前我和黎予臻吵架时，她情绪激动说了很多东西。"肖翊认真道，"上次在你家，我就知道了，你喜欢我，从小就喜欢我，对不对？"

阮小冕没有立刻回答他，也没有闪避他注视她的目光，只觉得他后知后觉得可怕。

上次在她家，她配合关淮一唱一和，都说了以前喜欢他是眼神不好了，他现在还来确认她的心意？真是可笑。

"小冕，我们一起回鹭城，好不好？"肖翊见她不语，有些忐忑，急切地道歉，"对不起，如果早点儿知道的话，我一定不会跟黎予臻交往的。小冕，你给我一次机会，我们试试好吗？"

"肖翊，如果你和黎予臻就这样毕业结婚，生儿育女，白头偕老，我会祝福你找到真爱。"阮小冕失望地对肖翊摇头，"但是，你现在这样，只让我觉得无耻。"

肖翊把她当什么了？或者他当自己是什么？

"你怎么这样说？"肖翊脸色瞬间变难看。

"我早就不喜欢你了。"阮小冕可悲地看着他，他真的一点儿都不了解她，看不见她的变化，明知她有"男朋友"，还来跟她要机会？

她的无情，坦诚而直接，如同利刃，刺进心脏，打破他的自以为是。

肖翊一脸受伤，什么都没有再说，只是攥紧的拳头，在微微发颤，克制着内心的激荡。

毕业典礼结束，肖翊跟着她走出礼堂，却被等待许久的黎予臻拉住。

黎予臻怨愤地瞪着她："阮小冕，我警告……"

"我没兴趣。"

阮小冕打断她的话，嘲讽地看了他们一眼，就随人流离开。

毕业生们三两成群，流连在校园中拍纪念照。

她曾因为肖翊靠近美术学院，幻想过和他在一起，成为终结他恋爱的毕业证书，对大学生活充满了憧憬。

现在，她对见证自己愚蠢时光的校园，没有任何留恋，更期待校园外那个充满无限可能的世界。

从今天开始，她就不再是实习生了。

"阮小冕。"

霍瑀怀抱着一大束正当花期的鸢尾，迎面向她走来。

"霍先生？"阮小冕傻眼，怀疑地扫视四周，这里确实是美院，"你怎么在这里？"

"祝贺你，大学毕业了。"霍瑀将鸢尾塞进阮小冕手里，"我替阮先生来的。"

“哦，是这样的啊。”阮小冕恍然地抱着鸢尾，“谢谢。”

不过，她又觉得古怪，霍瑀表现得像代替阮宗延出席家长会的亲戚，他未免太把“关照”当回事了吧？

“咳！咳！”诡异的咳嗽声，不合时宜地在背后响起。

霍瑀表情变了，似乎端起架子，孤傲而清高。

阮小冕回头一看，吓了一跳：“小关先生，你怎么来了？”

最近忙着毕业的事，关淮基本没安排什么工作给她，她近一周都没去恩薇上班。等着正式毕业后，明天就带毕业证去跟关淮报到，签约转正。

“有些工作需要你去做。”关淮高深莫测的目光在阮小冕和霍瑀之间来回打量，“没打扰你们吧？”

“没打扰。”阮小冕听出了关淮的阴阳怪气，“小关先生要我做什么？”

“你跟我走就知道了。”关淮瞥了眼霍瑀，直接抓着阮小冕的手腕，拉着她就走。

阮小冕猝不及防，怀里的鸢尾掉落一地。

“等下。”霍瑀反手抓住阮小冕的另一只手腕，“关淮，放手，你动作太粗鲁了。”

“该放手的人是你。”关淮挑眉，盯着霍瑀的手。他稍稍放松抓住阮小冕的手，但没有任何放手的意思。

“你们……”

阮小冕咂舌，错愕看着剑拔弩张起来的关淮和霍瑀，他们这样拉着她是什么意思？围观的人会以为她脚踏两只船好不好？

“好了。”阮小冕用力地甩开他们的手，捡起地上的鸢尾，对霍瑀道谢，“霍先生，今天谢谢你，但我要去工作了，就此告别。”

关淮和霍瑀不是一路人，两人所属公司又视彼此为最大竞争对手，似乎不怎么对盘，确实不该凑一块儿。

"再见。"霍瑀故意比了个打电话的手势，"等你电话。"

霍瑀留下暧昧不明的话，潇洒走人。

阮小冕头疼地扶着额，不敢去看关淮。关淮的脸色很难看，难看得像是头上被戴了顶帽子。

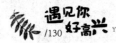

第八章

不需要
再报恩了

关淮所说的工作是带阮小冕去见定制客人欧阳漪，欧阳漪指名要她负责对接工作。

在欧阳漪公司，关淮才发现阮小冕早就认识欧阳漪，两人直接撇下他去私聊。

阮小冕的朋友圈再次让关淮感到意外，除了霍瑀，她什么时候跟欧阳漪也有私交？

在关淮眼中，阮小冕是初出茅庐的社会新鲜人，像霍瑀、欧阳漪这样的业界精英，不属于她的圈子，跟她怎么会有交集呢？

想起在美院碰到送花的霍瑀，霍瑀临走时的表现充满了挑衅，这让关淮很不爽，作为师父，他觉得有必要过问下徒弟的交友情况。

工作结束，阮小冕告别欧阳漪，关淮没有直接送她回家，路过中央公园就停下车，散步。

阮小冕没有异议，亦步亦趋地跟着关淮走在梧桐大道上。

暮光透过梧桐叶的间隙洒下，斑驳的光影落在关淮身上，随着他的脚步移动而变幻不定。

她微微仰望着他的背影，那些光影仿佛在她心间晃动，动摇着她的心思。

好像小猫在挠着她的心，想抓又抓不住，想静又静不了。

"软绵绵。"

关淮忽然回头，不满她的落后，伸手拉一把，让她与他并肩走。

"怎么了？小关先生？"

刚被拉到的手臂，还残留着他手掌的温度，阮小冕只觉得那片肌肤有点儿灼热，克制住对他碰触的敏感，佯装若无其事地走在他身边。

"你和欧阳漪都谈了哪些工作上的事？"关淮瞥了她一眼。

"对于小关先生的整体设计，欧阳小姐很满意。"阮小冕如实回答，"细节方面，她希望融入些个人偏好元素，我会整理成书面报告，供小关先生参考。"

不能如实回答的是她和欧阳漪八卦的内容。

作为珠宝设计师，欧阳漪的观察力不容小觑，看阮小冕和关淮的相处模式就觉得他们的关系微妙，二话不说把关淮晾在会客区，让阮小冕去她办公室谈公事。

漪澜酒会的相谈甚欢，欧阳漪理所当然将她当朋友，对她另眼相待，聊完工作后，直截了当地问她："小冕，你对关淮怎么想的？"

阮小冕没想到看起来矜持骄傲的欧阳漪，放下名门闺秀的架子，水灵灵的双眸直冒八卦之光。

"漪姐。"欧阳漪虚长她三四岁，强烈要求她叫"姐"，"小关先生是我师父。"

"这么才华横溢又年轻俊俏的师父，难得单身迄不弯，你真没想法？"欧阳漪表示不相信，"年轻人，不要暴殄天物啊。"

"我以为你是正经的姐姐。"阮小冕忍俊不禁。

"我是懒得在你面前装腔作势。"欧阳漪不以为意地摆摆手，"姐是过来人，看得出你和关淮之间的暧昧。可你的肢体语言告诉我，你在回避关淮，为什么？因为他是师父？这理由站不住。难道是我看错了，你不喜欢关淮？"

"漪姐。"面对欧阳漪洞悉一切的眼神，阮小冕想求饶，只能说，"喜欢小关先生的人很多。"

"竞争这么激烈？"欧阳漪兴致勃勃，"要不要姐给你支招？"

"我很崇拜也很尊敬小关先生。"阮小冕强调，也是在说服自己，"所以，漪姐别逗我了。"

"女人只会爱上能让她仰望的人。"欧阳漪意味深远道。

"漪姐……"阮小冕有种在欧阳漪面前无所遁形的感觉，"我是把小关先生当偶像仰望的。"

"根据统计，两个人的相遇概率是 0.00487，而相爱概率只有 0.000049。"欧阳漪突然正经道，"在你身边出现的人，喜欢就不要犹豫，不要放过，成为 0.000049 的人吧。"

"果然是准新娘，脑子里满满都是爱啊。"阮小冕投降，不想绕弯了，"既然相爱是低概率事件，强行中奖是行不通的，我……不想赌。"

现在的她没有筹码，输不起……那就别去赌，免得满盘皆输。

欧阳漪笑她是胆小鬼，她不否认，对关淮，她确实不敢胆大妄为，因为她不是被偏爱的施丹蔻，没有肆无忌惮的资格。

对她来说，爱是一件如履薄冰的事，意识到它的存在，都会让她诚惶诚恐。

"软绵绵。"关淮停下脚步，似笑非笑地看着她，"你和欧阳漪撇开我这个设计师，讨论设计的问题，本末倒置了吧？"

"抱歉。"阮小冕知错就改，但目光闪烁，无法直视关淮，"下次我会注意的。"

从美院来欧阳漪公司的路上，关淮只字不提霍瑀的事，她几度想开口，但见他无动于衷的样子，就把话咽下去了。

忙完欧阳漪这边的事，关淮突然有闲情逸致来公园散步，阮小冕琢磨着要不要趁机将霍瑀的事说清楚，免得像揣个炸弹在怀里，不知道关淮什么时候引爆。

"你……"关淮一步一步地靠近她，"你怎么认识欧阳漪的？"

他的气势有些迫人，阮小冕不自觉后退，背抵着粗壮的梧桐树干。

"上次停职时，我陪费总参加开业酒会，欧阳漪的新鞋磨脚，我帮她处理，就认识了。"

关淮挑了下眉，因为"爱莲说"事件，他跟费英治打过招呼，让费英治注意下阮小冕，倒不知道费英治带阮小冕去酒会透气了。

除了工作，阮小冕几乎不会跟他说其他的事，关淮不得不反省，初次见面的不愉快，让她一直对他保持距离。上次陪她回家后，她愿意对他坦诚自己的家事，他以为她开始信任他。米兰之行，他对她袒露过往，以为她会懂他的。

现在看来，阮小冕不懂他，反而离他越来越远了。

明明运筹帷幄，却渐渐失控，仿佛被她排斥在外，他不喜欢这种感觉。

"那么……"关淮抬起手，撑在她头顶的树干上，"你又怎么认识霍瑀的？在米兰，不是你第一次见霍瑀吧？"

阮小冕仰头看他，背着光，脸色有些暗沉，眸子更加幽深，昭示着他对霍瑀这事的介意，忍了大半天，终于直接问她了。

但他的"树咚"姿态，像将她困在怀里，靠得太近，她都感受到他扑面而来的气息，让她的呼吸不由得急促起来，双颊跟着发烫。

"小关先生。"阮小冕讪笑，决定先就霍瑀的事道歉，"对不起，我知道你和霍瑀不和，才没跟你说他的事。"

"嗯哼。"关淮哼着声音，"所以，你打算欺师灭祖吗？"

"不。"阮小冕抬起手做发誓状，"我和霍瑀真的不熟，但在米兰装第一次见霍瑀是我的问题。其实，在家过年时我就见过霍瑀了，他是父亲的客人，和父亲关系不错，父亲就拜托他关照我。今天他来学校，也是受父亲所托来祝贺我大学毕业的。"

阮小冕选择性地告知霍瑀相关的事，其他跟霍瑀的互动，她直觉不要让关淮知道比较好，免得徒添麻烦。

"是吗？"关淮的脸凑近阮小冕，几乎跟她眼观眼鼻对鼻了，"霍瑀没对你做什么？"

"霍瑀只是碍于人情，才跟我有接触的。否则，像我这种无名小卒，他懒得多看一眼。"

阮小冕实在受不了这种暧昧的姿势，往下一蹲，"逃"出关淮的"树咚"范围。

关淮伸手想拉回她，但手机来电的声音打断了他。

"Chloe？"关淮先接电话。

阮小冕一听到名字，就垂下眼帘，自动背过身，离远一点儿，避嫌。

关淮见状，快速结束电话，抓住阮小冕的手，防止她再避开他。

"软绵绵，我们还没说完。"

"小关先生还要说什么？"阮小冕装无所谓的样子，不敢用力挣脱。

"我希望你和霍瑀保持距离。"关淮正色道。他是没料到阮宗延和霍瑀有交情，但阮宗延这样拜托霍瑀关照阮小冕，有意撮合的意图，他是想得到的。

"霍瑀很难亲近，我不用保持都有距离感呢。"阮小冕不以为然道，觉得关淮的"警告"很奇怪，更奇怪的是他抓着她不放，太引人注目，让她不自在，有种被窥视的不适。

"小关先生，你有没有觉得有人在看我们？"

下午四五点，来中央公园散步的人渐渐增多，关淮和她拉拉扯扯，自然有人侧目。

"不要转移话题。"关淮没理会旁人的目光，盯着阮小冕，终于问她，"你把'米兰假日'授权给星漾，是因为霍瑀吗？"

"为什么这么说？"阮小冕愣住，关淮绕了一圈，是根本不相信她和霍瑀是泛泛之交吧？

"我和'米兰假日'也有关系，为什么你不告诉我授权合同是你和霍瑀签订的？"

关淮知道星漾获得"米兰假日"的优先签约权，但不知道是霍瑀亲自跟阮小冕签约的。因为费英治和霍瑀有私交，两人喝酒说起近况，霍瑀似乎很高兴亲自签下"撷秀杯"获奖作品，费英治跟他提起这事，确认签的是阮小冕的作品。

"'米兰假日'是授权给星漾，星漾派谁当签约代表，无所谓吧？"

就因为签约代表是霍瑀，跟关淮有嫌隙的霍瑀，她才不想特地告诉关淮，毕竟只是普通的商业合作。

"嗯，无所谓。"关淮缓缓松开手，表情复杂地看着阮小冕，没有再说什么，继续散步。

阮小冕望着他越走越快的背影，只得跟上。

因为霍瑀的关系，阮小冕觉得她又得罪了关淮。

于是，倾囊相授的师父不见了，多了个压榨劳工的资本家。

自从签约成为光耀的正式员工，阮小冕的工作量比实习期增加两三倍，加班成了家常便饭，时不时地还要跑外勤。

比如，欧阳潏那边的想法有变化或者关淮这边的设计有变动，她要充当传声筒，来回做沟通。关淮美其名曰锻炼她的沟通能力，了解客人的真实需求。

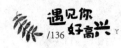

而欧阳漪乐得八卦她和关淮的关系，巴不得多提一些修改意见，创造更多她和关淮"沟通"的机会。

幸好另一个定制客人江丹橘，不需要她这么折腾。因为江丹橘和关淮以前有过合作，对他的设计很信任，双方不需要再进行磨合，她只要跟进关淮的进度，及时报备给江丹橘的经纪人，反馈他们的意见给关淮就可以。

阮小冕的工作除了要伺候关淮的定制客人，同时负责关淮秋冬"一剪梅"系列鞋履的开版工作。虽说有之前"爱莲说"的开版经验，整个流程她很熟悉，奈何工作量太大，让她有点儿力不从心。她无比羡慕周昉和麦修伦工作室的助理设计师，他们不是一个人在战斗！

身体基本恢复的关鹤松，知道她没空去关家大宅，就让雷叔送他来公司"微服私访"，对关淮的工作安排很不满，直接要求关淮减少她的工作量，要么再招一个助理设计师分担。

简直是亲爷爷！

阮小冕感动不已，有靠山的感觉真好。

结果关淮轻飘飘一句话，送了顶高帽给她戴。

"我相信她的能力，还未达到极限，年轻就应该挖掘各种潜能嘛。"

"她眼窝都凹进去了！"老爷子心疼她，差点儿抢拐杖揍关淮，"别把她当男人使唤！"

"怎么会？"关淮说，"我在培养她当超人呢！"

"你简直……孺子不可教！"

活该单身！老爷子愤愤道，只好拉着阮小冕说些体己话，替她口头"讨伐"关淮的"暴政"，她若想换部门或者辞职，他会给她撑腰的。

当然，关鹤松的话听听就好，关淮没有再招一个助理的意思，阮小冕也不想轻易认输，拼命地跟上关淮的工作进度。而且，关淮也给她机会，让她根据"一剪梅"的主题风格创作，他会将她的单品收录进"一剪梅"系列鞋履，提交"三会"审查，若能通过上市，他会给她联合署名的。当然，前提是她的设计入得了他的法眼。

在恩薇，助理设计师是无法发布署名作品的，只能通过潜规则——经由专属设计师的润改，以专属设计师的名义发布。

关淮想破坏规矩，给她联合署名，阮小冕想这是最好的奖励，工作更有干劲，努力挤出时间来构思她的"一剪梅"。

大半月过去，关淮给她的工作量不见减少，她每天忙得跟陀螺似的，这时霍瑀来电，告诉她"米兰假日"进入量产流程，希望作为设计师的她亲自去看看成品。

阮小冕没想到签约两个月多，"米兰假日"这么快就要进入市场，兴奋得难以自制，当然想去看成品。

不过，想到关淮对霍瑀的微妙态度，阮小冕犹豫了很久，才跟他请假去看"米兰假日"。

关淮的反应不冷不热，让她处理完事情尽快回来上班，他要看她的"一剪梅"设计。

阮小冕直接去星漾找霍瑀。

一到办公室，霍瑀就拿出五六本时尚杂志给她。

阮小冕最近太忙了，根本没时间也没心思看这些杂志了解流行趋势。她先翻开八月号《Grace》，封二彩页就是个惊喜，全版刊登着"撷秀杯"获奖设计师阮小冕作品量产上市的广告，"米兰假日"系列鞋履作为商品正式亮相。

《Grace》主编亲自寄语，称她为新锐设计师，对"米兰假日"高度评价，流畅的线条和动感的色彩完美融合，变成活力绚烂的时尚鞋履。好鞋带来好心情，尽兴享受假日吧！

再看其他时尚杂志，不同杂志不同位置，都刊登了"米兰假日"系列鞋履的广告，阮小冕没想到星漾会这么重视"米兰假日"，让她的成就感和虚荣感瞬间膨胀，真切地感受到她作为设计师出道了。

"'米兰假日'真的要上市了？"

一款鞋子从样品到量产的时间可长可短，但她将"米兰假日"授权给星漾才两个月多，在如此短的时间完成量产铺货到全国门店，绝对是惊人之举。

"眼见为实。"

霍瑀直接带她到万领商业广场，与恩薇旗舰店处于同一楼层的星漾旗舰店。一进店，她就被眼前所见震撼了。

店内硕大的高清 LED 显示屏滚动播放"米兰假日"上市广告，全方位360 度展示系列鞋履的姿态，动感时尚，明媚流畅。同时介绍该系列鞋履的设计师，来自"撷秀杯"获奖者阮小冕，星漾旗下不同设计师对"米兰假日"的推荐，以众星拱月之姿为"米兰假日"的上市造势。

旗舰店内的新品展示架，专门用来摆放"米兰假日"系列鞋履，四款样式不同鞋码，错落放置，明媚璀璨，摆满整个展示架。

明眼人一看，八月就是"米兰假日"的主题月。

阮小冕无法形容此刻的心情，震撼又激动，兴奋又忐忑。

"这……这是我的鞋子？"阮小冕有点儿语无伦次，"我不是在做梦吧？"

"不是。"

旗舰店店长认出霍瑀，和店员过来打招呼。

霍瑀顺势介绍："这位是'米兰假日'设计师阮小冕。"

阮小冕和店长店员握了手，有真实的触感，让她相信这是现实："我就这样出道了？"

"对。"霍瑀请她来到展示架前，"星漾在全国有近三千家门店，今天'米兰假日'率先在万领旗舰店上架，接下来的半个月，会全国铺货到位。"

"'米兰假日'是你全权负责的吗？所以才能这么快上市？"阮小冕受

宠若惊，星漾对"米兰假日"的投入超乎她的想象。

"证明我的眼光没错。"

为了让"米兰假日"尽快上市，霍瑀利用设计总监的特权，调配相关资源，以"米兰假日"为优先，在相关消费者定位的时尚杂志全面投放广告，为上市营造最佳的销售氛围。

阮小冕看着客人们围到展示架，拿起鞋子端详，店员适时上前服务，询问客人脚码，为她们挑选合适的鞋子试穿。

她拉了拉霍瑀的衣角，悄悄退到一旁，不想影响到真正的客人。

她小心翼翼地观察客人们的表情，听着店员问她们试鞋体验，她比任何人都期待听到来自消费者的反馈。

正在试鞋的两个女生，二十出头的俏女郎，并非星漾的常客，她们说在杂志上见过广告，逛街时看到新鞋便来试试，实物比广告招牌漂亮很多，尤其是色彩，特别赏心悦目。

一番试穿后，两个女生很快挑中自己喜欢的鞋款，爽快地买单。

看着自己设计的鞋子讨得客人欢心被买走，阮小冕整个人都飘飘然起来，比她的设计获得关涟认可，还要高兴。

"阮小冕。"霍瑀若有所思地看着她，"星漾将推出高端女鞋新品牌，由我主导，你有兴趣加入吗？"

刚看到霍瑀对"米兰假日"的用心，阮小冕确实动容，但他一言不合就"挖墙脚"的习惯，让她很为难。

"霍先生，谢谢你对我的赏识。"阮小冕歉然道，"如果有机会，我很愿意再跟你合作的。"

"相信会有机会的。"

霍瑀一点儿都不恼她的拒绝，淡定自若，反让她有些过意不去，觉得欠他人情。

而"机会"来得之快，令她猝不及防。

托霍瑀的福，"米兰假日"在星漾门店销售火爆，让阮小冕在高跟鞋设计界崭露头角，成为瞩目的新锐设计师。

不过，阮小冕不敢在关淮面前表现得高兴，她最近提交的"一剪梅"设计稿全被关淮打回来，修改。她自信心受挫，从"米兰假日"的满足中清醒，她现在的设计水平远远达不到恩薇的要求，就算关淮给她联合署名的机会，她也没办法在恩薇立足。

下班的时候，阮小冕在研究着关淮的"一剪梅"设计稿。冷静清晰的色调，优雅利落的线条，看起来简洁却不简单，一双双鞋子像凌寒独自精彩的梅花，清冷骄傲却不孤芳自赏，反而灵气十足，令人心驰神往。

而她模仿关淮风格创作的"一剪梅"，匠气十足，缺乏灵气。

对比两人的设计稿，阮小冕深刻地体会到她和关淮之间的距离。"米兰假日"的成功是因为关淮的指导和霍瑀的推广，占尽天时地利与人和，并非她设计能力的功劳。

现在的她只能仰望关淮的背影，要怎么做，才能追上他？

阮小冕苦恼地挠着头发，看着关淮的设计稿发呆。

关淮走过来，抽走设计稿，将她的包塞到她手里，拉着她的胳膊就要走："下班了，吃饭去。"

"等等。"阮小冕稳住脚步，主动要求加班，"小关先生，我还想在公司待会儿。"

"今天你是主角，不能缺席。"关淮瞥了眼她修改中的设计稿，直接拖着她走。

"我是主角？怎么回事？"

阮小冕满头雾水，跟跄着脚步被关淮拖进了电梯，趁着他松手去按楼层，她赶紧挪开两步，拉开距离。

"到了就知道了。"关淮看她避嫌的动作，故意挖苦，"电梯就这么大，阮大设计师，出道了，成名了，怕师父沾光吗？"

他一点儿都不意外"米兰假日"的市场表现，意外的是星漾对"米兰假日"的营销力度，虽然星漾获得可观的商业利润，但受益最大的人是阮小冕。

想到这背后的推手是霍瑀，关淮感觉就很不好。霍瑀如此费心"为他人作嫁衣"，衬得他这个师父对徒弟好像不上心。

"嗯，电梯就这么大，我怕挤到师父，对师父不尊敬嘛。"阮小冕点头，打哈哈道，"师父闪闪发亮，是徒弟沾光了。"

"徒弟，过来。"关淮拿出师父的权威，向她招手，"让师父看看，你是巧言令色？还是心口如一？"

阮小冕只好挪回去，就见关淮抬手，以不容她回避的力道，强行摸头，一脸她跑不掉的表情。

她能感受到这种举动的亲昵和暧昧，才刻意回避与他的身体接触，可他如此强势……她只能当木头人了。

"软绵绵。"关淮的声音放低许多，"最近辛苦了，设计稿慢慢改，我会等你的。"

这种不经意的温柔，对她的杀伤力太大。

心弦在瞬间又被拨动，心房内震颤着喜欢的波动。

"嗯。"

她只能模糊地应声，不敢抬头看他。

感谢电梯到达，解除了她一时动心的无措。

阮小冕跟着关淮来到微光岛酒店包间，才知道关鹤松和费英治要给她办庆功宴，祝贺她顺利出道作品大卖。她一进包间就被关鹤松拉到身边唠叨，

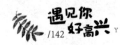

他怪关淮和关凛对这事不重视，还是费英治处事周全。

费英治处事确实周全，除了关家人，他连霍瑀都邀请了。

阮小冕一见到霍瑀，就去看关淮的反应。关淮一反常态，大方地跟霍瑀打招呼，谢谢他对徒弟的"照顾"。

霍瑀颔首回应，没有跟关淮多做交流，倒是跟邻座的关凛相谈甚欢。

关淮和霍瑀同处一室的景象，总让阮小冕觉得怪异，幸好有费英治和关鹤松活跃气氛，她作为庆功宴"主角"，积极地与费英治和关鹤松互动，宴会进行得还算顺利。

但阮小冕没想到施丹蔻会出现。

施丹蔻说她一下飞机就赶过来，理所当然地黏着关淮，对着关鹤松和关凛，一口一个"爷爷""姐姐"叫得亲切，还真心实意地祝福阮小冕"旗开得胜"。

看着施丹蔻和关淮在一起的画面，阮小冕的情绪再次波动起来。施丹蔻的存在，让她没有自信面对关淮。

阮小冕借口去洗手间，暂时离席。

当她走出洗手间，却被突然冒出来的霍瑀拉到了楼梯间。

"霍先生。"阮小冕吓了一跳，"有什么事吗？"

"你看看。"霍瑀把手机给她，"这是我今天赴宴的原因。"

阮小冕不明所以地接过手机，打开微信对话框。上面是几张截图，独家爆料"新锐设计师阮小冕成名的背后"，配图居然是她和关淮在中央公园的照片！

她忍不住手心冒汗，那时在中央公园有被窥视的不适并非她的错觉，真的有人在跟踪偷拍。

她细看截图中的文字内容，爆出她是关淮的徒弟，还有不可描述的关系，才破格成为恩薇的助理设计师，直说她在"撷秀杯"获奖是因为关淮。

这篇爆料名为揭露她成名的秘密，实则抹黑她和关淮的关系，将关淮描述成她背后的男人……

阮小冕越看内容，脸色越难看，关淮的形象被塑造得龌龊不堪。

"这是某八卦公众号'周末见'的内容，后天发布。"霍瑀解释，"'周末见'有我认识的人，知道星漾在主推你的作品，所以提前知会了我。"

一听是还没公开的爆料，阮小冕不由得松口气，又急切起来："你可以阻止他们刊登吗？"

这篇爆料一出，读者会认为是她为了"米兰假日"在"炒作"，她可能成为受益人，增加知名度。然而，这篇爆料对关淮的主观恶意太大，不仅会毁掉关淮的声誉，还会影响恩薇的品牌形象，直接冲击到"一剪梅"系列。

今天春夏系列的"爱莲说"已经夭折，如果秋冬系列的"一剪梅"再出意外……阮小冕不敢想象。

"我没有理由阻止。"霍瑀不以为然道，"这篇爆料在一定程度上会增加'米兰假日'的销量。"

"霍先生，你想借此打击关淮吗？"阮小冕有点儿恼怒了。

"我可以提供解决方案，供你参考。"霍瑀答非所问。

阮小冕忍住气："你说。"

"首先，你空降恩薇，不可否认是因为关淮。其次，只要你在恩薇，你的成功都会带上关淮的印记。所以，就算阻止了这一次，以后还是会曝光的，越晚曝光对你和关淮的影响会越大。"

"所以？"

"如果你的目标是恩薇专属设计师，我建议你先攒足资本，在设计界站稳脚跟，再进入恩薇就水到渠成。那样没人会质疑你的能力，也没人怀疑关淮假公济私。反之，你靠关淮在恩薇立足，潜规则的帽子永远摘不掉，外界对关淮的评价也会因你而改变。重点是，你和关淮不可能是纯粹的师徒关系。"

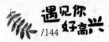

霍瑀冷静犀利的分析，一针见血。她想依靠关淮这个捷径实现梦想，以后面对质疑时，她做不到问心无愧，她也无法自欺欺人说只当关淮是师父。

"我该怎么做？"

"我答应阮先生关照你，自然会帮你。"霍瑀给她选择，"你来星漾，我提供平台，你就借着'米兰假日'的势头，稳扎稳打，成为优秀的设计师。这样就能靠自己的力量，堂堂正正进入恩薇，跟关淮平起平坐，在这个世界真正立足。"

反之，如果她留在恩薇，与星漾无关，霍瑀就作壁上观，关淮的声誉跟他无关。

她早该知道走捷径是要付出代价的。

她是仰望着关淮才来到这个圈子，想成为像他那样的高跟鞋设计师。

他是她追逐的目标，更是她想爱却不敢爱的人。

阮小冕恍恍惚惚跟着霍瑀走出楼梯间，却碰到出来寻人的关淮。见阮小冕和霍瑀在一起，关淮脸色刹那间暗下来。

霍瑀意味深长地看了眼关淮，然后抛给阮小冕一个心照不宣的眼神，挥手走人。

"小关先生……"阮小冕心虚地看着关淮，讪笑，"你也要去洗手间吗？"

他应该没听见她和霍瑀的谈话吧？

"你和霍瑀……真的不熟吗？"关淮问，"我的话，你都当耳边风了？"

他说希望她和霍瑀保持距离，显然她是做不到的。

"对不起，小关先生。"阮小冕只能这样说。

"你……"关淮难掩失望之色，"待会儿让费哥送你回家。"

关淮觉得他需要冷静，到底哪里出了问题，为什么她离他越来越远了？

阮小冕一直都很喜欢关淮的设计，她比任何人都期待他的新作，而"爱莲说"事件让她明白毁掉一个人的心血有多容易。

她没有太多的时间考虑，决定接受霍瑀的建议去星漾，不去依靠关淮，就不会有恶意爆料影响他。

这几天上班，阮小冕琢磨着怎么提辞职。因为霍瑀的关系，大概为了"惩罚"她，关淮对她各种冷处理，就连她上交的"一剪梅"修改稿，他搁在一边看都不看。

两人间的气氛越来越糟糕。

手头上的工作渐渐完成，没有新的工作安排，阮小冕闲得慌，关淮宁愿把自己关在样品室捣鼓，也不让她这个助理"物尽其用"。

本以为经过大半年的相处，她能够更了解关淮，实际上，关淮仍是她不擅长应对的人，他的心思七拐八绕太难猜。何况初见时，她就知道关淮不喜欢她，她是关淮讨厌的女生类型，如果不是为了报恩，他们也不会有什么交集。

如今，因为关淮指导的"米兰假日"，她成为设计师出道，这个"恩"也算报完了。

这样也好，她出师独立，两人好聚好散，回归各自轨道。

阮小冕答应霍瑀去星漾，原本打算用一个月时间来做相关交接，现在看来没必要了，她手头的工作已完成，随时离开都不会影响关淮工作室的运作。

心里百味杂陈，阮小冕将辞职信放在关淮的办公桌上，然后回自己位置收拾私人物品，情绪不知不觉低落，没想到最后以这样的方式离开。

"啪！"

辞职信交出去不到十分钟，对她冷处理的关淮，就将辞职信摔在她的办公桌上。

"什么意思？你把恩薇当什么地方？说来就来，说走就走吗？"

阮小冕停下手中收拾的动作，抬头正视关淮，他一脸的恼火，怒视着她。

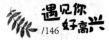

"小关先生，现在愿意跟我说话了吗？"

决定已经做出，再面对他时，阮小冕就没那么患得患失了。

"这是你的目的？"关淮拿起辞职信，面露不屑之色，"阮小冕，你什么时候学会这些手段？假装辞职来吸引我注意？"

"我没有玩手段。"阮小冕起身，郑重道，"谢谢你这大半年来对我的照顾，因为你，我才能出道成为设计师。我很遗憾，没法继续留在恩薇和你共事，但你永远是我的师父，我最崇拜的设计师。"

"什么叫没法继续留在恩薇？"关淮拧起眉头，无法克制的声音泄露了他的恼意。

"我……"

她被他眼中渐渐浓烈的怒意吓到，他瞪着她，一步一步地逼近她，她本能地往后退，退到无路可退，背贴着墙壁。

"我要去星漾。"

"你再说一遍？"关淮怀疑自己听错了，无法相信她辞职的理由。

"我要去星漾当设计师。"阮小冕深吸一口气。

关淮的表情黑沉下来，眼中的愤怒被她的话点燃了，瞳孔急剧收缩，眼神吓人。

"咚！"

关淮一拳捶在她身边的墙壁上，将她困在他的臂展间，咬牙切齿道："因为霍瑀？"

"对。"阮小冕感觉贴着墙壁的手在冒冷汗，她第一次看到如此张牙舞爪的关淮，"他会让我成为优秀的设计师。"

"阮小冕，你在羞辱我吗？"愤怒和失望在关淮眼中交织，他另一只手猛地抬起她的下巴，"你居然选择霍瑀？他会让你成为优秀的设计师，我不行吗？我是关淮，你所谓的最崇拜的设计师，你就是这样戏弄我吗？我费尽心思让你进恩薇，毫不藏私地指导你，帮你实现梦想，我为的是什么？我想让你跟我齐肩并进，成为恩薇专属设计师，这些都不能满足你吗？你为了霍瑀去星漾，这样打我的脸，你觉得有趣吗？"

"够了。"阮小冕的下巴被捏得很难受，想要摆脱他的钳制，但无法动弹，"你说你表达感谢的方式是帮我实现梦想，那么已经够了，不需要再报恩了。"

"你！你觉得我做的一切都是为了报恩吗？"关淮的眼睛有点泛红，一脸恨不得掐死她的表情。

"难道不是吗？如果不是报恩——"

阮小冕未尽的话语，消失在关淮突然压过来的嘴唇里，她错愕地瞪大眼睛，唇上传来激烈的蹂躏感，陌生的男性气息灌入她嘴中，呼吸好像被夺走，大脑出现了空白，身体被压在墙壁上，难以动弹。

直到唇上传来啃咬的感觉，她才晃过神，意识到关淮在做什么。

"啪！"

几乎用尽全身的力气，阮小冕抬手甩在关淮脸上，使劲推开了他，然后手捂着嘴巴，委屈又恼怒地瞪着关淮。

"你……你疯了！"

有些欲盖弥彰的东西，喷涌而出。

"对，我疯了。"这一巴掌似乎让关淮冷静下来，他舔了舔嘴角，眼神变得张狂，"我不会批准你辞职的。"

他拿起辞职信撕成碎片，撒在她面前。

"那么，你希望我去找爷爷吗？"她相信只要她想辞职，关鹤松是会支持她的。

"你！"关淮再一次逼近了她，抓起她的手，"阮小冕，你不懂吗？你不懂……"

"Enoch，你们在做什么？"突然出现的施丹蔻打断了关淮，急忙上前，拉开像要揍人的关淮，阮小冕顺势躲到一边。

她不知道施丹蔻为什么会再来找关淮，但她很感谢施丹蔻帮她拉住失控的关淮，她没法再跟他好好谈了。

对，她不懂关淮，她也不能懂关淮，如果太懂他，她就离不开了。

"谢谢小关先生的关照，再见。"阮小冕丢下告别的话，抱起桌上的收纳盒，快步离开。

"阮小冕，你给我站住！"关淮大吼，想要去追她，但施丹蔻抓住他的胳膊不放，"你今天敢走出恩薇的门，就永远别想再回来！"

闻言，她停下脚步，回头看看已经红了眼的关淮，心底涌起难以言喻的伤感。

"再见，小关先生。"阮小冕定定地看着放狠话的关淮，深深地鞠躬，其实她明白，即使在星漾攒足资本，也可能回不了恩薇的。

但现在的她，不能留在关淮身边。

"阮小冕，不准走！我不准！"

这一次，阮小冕头也不回地离开，电梯关上门时，她看见关淮挣脱施丹蔻，朝她跑来，紧闭的电梯门传来一道巨大的捶击声。

震得她心口发颤。

舌尖尝到了血腥味，嘴唇似有破皮，昭示着不久前关淮的疯狂。

那瞬间，她明白了，为什么会爱上关淮。

第九章　她可能是迷路了

　　站在关家大宅的古铜大门外，阮小冕失神地望着院墙横枝垂落的九重葛，迎着日光盛开的花儿，一簇簇，红灿灿，好似绿叶间燃烧的焰火。

　　这让她想起那日关淮眼里失控的怒火。

　　一周前，她和关淮不欢而散，离开恩薇，她并没有马上去星漾入职。

　　昨天人事经理谢越联系她，让她回公司办理相关离职手续，虽然她不再去上班了，但一些程序还是要走的。

　　换句话说，她的直属上司关淮正式批准她辞职了。

　　阮小冕回到光耀集团处理人事关系，有点儿担心会再见到关淮，不知如何面对。

　　显然是她想多了，关淮不会闲到在集团大楼晃荡，她没有遇见他，倒是乘坐电梯时，听到施丹蔻的八卦。

　　施丹蔻最近在拍摄歌萝新一季的广告，电梯里八卦的人挤眉弄眼，用一脸"你懂的"表情说施丹蔻工作一结束就会去恩薇设计部，跟关淮有说有笑。

　　她知道施丹蔻是关淮的白月光，却像是坠在她心间的陨石，压抑着她，无法纾解。

完成所有离职程序，离开人事部时，阮小冕忍不住问："谢经理，小关先生有说什么吗？"

"小关先生通知我为他新招收的两名助理设计师办入职手续，顺便说你离职了，我才联系你回来走程序。"

公事公办的答案，阮小冕听得很不是滋味。

对关淮来说，她就是随时可以被取代的存在吧？

正式离职后，阮小冕想到她和关家的渊源来自关鹤松，于公于私，离开光耀，她都得跟关鹤松说一声的。

关鹤松知道她已经离开光耀了吗？

按照关鹤松对她的偏爱，如果知道她和关淮闹翻，可能会出面为她"讨公道"之类的。但他这边没有任何动静，仿佛她还在恩薇，一如既往。

所以，阮小冕很踌躇，该不该见关鹤松？

其实，她的离职对光耀集团来说，只是个无关紧要的事情，她不顾关淮反对执意离职，再跑来找关鹤松，很虚伪矫情吧？

"阮小姐，好久不见，关先生有请，跟我进来吧！"不知何时出现的雷叔，恭恭敬敬地打开古铜大门，邀请她进门做客。

阮小冕回过神，这才发现铜门上方有个监控摄像头，就有些尴尬地跟雷叔进门。

关鹤松一见她，就满脸笑意地拉着她的手坐下，一边嘘寒问暖话家常，一边唤雷叔上茶水、点心。

阮小冕心底涌起了罪恶感，倏然起身，向关鹤松弯腰道歉："对不起，爷爷。"

她不是他的亲孙女，而是"过河拆桥"伤害他亲孙子的人。

关鹤松皱了下眉头，拉着她回座位坐好："小冕，你是说辞职的事吗？"

"爷爷知道？"

阮小冕怔了下，望着白发苍苍精神矍铄的关鹤松，对上他洞悉一切的目光，她忽然讨厌起自己的无能。

"小冕，你知道的，我一直很中意你当孙媳。出于私心，我希望你留在小淮身边工作，你们年纪相仿，朝夕相处，日久生情，就能水到渠成地变成一家人。"

关鹤松从来不掩饰他对阮小冕的偏爱，从关凛口中得知阮小冕离职，他的第一反应是拿关淮问罪。

当他看到关淮时，什么话都说不出来，自己一手带大的孙子，脾气性情他最清楚，不忍责怪挫败的关淮，也不忍勉强阮小冕，佯装天下太平，儿孙自有儿孙福。

"你不问我理由吗？"阮小冕听着难受，关鹤松是真的拿她当家人。

"你愿意说就说，不愿意我也不问。"关鹤松叹口气，"我支持你在职业上的规划，在某些方面，霍瑀确实比小淮成熟，你跟着他也会学有所获的。"

"霍瑀成熟归成熟，这么做，太不厚道了。"关凛的声音很突兀地插入。

阮小冕循声望去，就见她进门将车钥匙丢给雷叔，身后跟着施丹蔻。

"爷爷，我来看你啦。"施丹蔻热情地跟关鹤松打招呼，礼貌地向阮小冕颔首示意，然后随着关凛坐在一旁，不动声色，作壁上观。

施丹蔻似乎变了很多，阮小冕想，但关凛咄咄逼人的眼神让她不由得正襟危坐，无心关注施丹蔻。

"小凛，别乱说。"关鹤松向关凛使了个眼色。

"我只想说。"关凛直视阮小冕，"阮小冕，你可以跳槽去任何公司，但跟着霍瑀去星漾，是在打关家的脸，更是伤关淮的自尊。"

关凛向来直接又犀利，并且不留任何情面。

阮小冕顿时觉得双颊热辣辣的，像被关凛当众扇了一巴掌。

关鹤松是长辈，偏爱她，不忍苛责她，即使她的做法令人失望，他还是表示对她的支持。

在关凛的逼视下，阮小冕再次道歉："对不起，是我考虑不周。"

"你记住，从今往后，关家不欠你……"关凛冷哼。

"小凛，够了！"关鹤松出声制止，"小冕，欠你恩情的是我，其他人的想法你不用在意。"

面对关凛的指责，阮小冕不敢以关鹤松的恩人自居，更不敢"恃宠而骄"。

"没关系。"

她尴尬地对关鹤松笑了笑，表示自己不在意，然后寻了个借口告辞。

阮小冕匆匆走人，关鹤松表情复杂望着她离去的方向，许久，才问："小淮怎么样？"

"大概化悲愤为力量，变身工作狂为集团发光发热。"关凛嘲讽道，"他想做出更厉害的作品让某人后悔呢。"

"过犹不及。"关鹤松摇头，吩咐道，"小凛，你多注意点儿。"

"爷爷，放宽心，这又不是他第一次失恋。"关凛不以为意道，然后意味深远地瞥了眼施丹蔻。

因为"爱莲说"事件，施丹蔻被她扇了一巴掌，以施丹蔻的脾性，大概会跟她老死不相往来。令她意外的是，施丹蔻竟能放下架子，主动示好，并且愿意继续歌萝的工作。

施丹蔻这次回国的改变，有目共睹，工作态度认真起来，为人处世谦虚起来，"爱莲说"事件确实让她受教了。

"爷爷、姐姐。"施丹蔻忙表态，"我保证不会让 Enoch 再失恋的。"

"我坚持三原则。"关凛表明自己的立场，"不反对、不支持、不掺和，作为成年人，要为自己的言行负责。"

关淮第一次失恋，拜施丹蔻所赐。

她最初甩人肆无忌惮，现在又为关淮俯首低眉，这般能伸能屈，也是个人才。

"我也有三不原则，不任性、不勉强、不放弃。"施丹蔻笑起来，只要关凛不敌视她就好，"我会努力让 Enoch 重新爱上我的。"

"年轻人哪。"

关鹤松只是感慨了下，想起当年关淮被施丹蔻甩了，曾回国看他，见他担心，就说："爷爷，弃我去者，昨日之日不可留。"

关淮不是关凛，不会在原地踟蹰不前的。

但这次的阮小冕，对关淮而言，是"乱我心者，今日之日多烦忧"吧？

光耀集团大楼，总裁办公室。

关凛背靠着皮椅，调整个舒适的坐姿。

研发中心送来一双样品鞋，因为某个细节，不得不请她过目，再做定夺。

她若有所思地打量着这双绑带式白色高跟鞋，利落简洁的线条流畅优雅，清爽无瑕的颜色矜贵脱俗。鞋面皮质经过特殊工艺处理，有隐现的梅花暗纹，通过反射光线，不同角度观看，会呈现出不同的视觉效果。若是穿在脚上，莲步轻移，便有暗香浮动的错觉。

这双鞋是关淮"一剪梅"系列鞋履中的一款，从整个设计和市场取向看，确实符合恩薇的标准。

关淮的"一剪梅"系列鞋履一共十二款，不久前通过"三会"，确定为恩薇秋季主打系列产品，已经交给光耀研发中心进入批量生产流程。

但是，这双鞋内部出现不合规矩的标识——非恩薇专属设计师的署名，研发中心负责人为了稳妥，向她汇报这一情况。

恩薇品牌经营了五六年，从未出现这种状况。

关凛已经让助理颜溪去通知"始作俑者"——关淮，他最好给她一个满

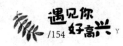
意的解释。

"急匆匆找我干吗？"关淮打着呵欠进门，懒洋洋地坐在会客区的沙发上，瞥了眼办公桌后的关凛。

为了"一剪梅"，他连续加班大半月，才进入批量生产流程，他又要忙着制作欧阳漪的定制婚鞋，离欧阳漪的婚期只有一个半月的时间了。

关凛起身，走向关淮，直接将鞋扔进他怀里，嘲讽道："你这是在自取其辱吗？"

关淮看清手中的鞋子，不逊回道："我自有打算。"

"哼。"关凛冷哼，"失个恋，你的脑子就进水了？"

"关凛！"关淮正色，明显动怒，呛道，"我没有失恋，你少自以为是。"

"是吗？如此为他人作嫁衣裳，究竟是种什么精神……病呢？"

"不关你的事，我的做法不需要你干涉。"

两姐弟一如既往，没说两句话就针锋相对，杠起来了。

"关淮，整个光耀包括恩薇都归我管，你想发表你的作品，决定权在我。"关凛火起来，"当初你让阮小冕进恩薇，已经影响恩薇的格调，现在，你居然要给她署名，你想毁掉恩薇经营多年的形象吗？"

这款白色高跟鞋不管是否出自阮小冕的设计，只要以恩薇的名义生产上市，就不可能署上非专属设计师的名字。

"恩薇的形象就这么不堪一击吗？"关淮不以为然道，"她的设计不是通过了'三会'，符合恩薇的要求吗？"

"如果她今天还在恩薇，你和她联合署名，就算破坏了恩薇的规矩，我也许会睁一眼闭一眼。但是，她决定去星漾，整个关家都被她打脸了，你还要送上另一边脸给她打吗？关淮，作为关家人，你的自尊呢？"关凛看不透关淮对阮小冕的想法，这种放低自己尊严的做法，也是爱吗？

"这是我作为关家人的报恩方式。"

　　他曾说过会帮她实现梦想，让她在恩薇立足，就算她半途而废离开恩薇，但他还是会有始有终地兑现自己的承诺，至少要让她的设计在恩薇留名。

　　"关家不欠她！"关凛冷声道，"总之，我不会同意给她署名，要么这款鞋以你的专有署名发布，要么把它剔除出'一剪梅'系列，二选一，你看着办吧。"

　　气氛瞬间冷下来。

　　"关凛，你固执己见的样子，真的很讨厌。"

　　关淮握着白色高跟鞋起身，恼火地瞪着关凛，他也是光耀的继承人，享受点儿特权又怎样？

　　"我们关家家训是有恩报恩，可不是以德报怨。"关凛戳了戳他的心口，"关淮，问问你受伤的心，只是报恩吗？真的无怨无悔吗？"

　　关淮垂下视线，看着手中的白色高跟鞋沉默，心脏难受地揪起来，传来挫败的无力感。

　　这双以阮小冕的设计雏形制作出来的高跟鞋，他花了比其他"一剪梅"鞋履更多的心思。精挑细选各种材质比较，最后通过定制特殊工艺处理的皮料来完美呈现她的想象，才有了这样可以通过"三会"达到恩薇标准的成品。

　　他希望当阮小冕看到这双鞋时，她会后悔，后悔没有从他这边学到足够多的本领，后悔他比她更能诠释她的设计……后悔离开他。

　　或许被关凛戳到了软肋，关淮没有反驳。

　　他的心确实受伤了，才会在受伤的一刹那，以愤怒来自我保护，硬生生地撕破他在阮小冕面前自信而笃定的模样，冷静下来却发现，他的失控让他一败涂地。

　　"关凛，我不是你。"关淮拿着白色高跟鞋、打开办公室的门，回头对关凛说，"我确实做不到无怨无悔，但我也不会因爱生恨。"

　　他只是不甘心。

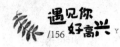
为什么她不选择他？

难道他做得还不够好吗？

越想越深的挫败感，几乎颠覆他对自己的认知，不甘心的情绪如同疯狂生长的蔓藤，缠绕他所有的神经，占据他全部的思维，步步紧逼，几乎让他窒息。

然而他的骄傲和自尊，不允许他去找阮小冕，不允许他颓废自怜。

有个红了眼的声音在呐喊，他还没有输，必须做些什么，证明自己的强大，让阮小冕明白她的选择愚蠢至极！

她想在业界生存，不可能跟他划得清界线，她身上带着他的烙印，是她永远都抹不掉的。

既然拦不住她想走的脚步，那就用他的方式让她自己走回来。

阮小冕正式入职星漾时，霍瑀主导的星漾高端女鞋新品牌花前月的设计部已经成立了，她成为花前月的设计师。

花前月设计部除了她和霍瑀，还有两名设计师，一位是原星漾经典畅销系列鞋履"丽人行"的设计师俞清舟，另一位是原法国高端女鞋品牌 REA 华裔设计师 Shawnchu（褚商恩），霍瑀通过唐洛华挖来的。

阮小冕第一天上班，霍瑀召开会议介绍花前月成员，她是以"米兰假日"为代表作品加入花前月的新锐设计师。

"阮小冕虽然是新人，但她的设计能力有'撷秀杯'认可，商业价值有'米兰假日'证明，作为一匹黑马，相信她会在花前月大放异彩的。"

她资历浅，为了服众，霍瑀拿出"米兰假日"近两个月的销售报表，亮眼的销售成绩让人心服口服。

花前月作为星漾高端女鞋设计部，品牌定位与光耀的恩薇相当，但不同于恩薇独立工作室的运行模式。花前月不配备个人样品室和助理设计师，设计部负责鞋履设计，后续流程与星漾统一的研发中心合作，经验丰富的开版师、楦头师和样品师等专业人士，会根据设计师要求制作出样品。

花前月十月正式推出，打头阵的作品是首席设计师霍瑀的"南鱼座"系列鞋履，已进入量产流程，九月底铺货，十月配合广告宣传上市。

俞清舟和褚商恩的系列鞋履，会根据花前月的市场表现适时推出，霍瑀在会议上询问了他们的进度，作为首席设计师，他把握花前月整体方向，但并不干涉设计师的具体创作。

"花前月实行个人责任制，设计师对作品全权负责。花前月选中的设计师，有自己的审美品位、流行敏感和设计风格，如何把握花前月的市场取向，设计师各自领悟。作为首席，我只审查通往市场的第一关，量产进入市场后的表现，决定设计师在花前月的地位和去留。"

霍瑀针对她这个新人说明花前月的"潜规则"，花前月以实力说话，没有明显的等级差别，只要她的作品符合要求，明年春季就有不错的档期。

阮小冕很快就抓住本质，看似宽松的放羊政策，其实是更残酷的森林法则，弱肉强食，物竞天择。

霍瑀给她提供平台，让她自由发挥，但也充满挑战，确实是磨炼自己能力的好地方。

虽然她资历尚浅，但在花前月设计部，名义上，她和俞清舟、褚商恩平起平坐，他们是一同打造花前月的同伴，也是互相竞争的对手。

进入花前月一周后，阮小冕发现自己与其他设计师有着难以逾越的鸿沟。

首席设计师霍瑀，名为她的上司，但不会分配她任何工作，花前月是星漾重点运营的新品牌，设计师要根据自己对花前月的理解，进行创作，而霍瑀负责审核。

阮小冕画了些草图交给霍瑀做试探，他迅速翻看一遍，以不可思议的眼神看她："关淮就教了你这些？"

"这只是我对花前月的摸索。"阮小冕不喜欢这种针对关淮的话语。

"完全不行，你还没抓到花前月的要领。"

同为花前月的设计师，霍瑀没有给她设计上的意见，也不会顾虑她的感受和自尊。

阮小冕感觉有点儿挫败和迷惘，不由得怀念起关淮的指导，但随即提醒自己，她就是为了不依靠关淮才来星漾的，她受得了霍瑀的否定。

花前月最资深的设计师是俞清舟，今年三十二岁，清高自持，他的设计风格和关淮有点儿相似，得知她曾是关淮的助理，对她有莫名的敌意。她的礼貌问候，俞清舟基本视若无睹，当她是空气，弄得她很尴尬。

来自法国的华裔设计师褚商恩，比她大四五岁，中文带有奇特的外语腔调，性格很随意，法式的热情和中式的八卦，对她异常好奇，自来熟地要求她称呼他"Shawn"。他看过她的"米兰假日"，有模有样地穿着"米兰假日"高跟鞋，过来跟她探讨脚感，顺便打探她在米兰遇见过什么，美其名曰互相激发灵感，她对他很无语。

阮小冕不是很适应花前月的氛围，这里没有人带她融入其中，更不会有人对她说"尽管得罪，有我在"。

这里不是恩薇，没人与她并肩作战，她必须独自摸索，创作出好作品，才能在这里立足，才有自信站在关淮的面前。

下班后的设计部，空荡荡的，只剩阮小冕一人，她看着被霍瑀枪毙的设计草稿，琢磨着花前月的风格，有点儿心烦气躁。

她拿出手机，盯着联系人中关淮的名字，无法再联系，却希望他能像以前那样敲敲她的脑袋，提点她，让她灵感泉涌。

手机突然响起来，她惊得手抖了下，以为是关淮来电，其实屏幕显示的名字是费英治。

"阮阮，周六有空吗？我请你喝咖啡。"

"喝咖啡？"费英治肯定不会闲得约她喝咖啡的，她想起以前和费英治的话题都离不开关家姐弟，"费总，是有事要跟我说吗？"

"嗯，小淮的事。"费英治也不绕圈子，"那么，周六下午三点，微光岛咖啡厅，我等你。"

阮小冕望着挂掉的手机出神，冷不防想起那个狂风暴雨般的吻，愤怒失态的关淮，让她每每想起，就心有颤动。

离开光耀不到一个月，她却觉得过去了很久很久，她和关淮没了联系，师徒情分已尽，分道扬镳，便是桥归桥路归路。

要不要赴费英治的约呢？

理智告诉她，是她选择离开恩薇来花前月，再没有成为自食其力的设计师之前，不能见关淮那圈子的人。

可情感上，她很在意关淮，想知道他现在怎么样？

周六下午，阮小冕还是来到微光岛咖啡厅。

北面靠窗的位置，费英治已经先点上咖啡喝了，见到她，立刻起身迎接。

"阮阮，你来了，我刚在担心被放鸽子呢。"

"费总真担心吗？"阮小冕笑道，"难道我的信用在你这里破产了？"

"哈哈，看来你心情不错。"

费英治绅士地拉开椅子请阮小冕入座，示意服务员过来，是领班的孙莹来接待，看到阮小冕，她脸色变了变。

"孙姐，好久不见。"阮小冕落落大方地起身打招呼，看孙莹表情变化就知道她在想什么，于是倾身在她耳边说，"我喜欢的人不是费总，真的。"

"好久不见，你要喝点儿什么？"

孙莹尴尬地笑了下，马上恢复微光岛高质量的服务态度，问清她所需，一会儿就给她端来海盐榛果拿铁和巧克力华夫饼。

面对费英治，阮小冕表现得很放松，享受着喜欢的咖啡和甜品，佯装淡定，主动问："小关先生，最近还好吗？"

"我说自从你离开后，他性情大变，你信吗？"费英治直勾勾地盯着阮小冕，在恩薇大半年，她究竟了解关淮多少？

去年因关鹤松失踪而心烦气躁的关淮，被他拉到这里放松，见到阮小冕，关淮看她的眼神明显不同，向来不爱多管闲事，却愿意替阮小冕出头教训她所谓的闺蜜。

那时他就想，在关淮眼中，阮小冕是不一样的，所以才对她要求高吧？

关淮七岁时，费英治就认识他了，如今十七年过去，他们成了称兄道弟的好哥们儿，他敢说他比关凛这个姐姐更懂关淮，更像是关淮的兄长。

阮小冕突然因为霍玛离开光耀，去了竞争对手的星漾，关淮不管是作为师父，还是作为男人，都像是被否定了，备受打击。阮小冕的做法确实伤人，关淮却没了动静，仿佛阮小冕不存在似的，这样反而让费英治更担心。

有些事，忍耐就会过去。

有些事，忍耐越久越无法成为过去。

"这是危言耸听吧？"阮小冕正色以对，"小关先生虽然严于律人，但他更严于律己，不是那种会放纵的人。"

那时被她激怒应该是关淮难得的失控，所以冷静下来，他就无视她了，直接找人替代她，怎么可能容许自己遇点事就"性情大变"呢？

"他确实严于律己，所以摒弃了情绪变成工作狂。现在因工作的事，和关凛闹得不可开交，你说他好不好？"

费英治约阮小冕见面，并非兴师问罪，只是作为爱操心的兄长，不忍关淮借拼命工作来忍耐，来掩饰所受的伤害。

再者，费英治更不愿意关淮因此和关凛起冲突，两姐弟针锋相对互不相让，所以，他要和阮小冕谈谈，至少要弄清楚她到底是怎么看待关淮的？

"你对他们两姐弟真上心。"阮小冕由衷道,"我觉得有你在,小关先生没问题的。"

"你真这么觉得吗?"费英治反问,"阮阮,实话告诉我,你不是把恩薇当成梦想吗?为什么一定要离开恩薇?是小淮这个师父当得不称职吗?还是他做了什么让你不满的事?"

"我已经离开恩薇,为什么不重要了。"阮小冕对此的认知非常清醒,"小关先生很好,没有任何错,是我的问题。"

霍瑀只是分析利弊,没有逼她离开恩薇,是她选择这条路,是她不愿意在关淮的羽翼下坐享其成,更不愿意她的存在变成关淮的软肋,影响他的设计生涯。

"阮阮,我并不是想要责怪你。"费英治叹了口气,"我以为你是善解人意的女孩,可在某些方面,你不觉得自己太迟钝了吗?"

到现在阮小冕都没有意识到,她对关淮的影响远远超过她的想象,她到底是迟钝,还是装傻?

"小关先生常挖苦我脑容量小,不够用。"阮小冕自嘲道,"你也这么认为吗?"

"原来小淮是自作孽不可活啊。"费英治想起关淮那损人无形的嘴,将毒舌当情趣明显玩脱了,"阮阮,小淮喜欢你,你真没感觉吗?"

"你……不要开玩笑。"阮小冕怔住,心中瞬间潮涌,一阵激荡。

"这不是开玩笑。"费英治难得板起脸,"爷爷中意你,小淮也中意你,虽然他的表达方式没那么直接,但你真的感觉不到他对你的不同吗?"

"小关先生……只是为了报恩。"阮小冕不敢想太多。

"报恩的方式很多,小淮那么怕麻烦的人,却选择最复杂的报恩方式。"费英治不否认关淮的出发点,"他放弃独行侠作风,不惜跟关凛翻脸也要把你招进恩薇,真的只是为了报恩吗?单纯报恩的话,需要他这样事必躬亲地为你护航吗？'爱莲说'曝光时，他不在乎自己的作品被毁，却在乎你背黑锅，一边寻找真相一边拜托我照顾你，免得你太自责，他的用心你感受不到吗？为了尽快让你在恩薇立足成为独当一面的设计师，你参加设计大赛，他亲自带你去米兰时装周看秀找灵感，你以为这只是员工福利吗？小淮是喜欢在嘴巴上欺负你，但他有让别人欺负你吗？他有在行动上让你受委屈吗？阮阮，不要只用眼睛看人，你用心感受，真的觉得小淮只当你是恩人？小淮确实喜欢拐弯抹角，可你不能否认他真心待你，用他的方式让你变得更好，他想让你在这个世界和他并肩携手，这大概是他的浪漫吧？阮阮，你再考虑考虑，只要你愿意回恩薇，小淮和关凛那边我会搞定的。"

费英治一番苦口婆心的话，让阮小冕彻底蒙了。

她没料到费英治会这样向她剖析关淮的心思，那些关淮曾提醒她不要想太多的东西。

她并非迟钝，她也曾经心细如发，捕捉他人对她的好感，奉行靠脸撒娇的人生哲学。直到关淮用现实打了她的脸，她才清醒过来，不敢再自作多情。

而关淮身边有施丹蔻，施丹蔻的存在感强烈得令她退避三舍，却又羡慕着施丹蔻。

阮小冕越在意施丹蔻，越提醒自己不能跟施丹蔻竞争，她不是关淮眼中最特别的存在，不要喜欢关淮，不要爱上关淮。

关淮是她的偶像，是她的师父，是她仰望却不敢妄想的人。

为什么会这样？

她宁可费英治告诉她，关淮做的一切都是为了报恩。

阮小冕忍住想哭的冲动，被喜欢着让她欢喜，也让她忧愁。

"我很抱歉。"阮小冕努力平复着激荡起来的情绪，"我真的很抱歉伤害了他，但我不能回恩薇。"

知道了关淮的心意，现在的她越无法回到他身边。

"是不能？"费英治追问，"还是不想？"

"这很重要吗？"阮小冕回避他的问题，"现实是小关先生批准我辞职，我离开了恩薇。"

"唉……"费英治又叹气，"我以为明白小淮的感情，你会心软的。"

"人总要往前走的。"她不想成为关淮的绊脚石，"费总，小关先生听你的话，你劝劝他，别只顾着当工作狂，天才也需要休息的。"

"你明明这样在意他的。"费英治忍不住问，"阮阮，你喜欢小淮吗？"

她喜欢关淮吗？

认识关淮前，她是他的"迷妹"，将他当偶像崇拜着、喜欢着、追逐着。

初见关淮时，他否定了她的梦想，他让她幻灭，那时她是讨厌他的。

再后来，她成了他的徒弟，他手把手地指导她、维护她，撩动了她的心弦。

阮小冕没有回答费英治，只是微微一笑，望着窗外光耀大厦的方向，默默地喝着咖啡。

如果没有动心，她就能留在恩薇，肆无忌惮地利用关淮，实现她的梦想。

在阮小冕那里碰了软钉子，没能成为关淮的红娘，费英治决定去陪关淮喝酒解闷。

他提了一打罐装啤酒去关淮的公寓。

关淮给他开门时，还在手机里跟关凛吵架，最后直接撂狠话："既然如此，那我就终止'一剪梅'系列的发布，什么问题都没有了。"

"小淮，不要拿自己的设计生涯赌气。"费英治劝他。

因为"一剪梅"某款鞋的署名问题，关淮和关凛各有主张，互不退让，问题越闹越僵了。

"我没有赌气。"关淮深吸一口气，冷静道，"关凛个人观感太强，以为我和她一样感情用事。"

"你现在和她吵架，不就是感情用事吗？"

"费哥，她有多固执，你最有体会，现在赌气的人是她，我是被气的。"

"关凛确实固执。"费英治不否认，"但这件事，我支持关凛。离开恩薇是阮阮的选择，你想给她署名，不是在自欺欺人吗？"

"我答应过她的事，我就会做到。"关淮拉开罐装啤酒的拉环，啤酒沫刺啦刺啦地往外冒，"她说恩薇是她的梦想，她最喜欢我的设计，她想成为恩薇设计师。我想帮她实现梦想，就算她走了，我也想让她的名字与我并排，让她在恩薇留名。"

"你觉得这样做能感动她吗？"费英治看关淮灌了一口啤酒，以他的酒量，估计很快就会倒下的。

"我不要她的感动，我要她的后悔。"关淮仰靠着沙发，表情微醺，"我要全世界都知道我们关系匪浅，不是她离开就能撇清的。"

"小淮，我下午见过阮阮了。"费英治突然说，"你想知道她现在怎么样吗？"

"她很好吗？"关淮攥紧了啤酒罐，"她应该很好的，走得那么干脆，真让人恼火。"

"嗯，她看起来不错。"

费英治想起最后阮小冕笑而不答的样子，眼里没有带着笑，只有一丝丝闪烁的感伤。

"真是狼心狗肺的徒弟。"关淮又灌了自己两口啤酒，"师父刚领进门，就把师父给踹了，真有出息。"

"她可能是迷路了。"费英治叹气。他私下问过霍玮，为什么要让阮小冕去星漾。

霍玮说"米兰假日"表现亮眼，阮小冕有资格成为独立设计师，当助理有点儿可惜，他也只是给出建议，选择权在阮小冕手上。

费英治不愿相信阮小冕是急功近利的人，放弃多少设计师打破头想进来的恩薇，选择去星漾当设计师，对她的职业规划来说并非好事。可她为什么决定得那么突然，走得那么坚决？

"为什么？"关淮醉意明显，"为什么我给她的康庄大道她不走，偏偏去走霍瑀的道呢？霍瑀比我好吗？霍瑀根本就不可能……"

关淮的酒量实在不行，半罐啤酒下肚，说着说着就醉倒了。

费英治拿走他手中未喝完的啤酒，扶着他在沙发上躺下。

他们都认识霍瑀，都明白霍瑀和阮小冕是不可能的，正因为霍瑀是个不可能的人，阮小冕的选择才让他们无法理解。

看着这样不甘心的关淮，看着他纠结着跟一个不可能的人较劲……费英治深有体会。

求而不得的滋味，他比关淮更清楚。

他守了关凛十七年，可能耗尽一生，也不一定如愿。

所以才不想看到这样的关淮，有朝一日像他这样因为执念放不开，最后受伤的还是自己。

只是道理说着简单，听得懂看不破都是自欺欺人。

有时"执着""努力""坚持""不放弃"都是"不甘心"在作祟，如果能甘心承认对方不爱自己，拐过弯的人生，风景或许更美。

费英治自嘲地笑了笑，大口大口地灌着啤酒。他连自己的弯都拐不过来，有什么资格来开导关淮？

第
十
章

你装傻
还是真笨

阮小冕渐渐习惯花前月设计部的节奏，工作也步入了正轨。

霍瑀全身心投入到"南鱼座"系列鞋履的筹备中，阮小冕不指望他会给自己什么指导，也不奢望清高的俞清舟正眼看她，自然不嫌弃褚商恩的热情和八卦。

虽然褚商恩像个有精神分裂症的逗比，喜欢用怪腔怪调的中文叫她"冕冕"，害她总想起叫她"软绵绵"的关淮，会有些恍惚。但比起霍瑀和俞清舟，友好的褚商恩更像小天使，对她这个新人没偏见，大方地跟她分享设计心得。

他展示在花前月创作的"荆棘鸟"系列鞋履设计稿，让阮小冕受到强烈的冲击。

褚商恩的设计风格跟他的个性一样分裂，大胆前卫又细腻浪漫，呈现出瞬间吸睛的"第一眼美鞋"效果。

在他的设计中，阮小冕感受到满满的自信，潇洒泼墨，挥笔成画。

当褚商恩得知她的脚是标准码，请她当试鞋员，她爽快应允。如果说他的设计会让人一见钟情想"在一起"，那么决定"在一起"多久的就是脚感了。

阮小冕一边当试鞋员协助褚商恩完善"荆棘鸟"的脚感，一边通过他的作业，了解花前月整个制作流程，开始自己的创作。

她很感谢褚商恩愿意"带路"，让她尽快融入花前月，通过近距离观察"荆棘鸟"，了解不同设计师的风格，受益匪浅。

阮小冕想到年初的"米兰之行"，时尚盛宴的视觉冲击，颠覆她固有的时尚观和设计观，影响她的品位审美，脱胎换骨犹如重生，才有了让她在星漾立足的资本——"米兰假日"。

她得到不是"鱼"，而是"渔"。

授人以鱼，不如授人以渔。

这是关淮对她最好的"报恩"，他教她如何在这个世界生存。

那么，在花前月，她也要交出让关淮认可的作品，作为徒弟，绝不会让师父丢脸的。

十月，恩薇的"一剪梅"和花前月的"南鱼座"系列鞋履同时上市，在高端女鞋市场打起擂台，刺刀见红的正面竞争，势均力敌的平分秋色，销量没有此消彼长，反而互相促进，意外地实现共赢。

出现良性竞争的原因在于关淮和霍瑀之间的特殊关系，恩薇现任和前任专属设计师的对决，充满了噱头，而他们背后则是两大鞋业集团光耀和星漾的较量，不仅业内人士翘首关注，时尚圈和娱乐圈也围过来看热闹，"一剪梅"和"南鱼座"的热度自然而然地被炒起来。

以挖掘豪门秘辛和奢侈生活为主的杂志《纸醉金迷》，十月号刊发特别企划，披露高端女鞋设计师间的狗血八卦，关淮和霍瑀成了特别企划的主角。

作为八卦界的业界良心，《纸醉金迷》不避讳也不故弄玄虚，向来指名道姓报道当事人，翔实生动地描绘关淮和霍瑀这两个"王不见王"的设计师。

根据《纸醉金迷》所说，霍瑀不仅曾是恩薇专属设计师，还是恩薇的"开朝元老"，他擅长撞色设计，风格华美张扬，多个畅销系列鞋履奠定了他在恩薇的地位。

关淮作为光耀集团继承人，欧洲学成归来就以设计师身份空降恩薇设计部，霍瑀不屑与二世祖为伍，愤而出走，跳槽星漾，出任星漾设计总监。

而关淮的出道作"高岭之花"系列鞋履，在高端女鞋一鸣惊人，证明了自己的设计才华，并非二世祖。《纸醉金迷》称，关淮以"高岭之花"回击霍瑀的出走，似乎在对霍瑀喊话，他足以替代霍瑀在恩薇的位置，恩薇不是非霍瑀不可的。

霍瑀受到挑衅，在星漾创立与恩薇同级别的花前月设计部，潜心创作"南鱼座"系列鞋履。于是，关淮的"一剪梅"和霍瑀的"南鱼座"十月同时上市，正面交锋，鹿死谁手，市场就是最令人期待的裁判。

因为关淮和霍瑀的照片在《纸醉金迷》中曝光，年轻英俊又有才的设计师，多么令人遐想的形象和人设，吸引了大批颜控，有人脑洞大开，以时尚圈为背景，将他们写成相爱的同人 CP，狗血程度堪比黄金档的伦理大片。

不管两大集团的营销人员有意或无意，关淮、霍瑀两大设计师和他们的作品，一时成了全民狂欢的对象，并且热度持续较久，对后续恩薇和花前月推出的新系列鞋履影响颇多。

《纸醉金迷》的爆料，网友的同人创作，他们的八卦或真或假，充满了戏剧性，自然引人关注。因为这些八卦，并未对光耀集团和星漾集团产生负面影响，即使被爆出一些内情，相关方面也是睁一眼闭一眼。

回归到设计师的作品本身，关淮和霍瑀的设计风格迥然不同，一个惊艳优雅，一个华美张扬，满足了女性对高跟鞋的不同幻想。他们本身因过去的作品累积了固定的消费群，再加上八卦杂志的渲染、时尚资源的推广、围观人士的宣传，自然拥有了话题性和关注度。而光耀集团和星漾集团本身强大的销售渠道，保证了他们的作品在市场上畅行，目标消费者只要动心，轻易就能拥有这些备受瞩目的高跟鞋。

以恩薇为对手，星漾高端女鞋新品牌花前月，随着"南鱼座"的开门红，顺利上位。

所谓知己知彼，百战不殆，了解竞争对手最直接的方式是观察其作品。

花前月设计部有关淮"一剪梅"系列鞋履，供各位设计师研究分析。

霍瑀和俞清舟只给"一剪梅"不到十分钟的"赏析"时间，俞清舟撇撇嘴说"正常水准"，霍瑀若有所思地看了眼阮小冕，对她说："青出于蓝而胜于蓝，不难。"

阮小冕看着霍瑀和俞清舟回自己的工作室，只笑不语，提到关淮，他们的姿态真高。

当然，作为资深设计师，他们的眼睛如解剖刀，看两眼就将一双鞋解析完毕，对鞋子的所有信息了然于胸。

好奇心满满的褚商恩，倒没有资深设计师的高姿态，兴致勃勃地研究每双"一剪梅"，通过鞋子猜测关淮这个人，时不时地向阮小冕求证。

"你可以去摆摊算命了。"

阮小冕这样评价他的"癖好"，想到他连她的"米兰假日"都有兴致研究，以此跟她套近乎，何况是竞争对手的作品。

阮小冕自认资历浅，还没办法"一眼定江山"，面对关淮的高跟鞋，反而是粉丝的心态。

偶像不愧是偶像，他的作品总让她叹为观止。

虽然在恩薇时她见过"一剪梅"系列设计稿，但经过后期多道工序和质检量产的"一剪梅"成品，完美地呈现出设计图的各种细节，精致优雅，让她眼前一亮。

她爱不释手地捧着高跟鞋，细细端详。

关淮的设计向来是化繁为简，依然是纯色皮料，没有过多的工艺处理，

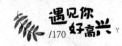

也没有多余的装饰点缀，变化线条的经典款式，焕发出惊艳的设计感，让高跟鞋呈现出极致美感，将女性气质展现得淋漓尽致。

这就是她最喜欢的设计师的作品，一出手便能惊艳满座，让她仰望憧憬，想要追上他的心情变得更加强烈。

阮小冕的手在鞋上轻轻抚摸，手感和质感之佳是毋庸置疑的，不过她始终记得关淮说的，高跟鞋组能体现价值的地方在脚感，而高端女鞋对客户体验的重视超过一切。

高端女鞋不同于追求流行时尚和款式变化的中低端女鞋，繁复新奇的工艺、夺人眼球的设计等等噱头和花样，都不是高端女鞋注重的方向，设计师倾向于返璞归真，以四两拨千斤的架势表现出来，各种举重若轻的表达更显真功夫。

一双高跟鞋的好脚感，是通过多方面协调出来的，这其中包括综合考量力学的鞋楦设计、无数次测试调整的受力分布、各种材质用料的试验分析、实际上脚效果的考察和体验等等。

关于"一剪梅"最重要的脚感部分，兼职试鞋员的阮小冕最有发言权。

连续试穿多双"一剪梅"，恩薇一如既往的好脚感令她感慨，脚感的稳定性成为不同设计师发挥不同风格的基础，保证了恩薇品牌的高端品质。

从恩薇出来的霍瑀，最清楚恩薇如何把握"脚感"，他的"南鱼座"拥有着不输恩薇高跟鞋的好脚感，这是"南鱼座"和"一剪梅"相抗衡的基础，也是花前月品牌立足高端女鞋市场的基础。

正当阮小冕陶醉于"一剪梅"令人愉悦的脚感中，褚商恩发现新大陆似的，兴奋大叫。

"冕冕！快看这双鞋，超级大彩蛋！"

阮小冕看清褚商恩手中的白色高跟鞋，瞬间愣住，心跳倏然失控。

这双"一剪梅"高跟鞋，脚踝处是绑带式设计，线条利落优雅，鞋面有隐现的梅花暗纹，比其他十一款"一剪梅"的设计繁复些，跟关淮一贯的设计有点儿小差别，像是他的原创作品又像是模仿他风格的作品。

她想起离开恩薇前，关淮让她根据"一剪梅"的主题风格创作，只要她的设计获得他的认可通过"三会"审查，他会给她联合署名。

这双白色"一剪梅"，如果她没猜错，雏形就是她上交的"一剪梅"设计稿。可当时因为霍瑀的事，关淮对她的修改稿置之不理，她以为那个设计作废了。

现在，她未定稿的设计以超乎想象的完成度，成为上市的恩薇高跟鞋。她的设计再次通过关淮的手实物化，呈现出令人惊艳的效果，这种化腐朽为神奇的能力，让她再次感觉到关淮的强大。

可她已经离开恩薇，没想到关淮还会采用她的设计，以如此完美的模样出现。

更令阮小冕意外的是，鞋子内侧设计师署名区，她看到"关淮"和"阮小冕"两个并排的名字，她明明没有资格在恩薇高跟鞋上留名的。

关淮到底在想什么？为什么他要这样做？

她背弃了恩薇，学到师父两分本事就要自立门户，将关淮的尊严都踩在脚底了，就算他不再认她这个徒弟，她也觉得是人之常情，为什么要给她这样的正名呢？

不管是对关淮，还是恩薇，她出走星漾的行为都不值得赞许。

她宁愿关淮对外挤对她，也不想看到他给她"美名"。

这样只让她对他的负罪感，越来越强烈，怀疑自己的选择。

最初让她见识现实恶意的人是关淮，为什么他现在反而要让她感觉这个世界的善意呢？

"小淮喜欢你。"

费英治的话冷不防在脑海里想起，他说关淮的浪漫，大概是用他的方式让她变得更好，让她在这个世界和他并肩携手。

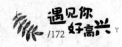

眼泪突然涌出来，心脏被看不见的手掐住，呼吸有些紧促。

原来明白一个人的心，会让她如此难受，他的好，她承受不了。

"你……怎么哭了？"褚商恩被她的反应吓到，"冕冕，你该高兴的，可以和关淮联合署名，说明你的设计获得了恩薇认可，这是你的资本！我开始期待你在花前月的作品，会不会'青出于蓝而胜于蓝'呢？"

"我有点儿激动。"阮小冕赶紧抹去眼泪，"跟他相比，我还差得远。"

"确实。"褚商恩表示认同，"这双鞋子虽然有彩蛋，但放在整个系列鞋履中，没有特别出彩。"

阮小冕不以为意地笑了笑，褚商恩这人就是实诚，对她来说，他是个清醒的旁观者，让她愈加清楚自己和关淮之间的差距。

她不由得抓紧白色高跟鞋，心情久久无法平复。

看着并排的名字，无声地诉说着她和关淮之间的羁绊，不是她离开恩薇就会消除的。

如果这是关淮对她的喊话，那她该如何回应呢？

手机铃声骤然响起，打乱了她的思绪，她有点意外，是微光岛咖啡厅的孙莹来电。

"阮小冕，费总出事了。"

阮小冕接到孙莹的电话后，就赶去梅利综合医院。

费英治乘坐的航班在起飞不久后因安全问题紧急返航，但迫降失败，在机场附近的山林坠毁，伤亡惨重。

据孙莹说，费英治是飞机失事后最早被找到的幸存者之一，全身多处骨折，最严重的是脾脏破裂，虽然手术成功，但还没有脱离生命危险，现在重症监护室，昏迷不醒。

费英治在医院急救时，费家人和微光岛的一些员工赶来医院，孙莹是在手术结束后告知阮小冕的。

"阮小冕，你知道关凛在哪里吗？"孙莹在手术室外等了三四个小时，"我虽然不大喜欢关凛，但我知道费总现在需要她，可她一直没出现，你说她是不是太冷血了？如果费总熬不过去，该怎么办呢？"

"费总吉人自有天相。"阮小冕只能在电话里这样回应孙莹的愤愤不平。

关凛没有出现，她只猜到两种可能，一种是关凛不知道费英治出事，另一种是关凛不想见费英治。

去医院的路上，阮小冕一直犹豫着要不要联系关淮了解关凛的情况，但关淮明知她和费英治是朋友，却没有通知她，大概也不会告诉她关凛的事。

阮小冕找到费英治所在的重症监护室，病房外只有一个人坐在长椅上，他仰头闭眼靠着墙壁，眉宇间一片郁色，表情沉重。

她放缓脚步，想起上一次见关淮，还是他们在恩薇闹翻的时候，她对他最后的印象是他挣脱施丹蔻，愤怒地朝她跑来的样子。

两个多月过去了，再见到他竟有种恍若隔世的错觉。

关淮似乎感觉到了，坐直身，转头望过来，跟她四目相对，他怔住，眼睛眨也不眨地看着她。

"小关先生。"阮小冕走到他跟前，想起上次不欢而散的情景，再见就有点儿尴尬，但担忧的情绪更多，"费总怎么样了？"

关淮眨了下眼，似乎确定她是真实存在的，然后伸出双手环住她的腰，脑袋埋在她胸前。

阮小冕顿时僵住，不由得屏住了呼吸，连心脏都忘记跳动。

"据说，人不安时听着心跳声容易安心下来。"关淮靠在她怀里，不掩饰他此时的脆弱，"费哥，不大好。"

这样自然而然求安慰的关淮，阮小冕根本就无法拒绝，毕竟他曾经也在医院如此安慰过她，让她听着他的心跳声，化解去见阮宗延的紧张心情。

心底涌起别样的悸动，阮小冕觉得这样的关淮太狡猾了，让他们一见面就没了距离，好像他们没有闹翻过，好像他们一直这样互相依赖似的。

阮小冕转头望向重症监护室的玻璃视窗，看见里面的费英治，他躺在病床上，戴着吸氧罩，身上还连接着监护仪器，心电图显示的曲线波动的弧度很小。

"别担心。"她抬起手，轻轻地摸着他的后脑勺儿，感受得到他对她的需要，她就没法推开他，"费总会没事的。"

"我很害怕。"她的温柔回应安抚了关淮，抬头看向她，"你来这里，会陪我一起等费哥醒来吗？"

"嗯。"阮小冕第一次看到这样无助的关淮，心都软化了，"我会陪你的。"

重症监护室里的费英治，现在应该是不允许探视的，除了医护人员，其他人无法接触到他。关淮这样寸步不离地守着费英治，阮小冕不用想都知道他有多惶恐，神经有多紧绷。

关淮放松下来，放开了阮小冕，让她坐在身边陪他。

"小关先生，费总的事，你没有通知我。"阮小冕忍不住问，"是不是也没通知关总？"

"没有通知你，你不觉得我很善解人意吗？"关淮故意翻旧账，"免得你担心纠缠不清，没法划清界限。"

听到熟悉的挖苦，阮小冕竟然有些释然，这样才是她熟悉的关淮。

"我道歉，可以吗？"

阮小冕自知理亏，当初提出辞职，关淮愤怒地警告她："你今天敢走出恩薇的门，就永远别想再回来！"

离开恩薇，她以为她会被关淮当成耻辱，彻彻底底地跟她划清界限，连师徒情分都不留。她从来没有奢望关淮会原谅她，根本没料到他会和她联合署名，让她在恩薇留下足迹。

　　"一剪梅"上的联合署名，是关淮对她释放的善意，甚至在告诉她，他原谅了她，他身边依然有她的位置。

　　费英治那么直白告知关淮对她的心思，她就没法再装迟钝，没法不为关淮的做法动容。

　　"你又没有错，道什么歉。"

　　关淮傲娇地哼声，她离开恩薇已成事实，虽然心不甘意难平，但他还是接受了现实。

　　阮小冕提出辞职时，他太意外太震惊，反应就太激烈，一不小心就把她从他身边推远，甚至放狠话，不给她退路，也不给她台阶下。

　　当他冷静下来，想通过联合署名的方式吸引她的注意力，却与关凛闹得不可开交。直到爷爷出面，以其客观的立场，让他和关凛都让步了。

　　"我们关家人不是小肚鸡肠之辈，何况阮小冕对关家有恩，对她更要宽容。她对自己的职业规划有选择的权利，既然她的作品能达到恩薇的要求，关淮也有权利决定是否给她署名。那么，关凛，作为经营者，你不能被情绪绑架影响判断决策，我们要在商言商。"

　　爷爷说得对，若被情绪绑架，就会变得偏激狭隘，连自己的心都会迷失。

　　关淮回忆和阮小冕认识以来的点点滴滴，他过于肆意，没能让她完全信任他，怎能怪她不懂他呢？

　　"你还在生气吗？"

　　其实到现在，阮小冕也觉得自己不擅长应对关淮，有些头疼，他从来不是直率的人。

　　"软绵绵，你装傻还是真笨？"关淮斜睨阮小冕一眼，"我怎么会收了个这么蠢的徒弟？不懂察言观色，只会发散思维。"

　　如果生气，她的名字不可能和他的名字并排存在的，他更不会在她面前示弱。

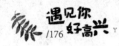

听着"软绵绵"的称呼，阮小冕暗暗松口气，胸间有暖流经过，融化了她和关淮的隔阂，她好像有点儿懂关淮了。

以关淮迂回的个性，这些话是他最大的坦诚了，他还认她这个徒弟的。

"在师父面前，徒弟肯定是笨蛋。"阮小冕自认笨拙，讨好道，"所以，跟我说说费总和关总的事吧。"

关淮定定地看着阮小冕好一会儿，想起很久以前，他在电话中告诉阮小冕，费英治心有所属，让她不要想太多。

他见识过阮小冕在感情上的失败，喜欢多年的青梅竹马被闺蜜抢走，她反被奚落。当初他替她出头反击黎予臻时，他就该明白她不是主动的人，否则占尽天时地利人和的她，怎么会连青梅竹马都守不住呢？

所以，她不会对费英治的亲切想太多，也不会对他的暧昧想太多，她太会自我保护。

而他用错误的方式与她相处，面对他虚掩的心门，她始终保持距离，不会擅自打开。

从现在开始，他要改变他和她的相处模式，让她对他越想越多才好。

在他彷徨无措的时候，她来到他面前，陪他面对，那么他就敞开心扉，让她来到他的世界，了解他的感受。

"医生说，如果费哥二十四小时内无法苏醒，生命随时会有危险。"关淮疲惫地靠着墙壁，表情纠结，"关凛现在美国出差，乘最近的航班也要明天才能回来，爷爷让我通知她，但我还在犹豫。"

"为什么？"阮小冕疑惑，"对费总来说，关总很重要的吧？"

"要不要告诉她？费哥曾经也面临这样的问题，他选择隐瞒关凛。"关淮烦躁地抓了抓头发，"今天，费家人也说别让关凛回来，费哥和费大哥一样，他们都不希望关凛看见自己脆弱的样子。"

费大哥？费总的哥哥吗？

阮小冕觉得关淮的纠结很奇怪，急道："假如费总真有不测，而关总一无所知，这样对关总太残忍了，她可能一辈子都无法释怀的。"

"费家人说若费哥能逃过这一劫，那就趁机让他断了对关凛的念想，只要关凛不回来，无情到底，费哥总会死心的。"

对于关凛和费家兄弟的事，两家人无可奈何，任由费英治折腾。关淮劝过费英治很多次，关凛不愿走出过去，他何必陪她沉沦？

费英治却说，这是关凛对他的惩罚，他扛得住也等得起，这辈子就跟关凛耗上了。

"我觉得见不见费总，得让关总自己做决定的。"

费英治有多爱关凛，阮小冕很清楚，他怎么可能不希望关凛来看他？在他最需要关凛的时候，他怎么会不渴望关凛的陪伴呢？

"替她做决定也是为她好。"

关淮向阮小冕说起关凛和费家兄弟的事。

费英治有个哥哥，叫费英仁，关凛和他是大学同学，也是恋人。两人大学毕业后就各自继承家业，关家和费家顺其自然地宣布联姻，关凛和费英仁订婚，婚礼定在半年后举行。

那是十年前，关凛和费英仁准备结婚时，费英治正在国外念书，但在他们结婚前夕，费英仁出轨被关凛发现，两人感情破裂。当时费英治就在事发现场，带走崩溃的关凛，在她的追问下，默认了费英仁的背叛行为。

关凛于是和费英仁解除婚约，不久后，费英治告诉关凛，费英仁移民国外，关凛便再也没见过费英仁。

费英治毕业回国进入家族企业，对关凛紧追不舍好几年，可惜没能解开关凛对费英仁的心结，她以年龄差为由拒绝费英治的追求。

费英治不肯放弃，他知道关凛是喜欢他的，年龄是借口，放不下费英仁

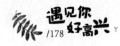

对她的伤害才是真。在关凛的冷漠中，愤怒和嫉妒让他失去理智，说漏了费英仁的秘密。

时隔五年，关凛才从费英治的口中得知真相，费英仁没有背叛她，也没有移民，而是出国治病，但只熬了三个月多。费英仁让整个费家陪他演一出戏，不想让关凛面对他的死亡。

费英仁和关凛订婚不久，在公司例行体检中发现异常，后来确诊是脑癌晚期。费英仁了解关凛，少年时父母意外身亡对她影响太大，她见过父母过世的模样，这成了她的心魔和噩梦。她甚至怨恨弟弟关淮，如果父母在事故中不是一心为了护关淮周全，也许就不会死。这种迁怒致使两姐弟关系不断恶化，关凛都不愿意正视年幼的弟弟，费英仁花了很多心思，才让关凛扭曲的心态稍稍摆正。

费英仁太清楚死亡对关凛意味着什么，他不愿意关凛再经历这种伤害，他宁愿她恨他，亲手导演感情破裂的戏码，也不愿她为他的死痛苦。

但费英仁还是成了关凛的心伤，不管以哪种方式离开她，就像父母的早逝，让她无法释怀。

作为费英仁"同谋"的费英治，他的隐瞒成了他的罪，关凛无法原谅他。

即使她对守护她的费英治动心，还是固执地认为费英治有错，她一辈子都无法原谅的错。

"费哥常说他和费大哥很像，不仅仅是外貌，还有喜好口味。所以，他从十三岁时就开始喜欢作为哥哥女朋友的关凛，为了关凛，才愿意和费大哥撒下弥天大谎，他甚至愿意当费大哥的替身守护关凛一辈子。可谎言暴露后，关凛将费哥当成罪魁祸首，责怪他、记恨他、折磨他，却又对他若即若离，费哥像傻瓜一样为她患得患失，看不见其他女人，他现在还没有疯简直是祖先保佑。"

费英治和关凛的感情纠葛，关淮从来是站在费英治这一边的。比起关凛这个对他不耐烦的姐姐，在关淮的成长过程中，费英治更像合格的兄长，他比费家人更希望费英治从关凛手中解脱。

"费家人说得对，如果这是费哥的劫，就听天由命。若能因此断了他和关凛的羁绊，也是一件幸事，关凛不用再受他纠缠，他也能重新开始，费家和关家都能解脱。"

关淮对费英仁的印象并不深，费英仁和关凛解除婚约时，他才十二三岁。只记得以前费英仁和关凛约会时，关凛不让他跟，就把他丢给费英治，费英仁就会跟他道歉，替关凛说好话。在关淮的记忆中，费英仁总是笑呵呵的，哄得臭脸的关凛眉开眼笑，回家对他也温和许多。

不过，关淮更喜欢经常陪他玩的费英治，巴不得将关凛送到费家换费英治来关家给他当哥哥。所以，这么多年，他对仗着费英治的喜欢就各种折腾的关凛很不满，姐弟一见面便呛声在所难免。

费英治在感情中的执着，对关淮的感情观影响很大，越执着越受罪，当初施丹蔻要求分手时，他才没有挽留，放手成全。

只是，到如今，那人变成阮小冕，关淮才开始真正体会到费英治的感受，有些人，得不到，更放不下。

甚至，连恨都恨不起来。

听完关凛和费家兄弟的事，阮小冕心间激荡，久久无法回神。

温和如费英治，高冷如关凛，在感情中居然有那么激烈的心绪。

她想象不出，为爱痴狂的费英治，这十多年来，是抱着怎样的心情面对关凛的。

他一直看着她守着她，明明近在咫尺，却又远隔天涯，难成眷属，这是怎样的折磨？

"小关先生，关总的心结不能再加深了。"阮小冕理解关淮的纠结，但不希望他以后变成另一个被关凛责怪的费英治，"既然她认为费总当初的做法是错的，你又怎能重蹈覆辙？"

"重蹈覆辙？"关淮有所震动，"如果你是关凛，我是费哥，你会来见我吗？"

"会的。"阮小冕坚定地点头，"很多时候，无知比面对更可怕。"

虽然面对很难，但对她来说重要的人，即使因各种缘故逃避过，最终还是要正视的。

她的答案取悦了关淮，纠结的眉头不知不觉松开了，只是重症监护室内传出的异响，打断了他们的交谈，是费英治的监护仪器发出了警报声。

不一会儿，主治医生和护士紧急赶来，进入重症监护室，检查费英治情况，随即进入抢救状态。

情况急转直下，阮小冕被抢救的画面吓到，脸色刷白。

而关淮整个人都紧绷起来，攥紧的手在颤抖，指节泛白。

她伸出手，握住关淮的手，有点儿惶恐道："小关先生，让她回来吧。"

费英治的情况太凶险，随时都会发生变化，也许没有太多时间等关凛。

那么，见与不见，是关凛的权利，谁也不能替她做主。

正在美国进行商业谈判的关凛，一看到关淮的来电，不耐烦地拒接，但随即发来的信息，撕裂了她的心神。

"费哥飞机失事，现在重症监护室抢救，情况危急，回不回来随你。"

看不见的手忽然掐住她的心脏，痛得她快要窒息。

关凛踉踉跄跄地离开谈判桌，助理颜溪订了最近回国的航班，十几个小时的飞行变成了凌迟之旅。时间化作分分秒秒的利刃，一刀一刀地划在她身上，精神和心理遭受着前所未有的折磨。

如影随形的恐惧，缠绕着她，随时要将她逼疯，第一次发现原来她如此害怕失去费英治。

少年时得知父母发生意外，她痛苦无助。成年时发现费英仁早已过世，她悲伤愤怒。父母和费英仁，他们的离去，没有跟她好好告别，她来不及恐惧害怕，就被迫接受失去的现实。

她这辈子，不止一次怨恨命运的残忍，她不信苍天不信鬼神。但这一次，她祈求祷告，用她前半生所受的磨难和下半生所有的运气，换取命运对费英治的眷顾。

长途飞行的疲惫没有减轻关凛的恐惧，让她更加患得患失，失魂落魄地赶来医院，看到重症监护室内不省人事的费英治，她整个人都虚脱了。

"费哥可能醒不过来，你要有心理准备。"关淮克制着情绪，向关凛说明情况。

阮小冕在旁沉默不语，表情凝重，不忍看神采尽失满脸惶恐的关凛。现在的关凛脆弱得像一碰就会破的泡沫，若真对费英治无情，又怎会如此心神俱伤呢？

"关淮，别说了。"关凛手足无措地抓住关淮的手，第一次求他，"让我见见他，他向来听我的话，我要他活着，他就会醒来的。"

"费哥情况不好，医生不允许探视。"关淮为难地摇头，看着这样方寸大乱的关凛，不得不承认阮小冕说得对，如果没有让关凛回来，她可能一辈子都放不下。

"小关先生，我们去跟医生商量。"阮小冕插话，"失去意识的植物人被爱唤醒，这不是医学上会出现的奇迹吗？如果费总知道他爱的人千里迢迢赶回来，这么在乎他，他等待多年的感情有回应，肯定会坚持下来的。"

关凛感激地看向阮小冕，她说出了她想要跟费英治说的话。

"关凛，费哥已经变成这样子。"关淮看了看重症监护室里的费英治，"你若不能给他想要的，就别再折磨他，费家也是这么想的。"

"关淮，对不起！"关凛难受地道歉，她知道关淮在为费英治不平，"这次帮帮我，英治想要的东西，我还来得及给他的，关淮，帮帮姐姐吧。"

"你还会怪他隐瞒费大哥的死讯吗？"关淮问，这个心结她能打开吗？

"不重要了。"关凛摇头，"我现在只要他醒过来，好好地活着。"

费英仁留给她太多的美好，也让她失去了爱人的能力，她封闭了自己的心，不打算再接受任何人。可是，这么多年，费英治从来没有放弃她，一直守着她、等着她，她的一句话就能主宰他的喜怒哀乐，她伤了他千千万万遍，他对她的心不曾改变。

自私如她，活在过去却无法独善其身，绊住了费英治，让他的人生也变得悲哀，直到现在，才惊觉他也会离她而去的。

关凛惶惶不安，看着关淮和阮小冕跟医生商量了许久，护士才给她换上无菌衣，允许她进入重症监护室。

第十一章

你不要
我的感谢

　　重症监护室内监护仪器运转的声音，让关凛的神经绷得更紧了。

　　她几乎跪坐在病床旁，小心翼翼不敢去碰触戴着吸氧罩的费英治。

　　"英治，你听得到我的声音吗？"关凛的声音在发颤，"英治，我现在很害怕，我从来没有这么害怕过。前些天我们才见过，我去美国出差，你硬是翘班送我去机场，我还嫌你孩子气，尽做没意义的事。你笑了笑没说什么，可我要进安检时，你紧紧抱住我，在我耳边说为我做的事再小都有意义，这是你表达爱我的方式，让我时时都不能忘记你的存在。可我当时又嫌你肉麻，推开你，转身就走，不敢去看你的表情，你一定很失望我的逃避吧？

　　"这些年，每次伤害了你，我都没有回头看你。因为我知道你爱我，不管我怎么对你，你都会在我身边。英治，我对你真的太糟糕了，明知并非你的错，还是怪你隐瞒英仁的事。也许这样迁怒你，我会好受些，当年如果我细心点儿就能发现英仁不对劲。你看我多自私，不敢面对自己不够关心英仁的事实，反而将责任都推给你，这样的我，哪值得你的爱？"

　　不知不觉泪流满面，关凛一回忆这些年，就知道她对费英治有多残忍。

　　"可是，英治，不管我是怎样的人，你都会爱我对不对？"关凛声音哽咽沙哑，"而我都对你做了什么？如果没有我，会有懂得珍惜的女人好好爱你，你的人生会幸福很多。我却不给你这样的机会，对你时好时坏，将你困在我身边，得不到也离不开，我就是仗着你的爱，在折磨你。"

关凛趴在费英治胳膊边，眼泪越掉越厉害："我知道你想要什么，偏偏不让你如愿，我一定有病对不对？英治，如果没有你，我会病得更加严重，折磨身边所有人，不让谁好过的。所以，英治，求求你，醒过来，不要像英仁那样抛弃我。英治，只要你好好活着，我什么都给你，我的人是你的，我的爱也是你的，我的一切全都是你的。"

她的人生，一次一次地经历死别，没有让她变得坚强，只让她越来越畏首畏尾，虚张声势地逃避现实，不愿走出过去，将自己逼进死胡同，也扭曲了费英治的人生。

关凛不能自已地抽泣着，悲怆而惶然，呼吸都乱了。

直到有只手，撩开她肩旁凌乱的长波浪卷，轻轻地拍着她的背帮她顺气。

关凛怔住，抬头看，对上费英治憔悴却欣慰的眼睛，因为戴着吸氧罩没法开口，但他的眼神似乎在说，他听到了她的声音，为她醒来。

"英治！英治！"

关凛起身扑过去，抱住病床上的费英治，放声大哭，绷紧的神经终于松下来。

重症监护室外，透过玻璃视窗，阮小冕胆战心惊地看着关凛扑到费英治身上："小关先生，费总这样会不会内伤？我们要不要叫医生来？"

其实，费英治在昨天监护仪报警经过抢救不久后，就清醒了，各项指标趋于稳定，没有生命危险，可以从重症监护室转移到普通病房看护。

但为了让关凛正视费英治，做个了断，阮小冕和关淮商量了对策，再由关淮说服费家和医生配合，让费英治继续留在重症监护室观察，等关凛来"唤醒"，能否从关凛口中得到他想要的答案，就看他的运气了。

关淮故意向关凛渲染费英治的病情，最大程度扰乱关凛的心，逼关凛面对。

"费哥还很虚弱，这么多年得偿所愿，我担心会乐极生悲呢。"

关淮忙不迭地联系医生，检查刚"苏醒"的费英治。一番检查，确定费英治的情况稳定，失控大哭的关凛才冷静下来，守着费英治，拉着他的手，千言万语尽在彼此对视的眼神中。

阮小冕感慨地看着监护室内耳鬓厮磨的费英治和关凛，两人的世界，不需要第三人打扰。

"有情人终成眷属。"阮小冕想起以前费英治向她诉说恋爱烦恼，现在守得云开见月明，"我想费总的身体会迅速恢复的。"

"他们应该感谢你的。"关淮笑道。

这两天为了费英治和关凛的事，阮小冕请假来医院帮忙。他也没有固执己见，跟她有商有量，趁机修复之前闹僵的关系，两人的相处融洽很多。

"我也没做什么。"她只是倾听了关淮纠结于心的问题，给费英治打气而已，"说到感谢，我要谢谢你给我联合署名，谢谢你认可我的设计，谢谢你让我在恩薇留名。"

虽说这是费英治的劫，冥冥之中却帮阮小冕和关淮打破僵局，让他们理所当然地再见，面对彼此，有了新的开始。

"软绵绵。"关淮拉起她的手，凝视着她，"我要的不是你的感谢。"

"那你要的是什么？"

阮小冕低头看着手，他掌心传来的温度，让她心口一紧，止不住的悸动，隐隐感觉到他的变化，她不由得慌乱起来。

重症监护室外的氛围太凝重，不适合谈话，反而会让人紧张。

关淮没有立刻回答她，而是拉着她的手，来到医院中庭花园，在长椅上坐下，他依然没有放开她的手。

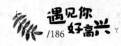

阮小冕试着抽了抽手，他却握得更紧，于是再问："小关先生，你要的是什么？"

"上次，对你发火，我道歉。"关淮却提起她辞职时的事，"你想走，肯定是我做得不够好，让你觉得恩薇不过如此。"

阮小冕震惊地看着关淮，没料到对她的离开，他竟如此反省，将责任归咎于自己。

"你不需要道歉，不是你的责任。"她忽然心生难过，意识到她对他的伤害是让他失去自信而否定自己，"你一直都很好的，是我的问题。"

"我不需要道歉吗？"关淮放开她的手，双手捧起她的脸，轻吻她的唇，"只有这个，我不会道歉。"

阮小冕的脸瞬间爆红，彼时愤怒失控的强吻，此时温柔笃定的亲吻，让"他喜欢她"的感觉变得更强烈了。

"小……小关先生。"她怔怔地望着关淮，"你……"却不知道说些什么，只觉得心跳得过快，有些欢喜，有些不知所措。

她曾恼他喜欢拐弯抹角，但他这样直球攻击，她更招架不住啊。

"软绵绵。"关淮又亲了下她的额头，将发蒙的她揽进怀里，"我不会再问你为什么离开恩薇，我也不管你为什么选择霍瑀。但我想让你知道，你不只是我家恩人，我的徒弟，还是我喜欢的人。"

她真真切切地听到关淮说出"喜欢"两个字，不是暧昧，不是错觉，不是费英治代为表达的感情，这是关淮敞开的心扉。

他喜欢她，对她的好，不只是为了报恩。

因为喜欢，所以他原谅她的"背叛"，接纳她的设计，揽过所有责任，跟她握手言和，不再掩饰他的心意，将名为"喜欢"却能伤害他的武器给了她。

这就是她喜欢的人，让她觉得离开恩薇是对的，他对她越好，她越不想成为他的软肋。

现在的她，还配不上他，无法跟他并肩同行。

"谢谢。"阮小冕缓缓地坐直身，抬头看着关淮，由衷道，"谢谢你，小关先生。"

"我不要你的感谢。"表白收到感谢卡，关淮有些挫败，但没有失望，"软绵绵，我不会要你马上回应我，我希望你不要回避我。我在光耀，你在星漾，没关系。我们是师徒，是竞争对手，没关系。我喜欢你，你还没有喜欢我，也没关系。无论我们变成什么关系，你都要记住，你是我关淮喜欢的人。"

她听得出他话中的笃定，也感觉到他小心翼翼的不安，原来他和她一样，因为喜欢而变得患得患失。

阮小冕刹那发现自己有了立足之地，就在关淮的心里。

"好。"她动容道。他的喜欢给了她自信，压在心上那块名为"施丹蔻"的石头突然变得无关紧要了，"小关先生，请你给我时间，我会慢慢追上来的。"

当她成为独当一面的设计师，成为足够匹配他的人，她就能自信地回应他了。

"嗯。"关淮松了口气，欣慰地摸摸她的脑袋，"我等着，你慢慢来。"

他喜欢的人，看起来软绵绵，却有着带刺的小倔强，急不得。

关淮的一句"你慢慢来"，像是给阮小冕松了绑，让她在花前月的脚步从容很多。

喜欢的人在等着她，等着她追上来，跟他携手并进，这种感觉让她充满了动力，即使选择难走的路，她也不是一个人在战斗的。

阮小冕积极地投入到花前月的作品创作中，霍瑀的"南鱼座"为花前月打开了高端女鞋市场的大门，随后俞清舟乘胜出击，在十二月推出"绮罗香"系列鞋履，清雅脱俗的风格大受欢迎。此时，阮小冕的新作"半溪明月"系列鞋履设计草稿，获得霍瑀首肯。

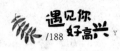

二月间，阮小冕匆匆回了趟鹭城过年，只待了两天就赶回 X 市，关淮带她去看望费英治，去关家给关鹤松拜年。然后她提前结束春节假期，进入工作，褚商恩时不时地给她发米兰时装周的相关报道，关淮要准备他的新作品，今年并没有去米兰，阮小冕就没关注时装周。不过在褚商恩发来的信息中，她看到施丹蔻的新闻，听说完成时装周的工作后，施丹蔻会参演某部在中国和意大利拍摄的电影，有意转型进入演艺圈，将工作重心放到中国。

阮小冕想她是为了关淮才想回中国发展吧？

但想到关淮的表白，阮小冕没那么害怕施丹蔻竞争了，而且她如今也顾不上施丹蔻要做什么，她忙碌了四五个月，废了无数稿，一修再修，费尽心血创作的"半溪明月"系列鞋履，终于可以提交样品给霍瑀审核。

"'半溪明月'的风格纤细明快又不失端庄优雅，可以成为花前月的星光之一。"霍瑀对她的作品给予肯定，"小冕，你和关淮一直都有联系吧？"

"小关先生是我的师父。"阮小冕正色道，"但我不会因为私人关系影响工作的。"

"我相信你会有分寸。"霍瑀的口气很平淡，看不出情绪，"我打算将你作为花前月压轴设计师推出，'半溪明月'能否成为你在花前月的奠基作品，就看你的表现了。"

阮小冕瞬间觉得压力山大，在"半溪明月"进入量产流程前，她要继续打磨，尽善尽美。

褚商恩"荆棘鸟"系列鞋履年后正式上市，反响比预期更热烈，他的欧洲背景和华裔身份，为他赢得不同于其他设计师的关注度。而他的设计风格大胆细腻，前卫浪漫的"荆棘鸟"一亮相，就令人惊艳，备受追捧。

这期间，恩薇推出早春系列鞋履，周昉华丽精美的"圆舞曲"和麦修伦自由热情的"不期而遇"，两人风格迥异，都保持着恩薇一贯的高水准。

时尚圈评价恩薇尽管创新度没有花前月高，但一如既往的华美优雅，不愧"仙履"美称。

在高端女鞋市场，花前月的上位势如破竹，恩薇的应对从容淡定。花前月相对恩薇的三大设计师都推出了作品，作为未曝光的花前月第四设计师，就被外界当成花前月能够冲击恩薇市场地位的关键所在。

在霍瑀的策划中，阮小冕的身份会在作品上市前曝光，随后在时尚杂志网络社交平台电视冠名节目等等媒介，进行全方位的造势宣传。

如今花前月品牌顺利推广，在高端女鞋市场的认知度水涨船高，热度直逼恩薇。

褚商恩"荆棘鸟"的销量再传捷报时，三月号《Grace》杂志刊登第二届"撷秀杯"高跟鞋设计大赛专题报道。第一届"撷秀杯"获奖设计师阮小冕，成为花前月设计师的消息随之公开。"撷秀杯"大赛的关注度和参赛人数飙升，外界对阮小冕在花前月即将发布的作品充满猜测，超越"米兰假日"等级的作品，作为花前月压轴推出的作品，能否让花前月再现惊艳之作，能否将她这个新锐设计师推上高端女鞋的神坛？

不久后，花前月官网发布新品消息，阮小冕新作"半溪明月"系列鞋履已进入制作流程，将在四月上市。

相关媒体开始挖阮小冕的资料，很快就爆出阮小冕是恩薇关准徒弟的事，去年"一剪梅"系列鞋履中关准和她联合署名的鞋，终于引来关注，她的高端女鞋设计风格也让外界窥得一二。

阮小冕有点儿担心媒体继续挖掘，可能会乱写她和关准的关系，不过霍瑀说这些媒体的报道只是花前月的品牌营销，为"半溪明月"做宣传，也是为她造势。

这让她少了顾忌，她唯一能做的就是对自己作品精益求精，不浪费霍瑀提供的平台。

为了确认"半溪明月"每个细节，阮小冕亲自跑工厂，关注生产线上"半

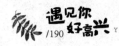

溪明月"的进展。

褚商恩经验比较丰富，会陪阮小冕一起去工厂，确保每道标准化的工序完美地呈现出她想要的效果。尤其是细节，有部分配饰的设计是半手工制作，阮小冕亲自做示范，和手工师傅相互切磋，保证配饰手工部分的精细度和完美度。

"冕冕，你是操劳命啊。"褚商恩笑她，"生产线上把关的师傅都是有一二十年经验的老手，他们比设计师更清楚如何完美打造出样品甚至超越，你来盯他们干活，小心被当作在挑衅他们的权威哦！"

"我这是不耻下问，向他们取经呢。"

阮小冕对师傅们毕恭毕敬，师傅们对她这个软绵绵的设计师很亲切，她也从他们身上学到不少有用的东西，越是了解他们，她就对"半溪明月"成品越有自信。

"听说关淮以前不用助理，事必躬亲，这是有其师必有其徒吗？"

褚商恩有点儿嘚瑟地炫耀他的成语，怪腔怪调的中文让阮小冕失笑，拍拍他的肩膀："当然，我师父教得好嘛。"

"Lohartang 说关淮是他最好的学生，也是他最想合作的人，关淮却不给机会，真奇怪。"褚商恩困惑很久，"你说关淮教得好，却不继续跟着他工作，也很奇怪。"

"你也认识 Lohartang？"阮小冕想起了去年跟关淮在米兰见到的唐洛华，关淮明明很推崇唐洛华，很意外他会拒绝合作，"我听师父说过，他很厉害，不跟他合作确实可惜。"

"我也觉得可惜，作为模特，Lohartang 是我的灵感缪斯，作为设计师他就是我的偶像。因为他的推荐，我才来花前月，他希望我帮霍瑀将这个品牌做起来。"褚商恩八卦兮兮道，"他对霍瑀一直都很上心，但霍瑀对他忽冷忽热，似乎不怎么领情，身在福中不知福呢。"

"嗯？"阮小冕听到了意料之外的内容，挑眉向褚商恩确认，"他们两个……嗯？"

"嗯嗯嗯。"褚商恩点头，冲她挤眉弄眼，"而且，关淮和 Lohartang 也有故事的。"

"我师父很正直的，能有什么故事？"

阮小冕莞尔，不跟褚商恩胡扯，现在最重要的是"半溪明月"的生产，她还要向 QC（质检员）请教一些"半溪明月"的质检问题。

她想让关淮看到最完美的"半溪明月"，获得他的认可，这是她追逐他前进的动力。

四月号时尚杂志的发刊，拉开了"半溪明月"全面宣传的序幕，报刊电视网络新媒体等各平台都有"半溪明月"的宣传。

在全媒体的宣传造势中，四月八日"半溪明月"在星漾全国门店上市，反响热烈。作为花前月压轴登场的设计师，阮小冕的设计延续花前月的高品质，继承前三位设计师的优异表现，完成花前月品牌在高端女鞋市场的亮相。

"半溪明月"的热销同时带动了整个花前月品牌的销量，例会时，褚商恩就建议晚上一起去喝两杯，庆祝花前月的成功。

"我最近精神不好，医生建议清淡饮食戒酒戒咖啡，早起早睡多锻炼，就不凑热闹了。"俞清舟一脸不愿"同流合污"的清高，找借口推托。在他看来，"半溪明月"的设计中规中矩，并无精彩绝艳之处，纯粹靠大投入的宣传造势才获得销量成绩，胜之不武，他无法认同阮小冕和他平起平坐。

"听说你家有酒窖，藏酒上千，要不去你家喝两杯？"褚商恩嫌俞清舟假惺惺，设计圈谁不知道俞清舟好酒，以李白为偶像，自诩酒是他的"灵感缪斯"呢。

邻座的阮小冕扯了扯褚商恩的衣袖，眼神示意他适可而止，跟俞清舟计

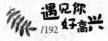

较会没完没了的。

"我家庙小。"俞清舟没好气地道。

"花前月成立大半年，大家厉兵秣马才能开疆辟土，确实该放松放松，今晚我做东，不醉不归。"

霍瑀发话了，俞清舟清高归清高，还是看得懂脸色，于是，下班后，花前月设计部的人直接去霍瑀朋友开的酒吧庆祝，

"霍总监。"阮小冕真心实意地敬酒，"谢谢你创立花前月，让我在这里发挥所长，以后还要请你多多关照。"

"不客气。"霍瑀难得笑脸，"我应该感谢关淮教出好徒弟，让我坐享其成。"

听到霍瑀说关淮的好话，阮小冕眉开眼笑，终于放开怀，跟褚商恩他们畅饮，很快就双颊酡红，醉意朦胧。

"小关先生。"阮小冕开心地拨通关淮的电话，忍不住对他撒娇，"我们今天开庆功会，我有点儿喝醉，你来接我，好不好？"

"软绵绵，你现在就可以放下酒杯等着，我马上过去。"

关淮来到酒吧时，霍瑀和俞清舟已经离开，只有褚商恩陪着阮小冕等人。

"谢谢。"关淮将靠着褚商恩睡着的阮小冕抱起来，"她喝了很多吗？"

"一杯玛格丽特，两杯天使之吻，还有一杯 B-52 轰炸机。"褚商恩掰着手指说明，他也有点儿醉，"她心情好，喝多了，你带她回去好好休息，霍瑀说明天可以不用上班。"

"你是褚商恩吧？"阮小冕跟关淮说过在花前月关系最好的设计师，"我家软绵绵在花前月，谢谢你的照顾。"

"冕冕很有趣，你也很有意思。"褚商恩若有所思地看着关淮，"自打从 Lohartang 那边知道了你，我就很好奇，你拒绝了他，会选择怎样的人？我更好奇，为什么你会把冕冕留在霍瑀身边呢？"

"你想多了。"关淮顿了顿，"她想要飞，我不能折断她的翅膀，仅此而已。"

褚商恩没再说什么，挥挥手告别，目送关淮抱着阮小冕离开酒吧。

他想也许是 Lohartang 杞人忧天，霍玛和关淮之间，并不会发生什么。

醉酒的阮小冕瘫坐在副驾驶座上，醉眼迷蒙，歪头看着开车的关淮，痴痴地笑起来。

关淮瞥了她一眼，忍俊不禁："软绵绵，酒醒了吗？"

"有两个小关先生呢。"阮小冕眨了眨眼睛，一时半会儿醒不了酒，声音软糯，"小关先生，还有小关先生，我的'半溪明月'好不好？没有让你丢脸吧？"

"好，大家都在夸我徒弟呢。"

关淮缓缓地将车开到公寓楼下，停车绕过去开车门，双颊绯红，一副小女人的娇憨姿态，令他心动，倾身解开安全带时，忍不住亲了下她的额头。

"嗯，我想变得更好，就能和你站在一起了。"

阮小冕半醉半醒，仰着头看关淮，"半溪明月"的成功让她放下心防，酒精的催化让她敞开心扉，无意识地对他撒娇。

"师父，再等我一下下，我会追上你的，这样我才能喜欢你，不会拖累你。"

"傻瓜，果然想太多了。"关淮摸着她的头，"喜欢我很简单，喜欢就好。"

他倏然明白她为何执意离开恩薇，"爱莲说"事件还是影响了她，让她不愿意在他的羽翼下走捷径，她想证明自己，想靠自己的力量站在他身边。

"喜欢，从很久以前我就喜欢你的设计，想成为像你一样的设计师。"阮小冕顺势靠进他怀里，说着酒后的心里话，"我很高兴能跟着你学习，在你身边越久，就越在意你。可这样不行的，跟施丹蔻比，我什么都不是。只有喜欢远远不够，我要变成厉害的设计师，才有资格跟你同行，不会变成你的绊脚石。小关先生，你会等我，对不对？"

"嗯。"关淮抱起阮小冕，往她的公寓走，"我等着，你慢慢来。"

看来她醉糊涂了，才会这样掏心掏肺地坦白，在意他，介意施丹蔻的存在，自尊却不允许自己依附他。所以就算被他误会，就算跟他闹僵，她也要离开他，不要他的庇护，想以独立对等的姿态面对他，喜欢他。

真是个大傻瓜，难为她的小脑瓜考虑这么多了。

关淮后悔初见时对她太苛刻，让她过度在意他对她的评价，才对自己要求这么高，只有在醉酒的现在才放松跟他撒娇。

假如当初知道她因为他想进恩薇，知道他以后会越来越喜欢她，他一定温柔待她，将现实的恶意拦在他身后，只让她看见这世界的美好。

"我们说好了，一定要等我哦。"阮小冕不自觉地抬起手，搂住他的脖子，一脸满足地依偎在他怀里，闭着眼睛，又痴痴地笑起来，"这个梦真好呢，可以抱抱小关先生，又能撒娇，我不想醒过来了。"

这样的阮小冕取悦了关淮，他亲了亲她的额头，不打扰她的好梦。

不知过了多久，阮小冕闻着煎鸡蛋的香味睁开眼睛，迷迷糊糊地循着味道走去，看见关淮在厨房里忙碌。

在厨房透亮的光线中，身材颀长、容貌俊俏的男人，穿着家居味十足的围裙，竟有种说不出的性感，额间沁出的薄汗，让他显得秀色可餐。

她环视四周，这里是她的公寓，关淮怎么会出现？是她在做梦吧？

阮小冕忍不住傻笑，仗着在梦里便放肆起来，猫着步靠近关淮，从背后抱住他的腰，脸枕在他背上，闭上眼睛，满足地舒口气。

"软绵绵？"关淮转过身，好笑道，"还没睡醒吗？"

"嗯，做着好梦呢。"阮小冕顺势从正面搂着他的腰，梦游似的开口，"之前在网上刷到一组照片，叫'下厨的男人'。大家评论说长得帅就算了，居然还会料理美食，他们的女朋友上辈子肯定拯救了银河系吧？虽然是在做梦，但看到小关先生下厨，我的运气也不错呢。"

"哈哈！"

关淮大笑起来，胸腔随之震动，震得她抬起头看他，就见他的嘴角扬起优美的弧线，五官布满爽朗的笑意，如同温暖的春风，扑面而来，令她眼迷心跳。

"小关先生，在笑我做梦吗？"她感觉整个人还醉着。

"不，你这样主动又嘴甜，让我受宠若惊了。也许，上辈子拯救银河系的人是我。"

关淮笑着低下头，一手搂着她的腰，一手扶住她的后脑勺儿，吻住她微启的唇。

心跳瞬间飙升，梦里的感觉变得更加真实了。

她闭着眼睛，唇间的纠缠温柔又热烈，撩人的酥麻和燥热在四肢百骸间扩散开，若非腰间扶住她的力道，她似乎要化作一摊软泥，融化在他怀里。

她感觉被带入一片火热又令人战栗的甜蜜海中，仿佛蜜蜂吸取着花蜜，蝴蝶留恋着花香，不由自主地想索求更多，满足心间的渴望。

一发不可收拾的热情，他极力克制着冲动，温柔地引导着她，体贴地给予更多，慢慢地调整彼此最舒服的姿势，享受着唇舌间追逐的亲密。

骤然响起的手机铃声，将他从缱绻缠绵中拉回来，他意犹未尽地离开她的唇，在她额头轻吻："去接电话吧。"

阮小冕整个人惊醒过来，怔怔地望着关淮，意识到不是在做梦，她的双颊瞬间爆红，猛地推开关淮，跌跌撞撞地去接电话。

手机就在客厅茶几上的包里面，她背对着关淮拿出手机，一看来电显示"肖翊"的名字，就不想接了。

自从大学毕业后，她和肖翊就没了联系，他突然打电话过来，应该不是来寒暄吧？

阮小冕犹豫了一会儿，还是接了电话。

"小冕，朋友圈里刷屏的八卦，到底是怎么回事？你得罪什么人了吗？"

肖翊急切的声音传来，阮小冕满头雾水："什么八卦？我刚睡醒，不知道你在说什么？"

"公众号'秀生活'今天推送的文章，我转给你看看。"

阮小冕莫名其妙，挂了电话，打开肖翊发送的链接，整个人都蒙了。

微信公众号"秀生活"爆料——"揭露设计师阮小冕的上位之谜，源自名利场钱与色的精彩演绎"，文章配有她的照片，还有她和关淮在医院拥抱的照片，甚至还有关鹤松和霍瑀的照片。

"秀生活"称阮小冕是美院油画专业出身，外表温柔甜美，实际上为人精明，擅长扮猪吃老虎。在大学毕业前，为了当高跟鞋设计师，阮小冕通过人际经营，与光耀创始人关鹤松搭上关系。据知情人透露，阮小冕把关鹤松哄得服服帖帖，自由出入关家，通过关鹤松进入光耀旗下的恩薇设计部，缠上了关鹤松孙子——恩薇的天才设计师关淮，成了关淮的徒弟，水到渠成地进入高端女鞋设计圈，扩大了她的人际圈。

阮小冕十分擅长利用女性魅力，作为徒弟将师父关淮伺候得舒舒服服，关淮自然对她特别关照。在关淮的帮助下，她就有了"撷秀杯"获奖作品"米兰假日"，开始以新锐设计师自居。

遗憾的是，恩薇三大专属设计师的配置固若金汤，阮小冕自觉在恩薇难以立足，关淮空有设计才华但没有实权，无法让她在恩薇出头。于是，她将"米兰假日"授权给光耀的对手星漾，离开没有利用价值的关淮，搭上了星漾总监霍瑀，为"米兰假日"争取到最佳宣传而大卖，她变成畅销作品的新锐设计师，迅速上位，成为星漾主推的设计师。

阮小冕在星漾如鱼得水，她的惊人魅力再次得到验证，将霍瑀迷得神魂颠倒，成立花前月设计部，让有资质有才能的设计师当她的绿叶，为她开拓花前月市场。当阮小冕最新作品"半溪明月"上市时，霍瑀将最好的资源集中起来为她做宣传，通过大量金钱投入和宣传造势，成就了"半溪明月"火热的销售。

业内人士称，"半溪明月"的设计显得业余，远远达不到高端女鞋的水准，阮小冕作为关淮的徒弟，空有头衔罢了。

"秀生活"结语：金钱与美色的结合，可以创造出虚假的商业繁荣，让平庸之辈名利双收。但这种假象只能惑众一时，不可能在经典殿堂留名，设计天分的差距并非金钱可以填补。

"秀生活"独家爆料，文章写得冠冕堂皇，遣词造句文明和谐，批判尺寸掌握得宜，内容似真似假，巧妙地回避了可能被诉讼造谣诽谤的法律责任。

结合配图，言外之意充满臆测的空间，她和关淮、霍瑀等人的关系，随着文字铺陈令人浮想联翩，读者自然而然地脑补出各种细节，无形中控制着舆论的导向。

看不见刀光剑影的文章，字字句句在敲打她的脊梁骨，渲染金钱与美色之间的潜规则，以最大的恶意引导读者去揣测她，否定她的努力。

掌心一阵虚寒，手机滑落在地。

抑制不住的冷意在四肢百骸间泛滥，阮小冕感受到了赤裸裸的恶意。

半年前就有跟踪偷拍她的爆料，那时霍瑀阻止了，没想到这次的爆料更夸张，除了关淮，连关鹤松、霍瑀都牵扯进来了。

署名"南行"的爆料撰稿人，阮小冕不知是谁，却觉得这人就在她身边，窥视着她的一举一动，熟悉她的软肋在哪里。在她为"半溪明月"欢欣雀跃时，冷不防从背后刺来一刀，想要将她从云端踩进泥里。

面对这样蓄谋已久的"口诛笔伐"，她竟觉得百口莫辩。

她确实因关鹤松进恩薇，确实是关淮的徒弟，确实离开关淮，跟霍瑀进星漾，成了花前月力捧的设计师……但并非"南行"暗示那般充满了钱色关系，她没有处心积虑地谋划，没有利用美色算计，没有敷衍对待设计作品，她和关淮、关鹤松、霍瑀他们的关系也没有什么不可告人！

为什么正常人际交往和努力实现梦想，通过"南行"的笔一写，变得如此不对味呢？

阮小冕不敢去看他人对爆料的反应，又想自己是不是真"心虚"才会误读"南行"的言外之意？

拾起手机刷开网络评论，各种臆断想象，各种秽言污语，人性之恶毫无保留。

她脑袋愈加空白，最近大肆宣传造势风头正劲的设计师被"扒皮"，在网友看来是大快人心之事，可以肆意攻击侮辱，谁让她是通过美色潜规则上位的呢？谁让她身后有那么多成功的男人呢？

阮小冕从未经历过这种事，以前围观过被爆出负面新闻的明星，觉得事不关己无聊看个热闹罢了。如今，她变成当事人，才发现语言的杀伤力有多大，围观人只嫌事不够大，根本不会顾虑当事人的感受。

坐在沙发中，阮小冕双手环抱着自己颤抖的身体，告诫自己要冷静，这一路走来，她虽有自私，但并没有那么不堪。

"软绵绵，怎么了？"

关淮发现她的异样，跑过来，而他的手机也响了，是费英治来电。

"小淮，你现在哪里？阮阮出事了。"

"费哥，我现在和她在一起，发生什么事了？"

"朋友圈都在转她的八卦，你赶快想办法阻止。"

关淮拿起阮小冕的手机，看到"秀生活"推送的内容，脸色变了变，有种将手机砸碎的冲动。

"有我在，不用怕。"关淮拥她入怀，笃定道，"都是胡说八道，不要多想。"

他是当事人，自然分得清真真假假，但其他看八卦的人，给他们几个关键词就能脑补出狗血大剧，何况有图有真相的爆料呢？

"对不起，小关先生。"

阮小冕不知所措，当初离开恩薇所害怕的事情，还是发生了，她不敢去想象可能对关淮产生的影响。

"不是你的错，不要道歉。"关淮抚拍着她的背，"这事很快就会过去的。"

然而，这些流言蜚语像是蝴蝶振动翅膀，引发强烈的蝴蝶效应，带来一场始料未及的风暴。

第十二章 但我不能不在意

　　"秀生活"爆料的第二天，霍玚通过星漾公关部让"秀生活"删除了文章，但没法屏蔽网络上的相关报道。

　　霍玚公开声明，强调他和阮小冕是同事关系，他欣赏她的设计，才邀请她加入花前月。霍玚说花前月珍惜旗下每位设计师的才能，为他们打造展示自我的最佳舞台。

　　关淮跟"秀生活"交涉，希望找出用暧昧文字爆料的"南行"，以作澄清。但"秀生活"回应不知"南行"真实身份，"南行"通过匿名邮件发送稿件，图文并茂保证真实性，他们才刊发的。

　　律师研究了"秀生活"的爆料，直说"南行"很聪明会钻法律的空子，又能保护自己，难以诽谤罪提起诉讼。

　　关淮通过恩薇官网正面回应，公开他和阮小冕的师徒关系，作为师父他认可她的作品，同时强调阮小冕救助过关鹤松，她是关家的恩人，并未利用关家。

　　可惜关淮和霍玚的声明，不但没能为阮小冕护航，反而引来更多猜测，舆论被引向另一个方向，网上的八卦情绪更加强烈。

　　"半溪明月"强势宣传造就的热度，使这种热度成了双刃剑，将毫无防备的阮小冕推到公众面前，接受审视。

　　当她的存在变成一个"不良示范"，她不知如何为自己出声。

　　网友讽刺她"驭男有术"，年纪轻轻周旋于两大设计师之间，有人替她把关设计，有人为她宣传造势，用金钱和资源将她捧成新锐设计师，真是"人生赢家"。

　　适时，论坛出现阮小冕的扒皮帖，楼主自称是阮小冕同学，贴出许多阮小冕在校期间的照片，爆出她是有钱任性的富二代，轻而易举地引爆围观人士对社会不公的激愤。

　　楼主说阮小冕有钱喜欢养跟班，在美院"恃靓行凶"，享受众多追求者的追捧，与异性关系复杂，热衷抢别人的男朋友，然后弃之若敝屣。

　　同时，楼主还爆出阮小冕大学时代的绘画作品，直言不是抄袭同学作品就是花钱请人代笔，仗着有钱貌美会撒娇，连老师都被她搞定，在美院混得风生水起。楼主认为阮小冕劣性不改，贴出一堆类似鞋款对比"米兰假日"和"半溪明月"，认为阮小冕设计的高跟鞋严重抄袭前人作品，简直是设计界之耻，人人得以诛之。

　　"秀生活"的爆料只是开端，随着扒皮帖转播，网络暴力愈演愈烈，阮小冕的个人信息被黑客入侵，全部暴露，社交账号被黑发布脑残言论，手机因太多辱骂信息和骚扰电话而关机停用。

　　星漾公关部虽然删除了一些帖子，但根本抑制不住事态的发展，网络上的攻击很快蔓延到现实生活。星漾门店出现众多抗议者，其中有星漾的忠实用户、花前月其他设计师的拥护者，还有关注报道的媒体。

　　他们要求开除阮小冕，认为她没有资格担当花前月设计师，破坏花前月的高端定位，她是颗老鼠屎会坏了一锅粥。

　　随后，购买了"半溪明月"的顾客，上门要求退货，声称无法接受丑闻

设计师的作品，"半溪明月"销量急剧下滑，退货库存越来越严重。

有的抗议者甚至聚集到星漾集团总部，要求星漾清除设计界的败类，像阮小冕这种靠美色和金钱上位的设计师，是对其他设计师的侮辱。

设计界也发出声音，批判阮小冕的作品是典型的空中楼阁，设计基础薄弱，没有天赋只有堆砌和模仿，靠着强大的金钱支援，通过大量宣传对顾客进行洗脑，才变成所谓的"设计师"，确实令设计界不耻。

关淮让阮小冕休息几天，不要去关注外界的评论，但阮小冕还是忍不住去看，不久前引以为傲的"半溪明月"，现在变成攻击她的工作，否定她的设计资质，唾弃她让设计界蒙羞的刀子，她的努力变成了笑话。

真真假假的脏水全泼向她，设计界不给她立足之地，只想将她踩进尘埃。

她知道关淮在为此奔波，费英治关凛褚商恩他们在公开场合表示支持她，恩薇的周昉和麦修伦在媒体采访时也给关淮面子，说她和他们曾经的共事很愉快。

然而，并没有什么用，越是有人支持她，舆论对她的攻击就越激烈。他们认定她路数不正，人人化作正义之士，要将这种靠美色和金钱上位的不良风气消灭，放肆言语攻击。

似乎有只无形的手在操控一切，各种关于她的负面消息不断发酵，甚至影响到星漾股票跌停，星漾不得不进行危机公关，召开紧急股东大会应对。

会上，股东们一致认为，阮小冕要为股票下跌、门店销售骤减、星漾公司形象受损、花前月设计品质受疑、"半溪明月"退货损失等方面负责，同时作为上司的霍瑀也要担当责任，星漾必须给出态度，力挽狂澜。

在舆论压力下，星漾发出公告，在星漾全国门店下架"半溪明月"系列鞋履，解除阮小冕花前月设计师职位，暂停花前月负责人霍瑀的职务。

星漾对舆论暴力的妥协，终于让事态平息下来。

设计界的人都知道，被捧上位来不及享受胜利果实的阮小冕，经此一役，她在这行失去了立足之地，设计生涯提前结束。

阮小冕最后一次去花前月设计部，是为了办理离职手续，跟霍玥交接。

经过数日舆论的狂轰烂炸，阮小冕精神有些萎靡，面对被暂停职务冷静依旧的霍玥，她心底生出了负罪感。

"对不起，我连累你了。"

"秀生活"爆料时，阮小冕并不认为自己有错，清者自清，她相信关淮说的，这事会过去的。遗憾的是，没能息事宁人，事态反而一发不可收拾，最后冲击到星漾的经营，直接损害公司的利益……她终于发现，或许就是她的错，她利用了关淮和霍玥，还是走捷径才成为设计师，这样的她，被舆论攻击也不算冤。所以，她成了弃子被解雇也正常，但霍玥被停职，就是她的责任了。

"你觉得这一切是你的错吗？"霍玥淡淡地问，起身，从橱柜中取来一袋明前龙井，慢悠悠地泡起茶来。

"一切因我而起，是我的错。"

阮小冕认得那袋明前龙井的包装，第一次在鹭城家里见到霍玥时，她泡的就是这种明前龙井。

"这是阮先生送我的茶叶。"霍玥的心情似乎没受停职影响，"他很爱你，担心你初入社会太天真，容易受委屈，所以拜托我关照你。现在看来，我有负所托了。"

"不，你一直很关照我的。"

虽然霍玥不会像关淮那样手把手教她，但他给她自由创作的平台，给她最好的资源为她造势，让她有机会站到云端。即使她现在跌落下来，摔得粉身碎骨，他也替她扛了些责任。

"阮小冕啊阮小冕。"霍玥突然叹气，"阮先生的担心没错，你太天真了，经历过'爱莲说'事件，也没吸取教训。"

"我有吸取教训。"阮小冕苦笑，"我不想再影响小关先生的创作，所以听你的建议离开恩薇，结果变成现在这样子，是因为我离得不够远吗？"

"变成现在这样子，就因为你和关滩靠太近了。"霍瑀倒了杯茶给她，好笑地问，"为什么你会听我的建议离开恩薇呢？"

他眼中出现的嘲讽之色，让阮小冕讶异："我不懂你的意思。"

"为什么你觉得绯闻八卦会打击到关滩？关滩是那么脆弱的人？"霍瑀又问，"呵，为什么你会听我的建议？你不知道关滩的弱点吗？"

"你到底想说什么？"

阮小冕觉得不认识眼前的霍瑀了，他好像变了一个人，不再孤傲冷淡，字字句句尖锐带刺，刺得她不安。

"我想说，你太蠢了，相信我却不相信关滩，身为他的弱点却不自知。"霍瑀喝了一口茶，慢条斯理道，"他看着你从云端摔进泥里，被人口诛笔伐，视为设计界之耻，眼睁睁见你被毁掉，可他无法保护你。这样的他，作为男人都不合格，何况作为喜欢你的人，他却是毁掉你的罪魁祸首，知道真相，他会大受打击吧？"

"你在说什么？"阮小冕怀疑耳朵出了问题，这些充满恶意的话不应该从霍瑀口中说出来，"为什么不能相信你？你这是在幸灾乐祸吗？"

"我就是'南行'。"霍瑀一脸受不了她脑子转不过来的表情，"我从来不欣赏你的设计，你只是我教训关滩的棋子，将你捧得越高才能让你摔得越惨，对关滩的打击就越大。"

阮小冕只觉得脑袋在嗡嗡作响，难以置信地看着霍瑀，他费尽心思将她捧上云端就为了把她踩进泥里报复关滩？

"你……"仿佛被当面捅了一刀，看着"凶手"熟悉的面孔，阮小冕无法接受现实，"小关先生对你做了什么？因为逼你离开恩薇吗？"

"他的存在，让我也受过这样的打击。"霍玚冷笑，"阮小冕，你记住，这一切不是你的错，是关淮的错，你要恨就恨他，恨他把你看得太重，让你成了靶子。"

"不……不是的。"阮小冕摇头，有点儿清醒过来，"想毁掉我的人是你，我该恨的人是你。"

"所以说你太蠢了。"霍玚一脸的同情，"如果你和关淮没关系，就不用遭受这些，毁掉你设计生涯的人就是关淮，不是我。"

"疯子！"阮小冕端起茶杯泼向霍玚，被他彻底激怒了，"我不会再相信你任何话，我也不会这样被毁掉的！"

"哈哈！"霍玚大笑，抹了把脸上的茶水，"那就你回去告诉关淮真相，我迫不及待地想知道他的反应呢。"

"哐啷！"

阮小冕的回应是将茶杯摔在地上，被这样玩弄于股掌之间，她却无法反抗，只能愤然离去。

关淮坐在车里，看见阮小冕从星漾大楼走出来，神情恍惚，脚步虚浮。

他急忙下车迎去，将她拥入怀中，轻轻地抚着她的后脑勺儿，安慰她："没事的，还有我。"

星漾公告一出，阮小冕就成了弃子，这种对舆论暴力妥协伤害她声誉的做法，关淮无法认同，他想亲自跟星漾交涉，霍玚也需要给他这个师父一个交代。

阮小冕阻止了他，她说让星漾遭受这么大的损失，只是开除她没有再追究她的责任，已经是仁至义尽。而霍玚因她被停职，是她欠他一个交代。

关淮只好送她来星漾，在外面等她完成离职手续，再带她走。

阮小冕什么都没有说，默默地跟他上车，怔怔地望着窗外，陷入自己的思绪。

四月春色正好，暮光透过车窗，洒在她脸上，像蒙了一层橘色的薄纱，有着暧昧的哀愁。

关淮一边开车一边注意她，她的沉默，仿佛心如止水，令他不安。

"软绵绵，我们去散散步，好不好？"

她对他的话置若罔闻，似乎听不见他的声音，他跟她说什么，她都没有反应。

关淮将车开到海边，拉着阮小冕在海滩散步，他看着海风吹起她的头发，拂过她一脸的茫然。

阮小冕就这样一声不吭地跟着他，灵魂出窍似的，没法回应他。

关淮知道现在的她很难过，刚被捧上云端备受瞩目就被打入地狱，他理解她的无所适从，心疼她的崩溃挫败，但他希望她意识到他的存在，依赖他。

这种"不在沉默中爆发，就在沉默中死亡"的气氛，让他胆战心惊。

"软绵绵。"关淮停下脚步，双手捧起她的脸，让她面对他，"我们结婚吧。"

突如其来的求婚，终于让阮小冕有了反应，涣散的目光慢慢聚焦，正视关淮："为什么？"

她一直在想着霍玚告知的真相，该不该让关淮知道？

霍玚的变脸，颠覆了她对人性的认知，当她愤然走出他办公室时，碰到在外面踱步的褚商恩，他将她拉到角落，急切地问她："霍玚跟你说了什么？"

"你觉得霍玚要跟我说什么吗？"

霍玚刚给她上的一课，让阮小冕忍不住开始怀疑褚商恩知道些内幕？

"看你的反应，霍玚真的做了什么吧？"褚商恩扶额，头疼道，"离开法国时，我很意外Lohartang会来送机，原来他担心霍玚和关淮的事，他说霍玚对关淮有些误会，他怕霍玚会做极端的事，让我注意点儿。"

"误会？什么误会？"

"我不知道 Lohartang 说的误会是什么。"褚商恩摇头，"据我所知，关淮在回国前和霍瑀应该都没见过，但关淮一来恩薇，霍瑀就跳槽，两人真的合不来。所以，我很奇怪为什么你会离开关淮来花前月呢？不过关淮这么放心你跟着霍瑀工作，我想他们两人大概没什么问题，Lohartang 多心了。可最近发生的事，让我觉得不对劲，冕冕，霍瑀有说什么吗？"

"他说……"阮小冕顿了顿，只说，"这一切，不是我的错。"她不是想包庇霍瑀，而是不想如他所愿。

作为受害者，知道真相是她的权利，但是否将真相公布于众，她得考虑后果。

霍瑀一边利用星漾捧她，一边通过舆论毁她，这种自相矛盾的真相，外界不一定相信，也不可能扭转公众对她的印象，只要霍瑀否认，就会让她多背一条"忘恩负义"的骂名。

对始作俑者的霍瑀来说，他就想通过她公开真相打击关淮，她只是他报复关淮的棋子。

她不想当霍瑀的棋子，就得忍着，不能肆意妄为。

她痛恨自己的愚蠢，痛恨自己的无能，是她走错路了，才被霍瑀利用，不知道该怎么面对关淮。

霍瑀说得对，"爱莲说"事件后，就算曝光关淮和她关系暧昧，她也应该相信关淮能应付，而不是被霍瑀蛊惑，选择跟关淮保持距离。

关淮如果知道霍瑀靠近她的目的，会把一切都当成他自己的责任吧？他会更加自责没能保护她吧？

她还是无法忍受关淮因她受到伤害，她不想被当作利器插进他的心，她必须忍耐……

　　"我们结婚，让那些流言见鬼去。"关淮眼神坚定，"你成为我的女人，我护着你又怎样？潜规则又怎样？捧你上位又怎样？"

　　当他坦白对她的感情后，他就不再掩饰护短之心，他把她看得很重……所以，她不能让他知道她因为他才摔得这么重。

　　"他们会说，这样对其他人不公平的。"

　　阮小冕的眼睛不由得湿润了，最初嫌弃她撒娇让她看清现实的人，现在却不忍心让她面对现实，想让她躲在他的羽翼下，不需要努力去证明自己的能力，她想要什么他直接给她，不用她去经历风雨。

　　"这世界本来就不公平，他们只相信自己愿意相信的，根本不在乎真相。不是你做错什么被攻击，而是他们需要发泄的借口。"关淮看得很清楚，"我有能力，有资源，有财富，我愿意被你利用，他们不能把我怎样，才对你更加苛刻。所以，我们更要在一起，我们结婚，你名正言顺地回恩薇，我会让你成为恩薇专属设计师的，你只要做你想做的事就可以了。"

　　阮小冕紧紧地咬着唇，眼泪还是不受控地涌出来，自从两年前去光耀面试遇到关淮，被他说将眼泪当武器后，她就再也没有哭过了。可现在，关淮只想让她在他的世界撒娇，他会替她面对所有现实的问题。

　　"不行的。"她泪眼涟涟地看着他，"我不能这样跟你结婚，我什么都没有。"

　　如果她现在跟关淮结婚，选择逃避，躲在他的背后，她就再也没可能跟他并肩同行了，这不是她想要的。

　　"你怎么会什么都没有？"关淮抬手，轻轻地擦着她的泪，"你有我啊。"

　　"对不起，小关先生。"

　　阮小冕哭得更加厉害，关淮喜欢她，霍玛比她更早知道，更清楚她在关淮心里的位置。如果她自信点儿，就不会怀疑关淮对她的好，就不会自以为是地离开他，把自己搞得如此狼狈，反而让他难过了。

"这是你第二次拒绝跟我结婚，该哭的人是我。"关淮拥她入怀，抚拍着她的背，"但你哭得这么伤心，就是我的错了，我还在等你喜欢我，怎么可以趁机逼婚呢？"

"不是你的错。"阮小冕吸了吸鼻子，止住泪意，抬头正视关淮，"现在的我没有资格回恩薇，也没有资格成为你的另一半。"

"软绵绵，妄自菲薄的话，我不喜欢听。"关淮皱了下眉，"你知道的，我不在意。"

"但我不能不在意。"她的自尊和骄傲不允许她逃避，"小关先生，你领我入行，给我一副好牌，我却打输了，还输得一塌糊涂。我不能原谅这样的自己，也不能回避自己的失败，我必须面对这样的现实。所以，我不能躲进你怀里撒娇，如果太依赖你，我会变得懦弱，就不会是你喜欢的人了。"

眼前的阮小冕，早就不是他最初认识的那个擅长撒娇卖乖的女孩儿，是他让她不要将眼泪当武器，是他让她学会跟现实死磕，即使头破血流，她都不想示弱撒娇。

他确实喜欢她被现实打垮又能站起来的韧劲，喜欢她会识时务妥协但坚守底线的倔强，喜欢她为了跟他并肩同行想要变得更好的执着，喜欢她看起来软绵绵犟起来硬邦邦的认真……他该高兴的，现在的阮小冕越来越懂他了。

"傻瓜。"关淮无奈摸摸她脑袋，这是他教出的徒弟，他只能认了，"不要想太多，你现在最需要的是放松，我们出去度假，散散心吧。"

"我想一个人静静。"阮小冕握住关淮的手，语气中带着恳求，"小关先生，你多给我些时间，我不想设计生涯就这样结束，我会好好考虑怎么继续，总有一天我会追上你的。"

她想堂堂正正地以设计师身份在他的世界立足，而不是依附于他。

"好，我等着。"关淮再度拥她入怀，"你慢慢来。"

虽然现在的他不能以恋人的身份支撑她，但作为师父，他有责任为徒弟护航，他也要想想，如何让她重整旗鼓，以自信的姿态来到他身边。

阮小冕很清楚，她想要继续当高跟鞋设计师，除了光耀，其他公司是不会接受她这颗"业界毒瘤"的。

然而唯独光耀，她不能去，"丑闻"因她被星漾开除渐渐平息，但霍瑀不见得会收手，她不想"丑闻"蔓延到光耀。

手机重新开机后，阮小冕接到阮宗延的电话，从新闻里，他知道她被开除，霍瑀被停职，问她到底是怎么回事，是不是给霍瑀添麻烦了。

比起她的遭遇，阮宗延似乎更在意霍瑀的感受，担心他得罪他的客户吗？

阮小冕不想将她的挫败告诉他，也不可能告诉他真相，只能说："霍瑀不认同我的设计，他觉得借机让我的作品下架比较好，所以我和他不会再合作，也不会再给他添麻烦。请你不要再拜托他关照我，让他到此为止，我不会忘记他的'教诲'。"

她没有跟阮宗延多做解释，只是通过他向霍瑀表达她的立场，这事到此为止，不要咄咄逼人。

手机里还有很多未知号码的信息，不想看这些陌生人的谩骂，阮小冕都删除了。对于肖翊发来的信息，她只花了一分钟查看：他替黎予臻道歉，因为他的缘故，黎予臻迁怒于她，在论坛上发扒皮帖，曝光她的私人信息，抹黑她在学校的行为……

阮小冕早就拉黑黎予臻，一点儿都不意外黎予臻会这么做。这一次，她把肖翊也拉黑，对于伤害过她的人，界线划得越清楚越好。

她现在只考虑一个问题，如何继续在业界生存？

她找不到答案，向欧阳漪求助。

欧阳漪说设计是相通的，当不成高跟鞋设计师，可以改行当珠宝设计师，她可以破例收她当徒弟。

费英治打电话给她，欢迎她随时回微光岛上班："阮阮，我身体刚恢复，不能太劳累，急需助理，你来帮我，好不好？"

关鹤松联系她，小心翼翼地建议："小冕，你要不要跟关凛学管理？"

关凛接过关鹤松的手机说："有些事你不用逞强，接受别人的帮助不丢脸。阮小冕，我不反对你回恩薇，也不介意你拜我为师，关家不怕所谓的丑闻。"

不管是欧阳潇，还是费英治、关鹤松、关凛，他们比她更清楚，以她现在被业界抵毁的状况，想要继续当高跟鞋设计师，无异于逆水行舟，不如重新选择职业，顺势而为。

道理她都懂，也了解他们的用心，但这些都不是她想要的答案。

她在这里被打败，必须从这里站起来，她不想当逃兵。

阮小冕把自己关在家里，她要的不是退路，而是去路——如何才能成为像关淮那样的设计师？

她喜欢关淮，越是喜欢他，就越不能容忍自己和他的差距。

他是最好的他，她却不是最好的自己，这样的她更不能躲在他背后，接受他的庇护，那她永远都无法成为跟他对等的人，就对不起他的好，也许有天她还会怨恨他，扰乱她的人生，让她变成废物。

她要怎么做，才能变成最好的自己，才能配得上关淮的好呢？

"丁零！丁零！丁零！"

门铃声突然响起，持续不断，急躁又没耐性。

阮小冕被吵得头疼，打开门，目瞪口呆地看着来客，怀疑这几天想太多出现幻觉了。

应该在意大利拍电影的施丹蔻，怎么找上门来了？

"意大利部分的拍摄已经结束，接下来我会在中国工作两个月。"施丹蔻自顾自地解释，取下墨镜，挤开发怔的阮小冕进门，"你家地址都在网上

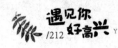

曝光了，你居然还住这里，不怕有人上门找麻烦吗？"

"所以，你来了？"阮小冕莫名其妙地看着反客为主的施丹蔻，她是来看笑话吗？

"嗯哼。"施丹蔻不置可否，环视小公寓，最后在沙发上坐下，"我们上一次见面，还是在恩薇吧？你和 Enoch 吵架，我在拉架呢。"

"请喝水。"阮小冕猜不准她的用意，倒了杯水以示待客之道，等她说明来意。

"看到你被星漾开除的新闻，其实我还蛮高兴的。"施丹蔻故意幸灾乐祸，"我想你变得这么糟糕，Enoch 应该清醒地意识到你根本配不上他吧？"

"施小姐，你这样说，已经不能打击我了。"

阮小冕没有被激怒，因为施丹蔻说的是事实，跟之前的舆论暴力比，施丹蔻的话算友善了。

"哼！"施丹蔻哼了哼，有点儿自讨没趣，但仍强调她的立场，"阮小冕，我讨厌你，一直都很讨厌你。"

"嗯。"阮小冕不以为意地点头，"我知道你讨厌我。"

从认识施丹蔻那天起，阮小冕就觉得跟她是不同世界的人，因为关淮，她们也不可能成为朋友，所以，现在是什么情况？

"我更讨厌的是，你居然拒绝 Enoch。"施丹蔻愤愤地质问，"阮小冕，你现在被全世界鄙视，还有什么资格装腔作势？Enoch 都不嫌弃你，想拯救你，和你结婚，你怎么敢拒绝呢？"

虽然关淮是以玩笑的口吻说求婚被拒，但听在施丹蔻耳中，简直如晴天霹雳，她求而不得的人，竟被阮小冕视若敝屣！

"像你说的，现在的我配不上他。"阮小冕出奇的平静，特地找上门来发泄情绪的施丹蔻，真的很奇怪。

"我告诉你，这是你和 Enoch 在一起的最好机会。"施丹蔻有些气急败坏，

"你不要以为我和 Enoch 成为了过去，我还没有放弃，随时都会把他抢回来的。阮小冕，你别恃宠而骄，Enoch 不会一直等你的。"

关淮为了阮小冕才联系她，跟她确认一些事宜。

得知他的计划，施丹蔻就炸了，直接飞来中国，她要当面问阮小冕，到底想怎样？

"你为什么这么生气？"阮小冕被施丹蔻弄糊涂了，"我和小关先生不能在一起，你应该高兴才是。"

"说实话，你很讨厌我吧？"施丹蔻反问，"从第一次见面，我就将你当假想敌，针对你，算计你，毁了'爱莲说'，想把你从 Enoch 身边逼走，我对你从来都不友好。"

"我不讨厌你。"阮小冕摇头，不知为何，这样的施丹蔻让她觉得很友好，"我一直很羡慕你，光彩夺目，自信飞扬，跟小关先生很配。"

施丹蔻盯了阮小冕好一会儿，语气变得古怪："你真的觉得我和 Enoch 很配？"

"嗯。"阮小冕也不回避，"你的存在，让我不敢去高攀小关先生。"

"你不想高攀，他却想低就，真让我火大。"施丹蔻受不了阮小冕的坦白，"好吧，看在你实话实说的份上，我承认你是我的对手。那么，你现在想怎样？拒绝跟 Enoch 结婚，要放弃他吗？"

"小关先生是我的偶像，是我追逐的目标，他那么好，作为他的另一半，必须足够好。"阮小冕对此很坚持，"我想成为像他那样的设计师，才能允许自己和他在一起，给他最好的自己。但现在的我，一点儿都不好。"

"阮小冕，你生病了吗？"施丹蔻第一次意识到脑残粉的可怕，关淮居然还纵容她这种心态，"自尊有那么重要吗？事业比爱情更要紧吗？如果你无法成为像他那样的设计师，就永远不跟他在一起了吗？"

她很想劈开阮小冕的脑袋看看，里面的神经是不是错乱了？

"事业和爱情，你当初选了事业，不是吗？"阮小冕提醒她。

"所以，我后悔了。"施丹蔻扶额，"阮小冕，去看看他现在为你做的事，你真舍得离开他吗？"

因为施丹蔻的话，阮小冕顾不上太多，直接去恩薇设计部找关淮。

"软绵绵？"关淮一见她就喜出望外，将工作室内的助理设计师打发走，才打趣她，"一个人想通了，决定回来跟师父共事吗？"

"其实，你不打算将我留在恩薇，对不对？"阮小冕开门见山，非常在意施丹蔻说的话，"也不要我留在你身边，是不是？"

"为什么这么说？"关淮皱起眉头，拉着她坐下来，"软绵绵，你误会什么了？"

"施丹蔻来找我，把我骂了一顿。"阮小冕目不转睛地盯着关淮，"小关先生，你把我的事跟她说了吧？"

"啧，这家伙。"关淮有点儿头疼，"我是跟她确认了一些事。"

阮小冕直截了当地问："你对于我以后的路，有主意了？"

"以前，我说'授人以鱼，不如授人以渔'，这才是最好的报恩方式。"关淮笑了笑，有点儿感慨地看着阮小冕，时间过得真快，他还是两年前跟她说的这话，"但作为师父，我没能用这个方式报恩到底，而你拒绝我以身相许来报恩，我又想你早点儿成为跟我比肩的设计师，让你可以安心地对我投怀送抱，只能放大招了。"

"你想到什么大招？"她莫名地紧张起来。

"无法亲自将你培养成优秀的设计师，我得承认我能力有限。"关淮这些天也思考了很多，他过于依赖恩薇的资源，才信誓旦旦地说他能让她成为恩薇专属设计师，像是给她打造空中楼阁，随时都会崩塌，"所以，我要送你走，送你去一个地方，那里会教你在业界生存的办法，让你有锻造自己武器的能力，不用惧怕任何形式的战斗。"

"你要送我走？"阮小冕怔住，他真的不要她留在他身边了？

"你不是想成为像我这样的设计师吗？"关淮从办公桌那边取来一份文件，"那么，我就让你去走我走过的路，看我看过的风景，见我见过的人，做我做过的事，一步一个脚印，真正地了解我，在我努力过的地方去成全你自己。"

"你要送我去意大利？"

阮小冕动容地接过文件看。这是一份游学计划书，以欧洲设计学院为起点，以米兰为中心，可以跟各路优秀设计师学习，甚至还能到有百年历史家族世代传承手工制鞋的白星工房实习。

"嗯，在米兰，你可以住在我姨妈家，去设计学院当旁听生，我都联系好了。"关淮向她展示新舞台，"接受学院派的洗礼后，你再去白星体验手工鞋匠的匠人精神，就特别有意思。白星的老鞋匠 CosimaBianco 就是我师父，他脾气呢，有些古怪，要讨他欢心可不容易。我在白星时，经常被他打发去监视比我小五岁的师兄 DinoBianco，Dino 是白星第二十七代传人，但他自小向往黑手党，不肯安分当鞋匠，Cosima 师父非常头疼。我当年费了九牛二虎之力才驯服 Dino，Cosima 师父看我将小当家从歧路拉回来，功勋卓著，就教我一些不外传的制鞋秘诀。我想爷爷那么喜欢你，你的老人缘又好，Cosima 师父肯定会待见你的。所以，你不用害怕去意大利，那边还有我的朋友，他们也会教你很多东西的。"

阮小冕翻看规划清楚的计划书，听着关淮讲她未来会做的事，心间似海潮汹涌澎湃，无法平静。

这薄薄数页的计划书，让她感觉到沉甸甸的分量，那是她在关淮心中的重量。

他给她明确的前进方向，为她打开新世界的大门，展示他曾经走过的路，

如何走到他今天的位置，他连攻略都替她做好了。

"小关先生，我离开你，没关系吗？"阮小冕想起施丹蔻说的话，了解关淮为她做的事后，她真的舍得离开他吗？

"你要听真话还是假话？"关淮故意逗她。

"我要听你的真心话。"阮小冕放下计划书，抓住关淮的手，"你真的希望我离开这里吗？"

"这几天我会想，如果刚认识时我们听爷爷的话，就那样结婚，现在孩子都会走路了吧？"关淮将她拥入怀中，想起那时避他唯恐不及的阮小冕，忍不住笑出声，"软绵绵，我喜欢你，以前就爱逗弄你，害你以为我讨厌你，差点儿弄丢了你，是我的错。现在你遇到麻烦，需要我，我当然不想你离开，我想跟你结婚，让你理所当然地待在我身边，哪里都不要去，我就不用患得患失了。"

"小关先生……"阮小冕听得有些难受。

"但我知道，这不是你想要的。"关淮轻轻地摸着她的头，这两年，他的傲气被她磨去了不少，不再轻狂，"既然现在的我不能被你依赖，那我就放你走。"

"对不起。"阮小冕揪着他胸前的衬衫，似乎感受到他胸膛下心脏的纠结，声音有点儿哽咽，"我走了，你还会等我吗？"

"我等着，你慢慢来。"

喜欢一个人，总想着占有。爱上一个人，却想着成全。

现在的他，只能告诉她，他喜欢她，不管她变成什么样子，他都喜欢。

"爱"对她来说太沉重，他怕说出口，都会成为她的压力。

第十三章

我想要
立足之地

关淮作为恩薇专属设计师兼光耀集团代理 CEO，难得不加班，一结束区域经理会议就赶往梅利综合医院，关凛已经被送进产房了。

费英治拉着两岁儿子元隽的手，和费母一起在产房外等待。

元隽看到关淮就开心地扑过来，抱住他的腿，奶声奶气地叫着"舅舅"撒娇。

关淮抱起小外甥，亲亲他的脸蛋，问费英治："费哥，姐姐进去多久了？"

"快两个小时了。"费英治皱着眉，关凛生元隽时，他去陪产紧张得心悸，毕竟是高龄头胎，结果不到一个小时，元隽就顺利诞生。"我以为二胎会更快的，但宝宝不配合，关凛又坚持顺产，医生也说她情况正常不用转剖。可我还是担心，爷爷时不时来电话问情况，我得安抚他，不能让他跟着提心吊胆……小淮，我快受不了了，生完这个绝对不生了。"

因为陪产时他在旁边担忧，叫得比关凛还声，就被关凛赶出产房，嫌他让她分心。

"既然医生说正常，你就放松点儿。"关淮笑问想要女儿想疯了的费英治，"费哥，如果还是儿子，也不追生女儿了？"

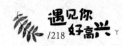

"只要关凛和宝宝平安健康，弟弟妹妹都随缘，不再生了。"

"妹妹，是妹妹。"元隽出声刷存在感，"爸爸，隽隽要妹妹。"

"好，你说妹妹就妹妹。"

费英治见元隽犯困，就让费母带他去休息，他和关淮守着就可以。

"你们结婚三年抱俩，效率高得让爷爷乐开怀，他还指望你们生个篮球队呢。"

因为效率太高，关淮不得不分担关凛的工作，在她休产假期间，代行CEO职务，弄得分身乏术，都挤不出时间去见阮小冕。

"我家出俩，其他队员就由你和阮阮负责了。"费英治看了眼产房，隔音效果太好，他都听不见里面的动静，"说到阮阮，她今年也不回来过年吗？我和关凛结婚她没回来，元隽出生她也没回来，现在二宝都来了她还是没回来。阮阮的心可真硬，这一走都三年了吧？"

"准确地说是两年九个月，一千零十二天。"关淮是掰着指头算日子的，"她正忙着巴黎时装周的事，没有回来的计划。"

每次对着欧亚大陆另一端望穿秋水时，关淮会有那么一点点后悔送阮小冕出国，纵使风筝的线握在他手里，他也不能往回拽，任由她越飞越高。

他只能等着风，转个弯，带她回来。

但这东西南北风，渐渐让他找不准风向了。

出国第一年，阮小冕是在意大利米兰，结束欧洲设计学院的学习后，在白星工房跟着Cosima师父"修行"了半年。接着就去米兰的皮具奢侈品牌公司，成为他的校友——皮具设计师Elvira的助理，在Elvira那里进行三个月的皮具设计研究。

第二年，阮小冕进入法国知名时装公司见习，成为时装设计师Gilda的临时助理。半年后她前往德国，找到他的师兄——同样在白星工房"修行"过的高级定制鞋履设计师Knowles，在他身边以助理设计师的身份工作。直到去年七月，她回到法国巴黎，进入唐洛华的 Daffodil 工作室。

这大半年阮小冕都在为唐洛华工作，即将在二月底开始的巴黎时装周，Daffodil 春夏高级定制发布会，就由她负责设计相关的秀场定制鞋履。对阮小冕来说，这是她蛰伏三年，证明自己的最佳舞台，所以，她很忙，比他这个身兼双职的人还要忙，忙到总是很久以后才有空回他的信息。

"阮阮像是脱缰野马，易放难收啊。"费英治感慨，"小淮，这得怪你，给她的自由过了火，让她乐不思蜀。"

"我说会等着，让她慢慢来的。"关淮傲娇道，"成熟男人就应该豁达洒脱。"

"这不是豁达，也不是洒脱，而是搬石头砸自己的脚。"费英治揶揄他，"追女人是不能放松的，学学我，坚持不懈，持久耐性，就是你的了。"

"学你？"关淮挑眉，促狭道，"三十岁以后才开上车的司机吗？"

"你就在这儿贫嘴，小心阮阮搭上别人的车。"费英治没好气道，"到时，就算你是老司机，也追不上吧？"

"费哥，是我的错，你别给我戴帽子了。"关淮赶紧求饶，正说着话，产房的门打开，他和费英治立刻迎上前。

助产士告知，母子平安，等检查完就能见到他们了。

"太好了。"费英治拍了拍胸口，终于安下心，才笑着说，"元隽天天对着妈妈肚子里的妹妹说话，这下子变成弟弟，他估计要蒙了。"

"那就告诉元隽，妹妹在舅舅家，让他和弟弟一起等妹妹。"关淮想到远在法国的阮小冕，想象着有个长得像她那样的女儿，不由得心生雀跃。

关凛和宝宝被送回产房时，元隽也醒了，迫不及待地去看宝宝。

关淮拍了张元隽亲宝宝脸蛋的照片，发给阮小冕。

"元隽有弟弟了，叫元集。元隽说会带着弟弟，一起等舅舅家的妹妹到来呢。"

而你，什么时候回来？

Daffodil 春夏高级定制礼服发布会最后一次彩排，阮小冕在秀场后台跟模特们交流，她会结合反馈进行调整，确保正式走秀时的最佳脚感，增强她们的秀场表现力。

只有一个模特不配合，不在专业层面挑刺，倒像是站在道德高地找碴儿。

"有个女人仗着对方的喜欢，不安于室，吊着人当备胎。等她玩够要转正备胎，才发现备胎早成了别人的标配，她的车就开不动了，你说这算不算现世报？"施丹蔻坐在高脚椅上，踢掉高跟鞋跷起了腿，斜睨阮小冕，语气充满挑衅。

"嗯，报应不爽。"

阮小冕心不在焉地顺着她的话说，捡起高跟鞋观察，用平板电脑拍照，并做记录。

施丹蔻是这次 Daffodil 发布会的主秀模特，近年来，她的事业重心从模特界转移，通过关淮牵线，跟金牌经纪人耿放歌合作进军影视圈，成功转型，因此她将这次 Daffodil 秀作为 T 台谢幕秀。

"还有个女人擅长暧昧，以为将对方玩弄于股掌之间，其实对方身边围绕着众多异性，并不是非她不可。所以，等她想确定关系时，对方说只将她当朋友，你说她是不是活该？"

对阮小冕事不关己的态度，施丹蔻不满地抽走她手中的平板电脑。

"活该。"阮小冕好笑地看着愤愤的施丹蔻，"玩火者必自焚嘛。"

"阮小冕，你对号入座试试？"施丹蔻皮笑肉不笑地建议，"有没有危机感？"

因为拍戏，这几年施丹蔻在中国的时间比较多，比常年在欧洲的阮小冕更常见到关淮，更清楚关淮身边的状况。

由于关凛结婚生子，关淮不得不为她分担行政管理工作，占用了设计工作时间，每年推出的作品数量随之减少，但受追捧的程度反而飙升，尤其是娱乐圈女明星对他的作品谜之推崇。头号拥趸就是乐坛小天后江丹橘，她让关淮定制客人暴增，听说预约都排到三年后了。后来，新晋影后郝如菲也对关淮青睐有加，穿着他的作品加冕桂冠，迅速在娱乐圈刮起"关淮是锦鲤"的旋风，传言穿他的鞋子运气都不会太差的。

那时阮小冕已经离开中国，而转型拍电影的施丹蔻正式以演员的身份在国内活动。托关淮的福，作为他的初恋女友，施丹蔻获得足够多的关注度，微博吸粉无数，大众通过她来窥视低调设计师的私生活。

关淮对施丹蔻"炒作"旧情睁一只眼闭一只眼，因为她的活跃，模糊了阮小冕的存在，没有人再去关注他和阮小冕的"丑闻"，就不会打扰阮小冕的平静了。

他将阮小冕送离是非之地，保护她的同时也成全她的追求。

但让施丹蔻难以接受的是，阮小冕像只顾往前冲的蛮牛，越走越远，让关淮在原地等她，而她丝毫没有停下来的打算。

一想到自己求而不得的人被这样"闲置"，施丹蔻就想怼阮小冕，教她如何做人。

"我有看到国内的娱乐新闻。"阮小冕答非所问，目光却飘向施丹蔻的脚，有点儿在意，"当然，关淮也会跟我说他和你的绯闻，老实说，我不知道该怎么反应比较好。"

三年前，关淮亲自送她到意大利，带她进入欧洲设计学院，让她从这里开始摸索自己的设计之路，而后他就回国了。

这三年，她的状态不稳定，辗转欧洲多国，跟随不同的设计师"修行"，其实和关淮相处的时间并不多。

平均三四个月她才和关淮见上一面，每次见面，关淮都会端出师父的架子，考察她各阶段的所学，并且设置"考题"，让她即兴发挥画出设计草稿，给予意见。

她和关淮见面讨论最多的是专业相关内容，顺便聊些身边人的近况。他从来不在感情上给她压力，不会索要她的回应，更不会催促她回国。

关淮在国内，因为时差，很少跟她讲电话，基本都是微信留言，分享他那边的生活状况。但她真的太忙了，跟着不同的设计师，一边学习一边工作，不断地开始然后磨合，再开始再磨合……配合不同性情喜好的设计师，接受不能挑剔内容的工作，每天平均超过十六个小时在工作学习，她将自己变成海绵般疯狂地吸收营养，学会各种在这个世界生存的技能。

她非常忙，非常累，睡眠时间远远不够，最大的愿望是脑袋放空，睡个三天三夜。

但她不允许自己停下来，不允许自己示弱撒娇。

每次看着关淮发给她的信息，她会觉得自己不是一个人在战斗，他陪着她，等着她，她更要努力，才能早点儿追上他。

她一心一意地想着提升自己的专业水平，真的没有精力去在意关淮身边的变化。在她配不上关淮的时候，她没有权利阻止关淮做别的选择，所以，关淮提他和施丹蔻的绯闻，她连吃醋都说不出口，反而逼自己多画了十几张设计图。

"怎么反应比较好？"施丹蔻嗤笑，"习惯有人对你付出，就忘记付出了。"

"你在为关淮鸣不平吗？"阮小冕失笑，"我记得，我们是对手吧？"

虽然她和施丹蔻不常见面，两人甚至连朋友都不算，但因为关淮，她们的关系很微妙。施丹蔻每次见她都喜欢怼她，一副见不得她和关淮暧昧不清的样子，换着法儿逼她表态。

"我依然喜欢 Enoch，留在中国发展就是为了他，我从来没想过放弃他。"施丹蔻声明立场，"你作为我的对手，如此吊儿郎当，简直在侮辱我，让我觉得即使赢了你也是胜之不武。”

“我没有侮辱你。”阮小冕哭笑不得，她真的无法理解施丹蔻的脑回路，作为情敌，施丹蔻该高兴她应对乏力吧？可施丹蔻却经常表现出一副“皇帝不急太监急”的样子。

“我现在三十了，非常想结婚。”施丹蔻强调，“走完 Daffodil 秀，我就回中国，也许不久后你会收到请柬，到时请务必来参加我的婚礼。”

面对施丹蔻这样的宣告，阮小冕笑而不语，已经习惯施丹蔻时不时地向她发结婚预告，去年、前年，她都说过差不多的话。

“我说真的。”施丹蔻对阮小冕的淡定有些恼火，“阮小冕，到时候你别想在婚礼上抢新郎，我不会给你任何机会的。”

“嗯，我知道你是认真的。”阮小冕从善如流，突然问，“你的脚还好吗？”

彩排时，阮小冕就注意到她的异样，转身定点时，她的脚有不自然的颤动。刚才观察她穿的那双高跟鞋，右边的鞋底部有些微凹痕，应该是短时间内集中身体大部承重造成的，两只脚的受力并不平衡。

“好得很，我可是专业模特，走了十年的秀呢。”施丹蔻撇了撇嘴，不自觉地收了收脚。

阮小冕直接握住她的左脚，自顾自地捏揉起来，很快就发现不对劲了：“什么时候受伤的？”

“一个月前，拍戏时扭伤骨裂了。”施丹蔻不情愿道，“你别告诉 Lohar，我能走好谢幕秀的。”

虽然已经消肿，但脚背骨头裂了一条缝还没有长好，时不时作痛，两只脚用力不均，不想被人发现，她尽可能装若无其事，没想到阮小冕明察秋毫了。

“我会对鞋子进行相应的调整，让你走得舒服点儿。”阮小冕用平板电脑拍了几张照片，“在这方面，我可是专业的。”

半年前确定跟唐洛华合作，配合他高定礼服的主题设计秀场专属鞋履，收集走秀模特相关脚部数据作为鞋楦设计的参考，对施丹蔻这种状况，她也有相关预案。

"高跟鞋笨蛋。"施丹蔻对油盐不进的阮小冕有点儿无奈，"你邀请Enoch来看秀吗？"

施丹蔻对阮小冕的观感复杂又矛盾，恼她抢走关淮的心，又气她不珍惜，但对两人不咸不淡地进行跨国"恋"最为火大，尤其是阮小冕根本不认为她和关淮是在恋爱状态。

可在关淮面前，施丹蔻很清楚，他们间没有她插足的余地，所以面对被偏爱而不自知的阮小冕，她就恼火，就去挑衅、刺激、挖苦……结果她的拳头像打在棉花上，更不爽了。

不管是恋爱，还是竞争，如果对手不给回应，会变得索然无味。

"他现在很忙，应该来不了的。"

阮小冕知道关淮现在还要承担关凛的工作，他今年连米兰时装周都没空参加。

"你不要搞错了，来不来是他的事，邀不邀请是你的事。"施丹蔻一脸受不了的表情，"你再这样不上心……唉，我懒得跟你多说，我要找Lohar喝酒去。"

阮小冕无辜地望着施丹蔻的背影，后者气呼呼地去找唐洛华了。

手机响起信息提示音，她暂停手头的工作，打开微信，看着关淮发来的照片。

元隽长大了，又多了个小不点儿，在他们身上，她明显看见了时间的长度。

沿着关淮曾经走过的路，见识了他眼中的风景，置身其中，她才真正来到这个世界的大门前。

但是，她不知道还要多久才能打开这扇门，走向关淮，握住他伸来的手。

巴黎时装周，Daffodil 春夏高级定制礼服发布会。

设计师唐洛华以"逍遥游"为主题设计的四十八套礼服悉数亮相，上演了一场华美优雅的盛典。浓郁的东方风情，以蕾丝、钉珠、刺绣、流苏、亮片、水晶等勾勒出飘逸灵动的山林云水，恰到好处的留白营造出意蕴风流的水墨风雅，而贴身的剪裁将女性的线条展现得淋漓尽致，如行云流水般在 T 台摇曳，风流绵延，逍遥自在。

奢华典雅的礼服下，一双双与之相得益彰的晚装鞋，成了镶嵌在云边的亮光，仿佛云间嬉戏的小精灵，随着款款猫步，步步生辉。

直到唐洛华一手牵着主秀模特施丹蔻，一手牵着高跟鞋设计师阮小冕，在模特们的簇拥下，为盛况空前的 Daffodil 秀拉下帷幕。

华语媒体对华裔设计师唐洛华向来关注，不管是他的 Destiny 秀还是 Daffodil 秀，华语媒体都不吝啬笔墨报道。今年 Daffodil 秀从开场，相关时尚媒体就通过社交网络全程图文直播，称这是一场"霓裳仙履"盛会。

阮小冕就这样作为高跟鞋设计师在 Daffodil 秀舞台上亮相，秀后庆功宴自然也备受瞩目，但她躲媒体躲得很彻底，任由难得高调的唐洛华在媒体面前给她戴高帽，说她是他的"最佳伴履"。

"哇哦，Lohar 竟然这么推崇你，我怀疑他想改行当你的经纪人了？"施丹蔻咂舌地看着跟媒体侃侃而谈的唐洛华，"阮小冕，你给 Lohar 吃药了吗？他以前不是这样的。"

"大概是我的作品改变了他吧？"阮小冕心不在焉道，坐在角落里，环顾会场，并没有她想要的惊喜。

一周前她邀请关淮来看 Daffodil 秀，他一直没有回复她，甚至都没有再联系她。因为施丹蔻说的那些话，她心惶惶的，忍不住给他打电话，都是忙音，隔了很久给她发了条信息："软绵绵，我现在去不了巴黎，等忙完再联系你。"

她蛰伏许久，重新亮相时，关淮却反应冷淡，仿佛在印证施丹蔻的话，他等得厌倦了。

阮小冕提醒自己不要想太多，关凛正在月子期，她的工作都由关淮负责，关淮忙得不可开交也正常。

不过，想到关淮以前就很喜欢戏弄她，说不定会突然出现在秀场，给她惊喜。

于是，整个 Daffodil 秀期间，阮小冕都会分心寻找关淮的影子，直到来唐洛华的私人别墅参加庆功宴，她还在找……但关淮真的没有来，她有些怅然若失，想告诉关淮 Daffodil 秀很成功，消息不断地编辑删除，始终没有发送。

"你都学会自恋了，可惜 Enoch 看不到。"施丹蔻弯下腰去揉脚，"亏我抱着残废觉悟走的谢幕秀，他居然不捧场，是被什么小妖精缠住了吧？"

阮小冕喝了一口鸡尾酒，没有接施丹蔻的话，心想也许小妖精是元隽宝宝吧？

有人在背后拍了拍她肩膀，阮小冕回头，意外地看着来人，哦，这是唐洛华的庆功宴，霍瑀出现很正常。

"好久不见。"霍瑀举杯向她示意，瞥了眼施丹蔻，"阮小冕，我们单独聊聊？"

"我和你没有什么好聊的。"阮小冕拒绝，想起三年前霍瑀做的事情，面露嘲讽之色。

霍瑀倾身，在她耳边说："今天你正式复出，这么重要的时刻，关淮却没来，你不想知道原因吗？"

阮小冕瞥了他一眼，起身向施丹蔻颔首示意，从会场侧门离开，来到别墅外的走廊。

夜风徐徐，料峭春寒拂面而来。

她深深地吸了一口气，凉意透心，冷静下来，对紧随而至的霍瑀说："你真是一如既往地卑鄙。"

"那我不做点儿卑鄙的事，会让你失望的。"霍瑀心情愉悦。

"所以，你对关淮做了什么？"

"我送了他一份大礼。"

"大礼？"

"我离开花前月，辞去星漾一切职务，而接替我的人你认识，猜猜看？"

阮小冕对故弄玄虚的霍瑀开始不耐烦了，根本不想猜："谁？"

"真无趣。"霍瑀不满意她的反应，"过些天，星漾就会对外公布新任花前月设计总监，前恩薇专属设计师，麦修伦。"

"麦修伦？"阮小冕没想到他又去挖关淮的墙脚，"你这样故技重施有意思吗？"

"当然有意思。"霍瑀幸灾乐祸道，"再告诉你一个消息，周肪也会离开恩薇的，关淮变成光杆司令，你说他着不着急？怎么会有闲情逸致来巴黎看秀呢？"

阮小冕定定地看着霍瑀，有团无名火在胸口烧起来。

"你觉得这样能打击关淮吗？不可能的，霍瑀。"

"确实不能打击他,只让他手忙脚乱一下。"霍瑀伸手按住她的肩膀,"如果他知道Lohar找你合作的真正原因，他的反应就值得期待了。"

"哼！"阮小冕推开霍瑀的手,"所以,你今天又想揭露真相打击我,比如,Lohar找我合作，并非我有才能，而是因为你？"

"你终于变聪明了。"霍瑀拍手以示赞赏，"我觉得当初那样对你有点儿过分，就跟Lohar说起你，他看在我的面子上，给你一个机会，让你出人头地。"

"哦。"阮小冕对"真相"反应冷淡，"Lohar找我时，你知道我怎么回复他吗？"

"你早知道Lohar是因为我去找你？"霍瑀皱起眉头，告诉她被施舍机会的真相，她应该意外才是。

"霍瑀，你现在三十四岁吧？"阮小冕指了指自己的脑袋，"年纪一大，这里就不灵光了吗？"

"少废话，你怎么回 Lohar ？"霍瑀沉下脸，眼前泰然自若的阮小冕让他很陌生。

"我对 Lohar 说，没兴趣，另寻高明。"

"阮小冕，你算老几，凭什么对 Lohar 摆高姿态？"

"凭你放低了 Lohar 的尊严。"

"你什么意思？"

"所以说你老了，以为我还是当年被你耍得团团转的人。"阮小冕冷笑，"霍瑀，我近三年都在欧洲，这个圈子就这么大，你和 Lohar 的关系，我很清楚，也明白你为何跟关淮过不去。而你对我做的那些事，Lohar 心知肚明，他因为你来找我，所以我不想跟他合作。Lohar 就替你道歉，请求我给他机会，让他弥补你造成的伤害，你却扬扬得意，自以为是地报复关淮，而承担责任的人是 Lohar。为维护你的尊严，他才放下身段的，可惜他到现在还在纵容你，没让你为自己的言行负责。"

唐洛华说霍瑀看似孤高骄傲，实则敏感偏执，只认自己的理，行事容易走极端。

"我和霍瑀认识十几年，他像是家人，不，应该说比家人更重要的存在。我大了他六岁，但并不比他成熟，自私地将他带进我的世界，我就要对他负责的。而我做错了一件事，才让霍瑀变成现在这样。"

那时唐洛华娓娓道出过去，同时解开她心中最大的疑惑，为什么霍瑀跟关淮过不去呢？

"差不多十年前吧，我在欧洲设计学院当特聘讲师时认识了关淮。关淮当时才十八岁，是个很有设计天赋的少年，我非常欣赏他，跟他交流十分愉快，我还邀请他去我当时任职的公司实习，想跟他合作，但他谢绝了。后来我成立 Daffodil 工作室，霍瑀问我为什么以水仙为名，我说灵感来自关淮，关淮就是那个水仙少年，令我思如泉涌。我在霍瑀面前没有掩饰对关淮的欣赏，因为当时他忽冷忽热，我就想刺激他，故意表现出被关淮吸引却无法靠近他的纠结样子。霍瑀就陪在我身边，分散我对关淮的注意力，让我觉得他终于正视我们的关系，我是如愿以偿了。后来关淮回国进恩薇工作，霍瑀却直接离开恩薇，我才意识到霍瑀对关淮有意见，认定关淮伤害过我，其实他是无法原谅我对关淮的'在意'。所以，他利用你去打击关淮，是我的错，请你给我机会，让我做些弥补。"

阮小冕没法对坦诚的唐洛华生气，只问他："关淮知道这一切是因为你吗？"

"关淮当我是良师益友，我当他是才华横溢的后辈。"唐洛华摇头，"在他回国前，我才跟他提起在恩薇的霍瑀，希望他们共事愉快。"

"我可以跟你合作，但有条件。"阮小冕有她的底线，"我没让关淮知道霍瑀算计我是为了报复他，所以，你必须保证，关淮不会知道这些事，就让他觉得他跟霍瑀只是合不来。"

"我保证。"唐洛华举手发誓，"想要保护在意的人，这种心情我懂。"

既然唐洛华诚心诚意求合作，给她展示的舞台，那她就毫不客气地利用，算是回敬霍瑀。

"阮小冕，你……不能这样看轻 Lohar。"

霍瑀的脸色变得很难看，仿佛扬起手打了自己的脸。

"Lohar 如果被看轻，只是因为你。"阮小冕拍拍霍瑀的肩膀，"霍瑀，你是设计师，把才能用来设计恶俗的桥段，我会同情 Lohar 的。"

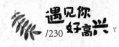

她现在已经知道如何在这个世界立足，霍瑀再也打击不到她了。

跟唐洛华合作 Daffodil 秀，并非她最佳的复出方式，但以唐洛华的影响力，足够在国内设计界掀起波澜，让当初视她为"业界毒瘤"的人刮目相看，她满血复活了。

阮小冕回到会场时，施丹蔻喝得醉醺醺，还拉着唐洛华干杯。

唐洛华一看到她，就有点儿不自在地朝她身后望了望，她直说："霍瑀还在走廊那边吹风，可能想冷静下脑子。"

"小冕，你们……"唐洛华欲言又止，他并没有提前告知霍瑀会来。

"我们说清楚了。"阮小冕取走施丹蔻手中的酒杯，让她坐好，"他似乎受了点儿打击，你去看看他，我来照顾她。"

"他有道歉吗？"唐洛华忍不住问。

这次霍瑀主动要求见阮小冕，理由是他已经离开星漾，不用再考虑星漾的立场，他需要跟阮小冕解释当年"弃卒保帅"的行为，听在唐洛华耳里，就是他想向阮小冕示好。

"Lohar，我接受过你的歉意。"阮小冕不在意道，"所以，这事翻篇了。"

"什么篇？我还没喝断片呢。"醉酒的施丹蔻全身倚靠着阮小冕，嚷嚷着，"来，Lohar，继续喝，这是我的谢幕秀啊，我们不醉不归！"

阮小冕和唐洛华面面相觑，施丹蔻醉得不轻，不能陪她胡闹。

于是，阮小冕直接带施丹蔻离开会场，唐洛华安排司机送她们去施丹蔻下榻的酒店。

施丹蔻醉得东倒西歪，阮小冕费了九牛二虎之力才把她弄到床上，体贴地想去拿卸妆水帮她卸妆，谁知道她起身扑过来，抱住她的腰。

"不要走，你不要走，我后悔了，呜呜……"说着说着，她就哭起来了，"Enoch，我错了，呜呜，你回到我身边好不好？"

阮小冕直接蒙圈，这实在尴尬，她被当成关淮了？

"呃，施丹蔻，你真醉糊涂了？"阮小冕用力掰开她的手，回身面对她，"还是趁机搞事情？"

"Enoch呢？"施丹蔻吸了吸鼻子，醉眼蒙眬，"你把Enoch还给我，呜呜，以前Enoch最听我的话，都怪你，你干吗要出现？"

看来并没有醉得神志不清，只是想借酒撒娇，发泄心中积郁吧。

"关淮在中国。"阮小冕不跟她一般见识，"我为什么要出现？只能说抱歉，我出现了。"

"哦，这个女人吃不了回头草就发疯，真可怜呢。"施丹蔻拉起被子，胡乱地擦着泪，"你现在心里这么想吧？"

"我在想……"阮小冕忍俊不禁地看着她晕开的眼线，"你的妆防水效果不大好，大熊猫会认你当姐姐的。"

"去你的。"施丹蔻恼火地把枕头丢过去，"以前的你是小绵羊，软绵绵很好欺负，现在嘴巴这么毒，跟Enoch学坏了吧？"

"嗯。"阮小冕抱着枕头，看着情绪不稳定的醉酒女人，仿佛卸下了所有伪装，无理取闹，又有些可爱。

"我每次回中国，Enoch一见到我，就问这次见到我家软绵绵了吗？她每天还是那么忙吗？瘦了吗？睡得好吗？烦死了，他是你妈，还是我是你保姆啊？"施丹蔻抱怨起来，"他好过分，就算不会和我复合，也不要这样秀恩爱，我的心在流血，他还不断地当面补刀。"

阮小冕很意外关淮在施丹蔻面前的画风："是这样的吗？"

"阮小冕，你也烦死了。"她炮口转向，"为什么你不和Enoch在一起？不要再折磨我了，拜托你们赶快结婚吧，让我彻底死心吧。"

"抱歉，我不知道你这么在意。"阮小冕忽然有点儿难过，以前她也这样纠结过，希望关淮和施丹蔻在一起，她就不会心动了。

"那个爱我的少年，成了不再任我予取予求的男人，也不需要我了。"施丹蔻苦笑，声音哽咽，"我知道的，当年我不想被束缚选择抛弃他时，我就失去他了。我也明白，他早就放下了，是我后悔了，没办法放下，才这样胡搅蛮缠的。"

"嗯。"阮小冕不知道说什么，只能应着她的话，听她发泄。

"我走了弯路，结果跟他成了陌路。"施丹蔻忽而恼火，瞪着阮小冕，"为什么有捷径你不走，偏偏要绕圈呢？他哪里不好？要这样被你吊着啊？"

"不，他很好。"

阮小冕笑着摇头，她对关淮会有种迷妹对偶像的心理，一直仰望着他，向往着他。她只想让他得到最好的，所以，她要成为最好的。

"那你听我一次好不好？"施丹蔻抓住她的手，"别管事业、爱情哪个更重要，你抓住他，不要离他太远，如果他等累了，身边出现另一个'你'，你就会变成我这样的。"

"好。"阮小冕听话地点头，接受施丹蔻的温柔。

施丹蔻松开手，疲惫地躺好，睡意昏沉："我醉了，说了很多醉话，明天醒来就会忘记，我什么都不知道的。"

"是的，你什么都没跟我说。"

她醉酒后的坦诚是她们心照不宣的秘密，明天又是新的一天，她依然是骄傲的施丹蔻。

施丹蔻放松下来，很快就睡着了，睡得很沉，阮小冕给她卸妆她都没反应，手机的信息提示音也没有吵醒她。

阮小冕拿起她的手机，看见屏幕显示的信息内容，是关淮发来的微信。

"Daffodil秀结束了，她还在忙吗？还是去休息了？这个点会吵到她，我晚点儿再联系她。已经三个月多没见她，她是不是又瘦了？我这边事多，不好跟她说，她生气了吗？我没去看秀，她失望吗？"

打开施丹蔻和关淮的微信对话框，他们联系频率高得让她不爽，可对话内容都是关于她的，难怪施丹蔻嫌他烦了。

他们隔了七个时区，他在意她所有的事情，巴不得知道她每时每刻在做什么，但他总是不咸不淡地跟她说些身边的事，不会问她的行踪，也不会要她报备什么，表现出对她百分百的信任，不会对她紧迫盯人，不给她任何压力。

看他发给施丹蔻的微信，想知道什么就问什么，跟她联系却要深思熟虑，他是小心翼翼地斟酌用词，删删减减之后才装作随意地聊起吧？

现在是巴黎时间晚上十一点，北京时间早上六点，他一起床就想知道她在做什么吧？

这样理所当然地联系施丹蔻不怕给她添麻烦，却顾忌会打扰自己休息而选择忍耐，他这种做法成熟，又幼稚，依然是最初认识的那个半熟男人。

阮小冕拿出自己的手机，该让关淮明白她和他才是自己人，随时打扰都没关系，不能给别人添麻烦的。

"软绵绵？"手机响了两声就接通了，传来关淮有些意外的声音，"你还没睡吗？"

"嗯，今天 Daffodil 秀很圆满。"阮小冕轻轻地说，"你没来，我一直在猜你会不会突然出现给我惊喜呢？"

"抱歉，等我处理完手头的事，就去看你。"他话中带着疲惫，似乎很累。

"我现在睡不着。"阮小冕看了眼睡得正香的施丹蔻，想起她说的话，胸口一片柔软，忍不住想跟关淮撒娇，"最近忙着 Daffodil 秀，没有睡好，没有吃好，压力大掉了很多头发，瘦了很多。你呢？最近有好好吃饭睡觉吗？是不是经常加班熬夜？唉，好久没有见了，你现在是什么样子？"

思念如潮涌，瞬间将人淹没了。

"软绵绵，我想你，我想见你。"关淮的声音低下来，温柔又克制，"真想抛开一切，立刻出现在你面前，让你看看我现在是什么样子。"

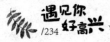

　　"关淮。"阮小冕难得正经地叫他名字，"我也想你，我也想见你。"

　　为了尽快追上他的脚步，她逼自己忘情地学习工作，紧绷着神经不放松，唯恐跟他的差距越拉越大。但她并非金刚不坏之身，在白星工房拼命工作时曾扛不住昏倒，把 Dino 吓得魂飞魄散，手忙脚乱地照顾她，训她一顿。

　　"你是个疯子，谁让你这样工作的？" Dino 很激动，如果不是她阻止，他早就把关淮叫来了，"这里是意大利，你要放松，不管是工作还是生活，慢慢来，要享受。"

　　"Dino，我想要立足之地，就不能放松。"

　　她没有放慢脚步，反而越走越快，等她重新成为一名被认可的设计师，她才会允许自己示弱，就像直到现在，她才敢放松，说出她对他的想念。

　　她天天都在想，想着早点儿回到他身边。

第十四章

慢慢说

我就听你

飞机在米兰国际机场降落。

关淮一出舱就给阮小冕发信息，抬头望了眼天空，地中海的蓝，飘着白纱似的云，三月的米兰，春光明媚，令人雀跃。

"我在出口，望穿秋水呢。"

秒回的信息，让长途飞行的疲惫消失得无影无踪，只有迫不及待的脚步。

距离上一次在巴黎见面，过去一百零九天了。

在飞机上，关淮终于有时间观看 Daffodil 秀全记录视频，这个视频在秀后第二天全网上线，"霓裳仙履"盛典让秀场外的人也大饱眼福。而华裔服装设计师和中国高跟鞋设计师的组合，自带话题性，在国内引起关注，相关报道热烈，关于设计师阮小冕三年前的"丑闻"自然也被翻出来，她再度成为舆论的焦点。

这个世界很简单，当你足够强大时，一切都会为你让路的。

为 Daffodil 高定礼服设计出"最佳伴履"的阮小冕，她的设计才能被时尚界认可，外界对她的实力不再质疑，对她的评价变得客观积极，认为三年前的报道将她污名化，她并非"业界毒瘤"，而是舆论暴力的受害者，时间

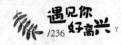

为她证明，助她华丽逆袭。

在 Daffodil 秀中，晚装鞋虽然是配角，但对 Daffodil 的报道，重心明显倾向晚装鞋部分，作为主角设计师的唐洛华有意衬托阮小冕，对她设计的秀场鞋履不吝溢美之词。这场秀看似唐洛华为阮小冕作嫁衣，其实是互利双赢，随着 Daffodil 秀影响的发酵，阮小冕和她的作品受到的关注度不断增加，Daffodil 顺势宣布，限量发行阮小冕设计的秀场鞋履，Daffodil 以此为契机推出同名高跟鞋品牌。

不过，阮小冕和 Daffodil 只合作这次的巴黎时装周，下一次高定发布会，Daffodil 合作的高跟鞋设计师自然就备受期待。

阮小冕并不留恋这里的名利场，霍玙以为她沾了 Daffodil 的光，结果她是为 Daffodil 开疆拓土，他来接力前行，他的自尊心不好受吧？

在 Daffodil 秀后，阮小冕接到很多工作邀请，其中不乏高跟鞋奢侈品牌公司，比如法国的 R&V 和 Leurre，还有意大利的 Adorano 和 Zanotti、Cavallo 等，都向她伸出了橄榄枝。

对于高端鞋履设计界来说，阮小冕这三年的履历很有意思，有正规设计学院的进修，也有意大利传统手工制鞋工坊的磨炼，跟不同领域设计师合作都有良好的评价，又有高定鞋履的设计经验。她通过 Daffodil 秀的亮相一炮而红，证明实力的同时，也让业内看到了她的潜力，她确实抓住了高端鞋履设计的精髓，眼界和见识决定了她设计的维度，而审美和品位确立了她设计的高度。

关淮仔细地观察过每一双阮小冕为 Daffodil 设计的鞋履，紧贴"逍遥游"的主题，又融合她的设计个性。贴合双脚设计的曲线，在赤裸的纤足上演绎高高在上的优雅，潇洒飘逸中带有浑然天成的性感，有着让女人无法抗拒的诱惑。

阮小冕有了脱胎换骨的改变，关淮倍感欣慰，她的设计摆脱了他的影子，懂得如何在这个世界生存，不是迎合模仿，而是创造引领，让作品带有强烈的个人特质。

她的作品有种浴火重生的坚韧自信，穿上她的高跟鞋，仿佛能激励女人去征服世界。

现在的阮小冕已然清楚她想要什么，所以不会留恋巴黎的浮华，拒绝了那边的邀请，回米兰，似乎更中意这边的工作。

关淮拉着行李箱，随着人流走出机场出口，就看到阮小冕满脸笑意张开双臂迎向他。

"终于见到你了。"阮小冕扑进他怀里，深深地吸了一口气，"嗯，是小关先生的味道。"

"软绵绵。"关淮放下行李，紧紧地抱住她，耳鬓厮磨着，"我来了。"

第一次见到这样放松又洋溢着热情的阮小冕，他的心瞬间融化了，一片柔软。

他的女孩儿，不再紧绷，不再焦灼，仿佛熬过寒冬绽放的花蕾，这是属于她的春天。

漫步在斯福尔扎城堡中，赭红色的墙砖、拱形的廊柱、高大的尖塔、结实古朴的圆柱岗楼、铺着鹅卵石的小院落，庭院内外满眼鲜花绿意。

这样优哉惬意的时光，像是奖赏，将她从长久的忙碌里解放出来。

牵着手，阮小冕时不时地歪头看关淮，不由得抿嘴笑，欢喜在眼角眉梢浮现。

"偷偷在笑什么？"关淮紧了紧握着的手，嘴角跟着她上扬。

"假装你是大明星，我是小粉丝，我们私奔到米兰，当然要偷着乐了。"

阮小冕笑眼弯弯，距离 Daffodil 秀过去大半月了，关淮虽然想尽快处理完工作来见她，但还是拖到关凛出月子，可以接手一些集团事务，给了他一周的年假。

这一周的关淮，都是她的，一想到这儿，她就喜不自禁。

关淮来米兰前，阮小冕都有关注国内业界的动态，星漾公布了全新的花前月阵容，新任设计师果然是麦修伦，还有另外三位专属设计师，留任的只有俞清舟，没有霍瑀，也没有褚商恩。

花前月人事大变动，阮小冕有点儿在意褚商恩的情况，出国这么久第一次主动联系他。褚商恩似真似假地抱怨她"远走高飞薄情寡义"后，才说他和如今的花前月理念不合，主动离职，有新的职业规划，暂时保密，只透露跟霍瑀和关淮有关。

"你没跟他们提 Lohar 的事吧？"

褚商恩知道霍瑀因 Lohar 对关淮有误会，虽然不是很清楚是什么误会。

"没有，倒是关淮主动提你和 Lohar 合作的事，你在顾虑什么？"

"怕你把他带偏，以为 Lohar 对他有什么想法呢。"

"我记得你说的，关淮最正直了。"褚商恩最后问她，"冕冕，你现在名声大噪，所以打算在欧洲落地生根，不想衣锦还乡吗？"

"这个问题。"她用他的话回答，"暂时保密。"

阮小冕能确定的是她不会在巴黎工作，她和霍瑀、唐洛华的事已经翻篇，不想再纠缠。而且，跟巴黎相比，同样是现代化的国际大都市，米兰更富有人文气息，古老的雕塑、绘画、建筑随处可见，她更喜欢米兰的氛围，轻松自在。

她喜欢米兰，还因为关淮，第一次他带她来米兰看秀，第二次他送她来米兰学艺，现在他陪她在米兰度假。

"私奔？然后我们拍一部电影叫《米兰假日》吗？"

关淮牵着她的手，慢悠悠地走出城堡后门，来到米兰市中心最美的森皮奥内公园。

"我现在不得不离开你，我要去那个角落并且转弯。你必须留在车里并且开车走，答应我不要看我走过那个角落。只要开走并且让我留下就像我离开你。"

阮小冕突然松开他的手，说起《罗马假日》中安娜公主的告别台词，一脸入戏的伤感表情。

"调皮。"关淮拉回她的手，十指相扣，"我不喜欢《罗马假日》的结局，他们在罗马相遇，又在罗马分开，心上人变成过客，然后用余生来怀念这场邂逅。软绵绵，我们不谈这个，感觉不大好。"

"这里是米兰，不是罗马。"阮小冕好笑地看着关淮，"小关先生，你变得多愁善感了，看来工作压力很大呢。"

"谁让你淘气了？"关淮伸手刮了刮她鼻子，转移话题，"和平门后有家地道的比萨店，我带你去吃吧。"

"嗯。"阮小冕从善如流，走向公园远处样式古典的和平门，"和平门真像凯旋门，差点儿以为瞬间回到巴黎。"

"这很正常，因为这也是当年拿破仑为庆祝欧洲之战胜利而建的凯旋门，可惜门还没建好他就遭遇滑铁卢，后来米兰统治者完成建造，改名和平门。"

关淮说着和平门和凯旋门的渊源，牵着她的手走过和平门，来到后面的比萨店。

很多人就在店外的草坪席地而坐，晒着阳光吹着微风，吃着比萨，谈笑风生。

"我们也在外面吃吧。"

阮小冕兴致勃勃，关淮也没意见，很快点好比萨，学习其他客人，随意地坐在草坪上，爽快地手撕比萨，大快朵颐。

两人面对面坐着，阮小冕忽然惊讶地睁大眼睛："小关先生，别动。"

关淮立刻响应变成木头人，拿着小半块比萨的手停在嘴巴前，不明所以地挑了下眉。

她挪了挪屁股，靠近他，盯着他的眼睛，笑眯眯地伸出手，往他嘴角一勾："这里沾了奶酪。"

然后她自然地把那一点奶酪放嘴里，末了还意犹未尽地舔了舔手指："不能浪费食物，对不对？"

"对。"关淮的瞳孔有明显收缩，凝视着她，吃完他手中的小半块比萨，向她招手，"软绵绵，过来。"

"嗯？"阮小冕倾身过去。

"你刚才撩我……"

关淮直接钩过她的脖子，亲吻她，挑逗似的咬了咬她的唇，又像春风化雨给予温柔。

阳光、青草、奶酪、罗勒、番茄……这些属于米兰的味道，好极了。

"比萨好吃？"关淮将她抱进怀里，在她耳边低语，"还是……我好吃？"

关淮还是那个喜欢逗弄她的关淮，越是亲近，越会发现他的不正经。

"嗯……哪个好吃呢？"阮小冕抬头看他，一脸认真地思考他的问题，回味着，比较着，然后诚恳地提议，"再……确认一次？"

不待关淮回应，阮小冕就将他扑倒在草坪上，用行动来找答案。

她可不是以前那个被关淮撩得面红耳赤不知所措的阮小冕，她现在比任何人都清楚，在他眼中，她是最特别的存在，他喜欢她，给了她有恃无恐的偏爱。

当她拥有足够自信，放松下来，就想亲近他，对他撒娇了。

"好，我们多确认几次。"

他惊喜地接受她的热情，仿佛长久的等待有了回报，欣然回应她。

在这里，没有人会对他们的耳鬓厮磨侧目，阳光下的亲昵，只让人会心一笑。

　　关淮在米兰的前几天，就是带着阮小冕走走看看，吃吃喝喝，享受难得的假期。

　　直到阮小冕接到 Dino 电话，被 Dino 知道关淮在米兰，于是，Dino 火急火燎地赶到他们下榻的酒店，一言不合就向他宣战。

　　"Enoch，你不能插队！"二十三岁的 Dino 血气方刚，虽然放弃成为教父的梦想，但还是端出闯荡黑手党的架势，"更不能感情绑架，就算你是冕冕的师父，也得讲规矩。"

　　"嗯？插队？"

　　关淮一脸蒙圈，不懂 Dino 在唱哪出戏，以眼神向阮小冕示询。

　　"哦，提拉米苏，阿芙佳朵，萨伏伊……下午茶时间，还是来份提拉米苏吧。"

　　阮小冕自顾自地翻着酒店咖啡厅的菜单，并不想加入他们的谈话。自从 Daffodil 秀后，Dino 经常电话"骚扰"她，她都懒得再应付他了。

　　"Adorano、Zanotti 这些公司已经让我很头疼，你就不要再给我压力了。"Dino 痛心疾首，"Enoch，我是你师兄，你要听我的话，别跟我抢人。"

　　"那些公司跟你抢人？"关淮慢慢抓到重点，瞥了眼事不关己的阮小冕，"抢我家软绵绵？"

　　"谁说冕冕是你家的？"Dino 眼睛都瞪圆了，"冕冕说不会在巴黎工作，既然回米兰，当然要来白星和我工作，最好跟我结婚，永远留在白星。"

　　"你要跟他结婚？"关淮眯起眼睛，按着阮小冕的肩膀，"这小子什么时候开始打你主意的？"

　　"小关先生，原谅压力太大说梦话的人吧。"阮小冕淡定地吃着她的提拉米苏，"Dino，你继续这样撒娇的话，我会建议 Cosima 师父，多接两份预约的。"

　　Dino 现在是白星工房的招牌设计师，Cosima 师父在两年前退居二线，

Dino 开始接管白星工房。虽然 Dino 在青春期跑偏要去混黑手党，但他毕竟是百年手工制鞋工房的传人，自小耳濡目染，又继承了家族的设计基因，再加上金发碧眼人长得帅气，自带意大利人嘴甜的种族天赋，所以，他成为白星工房门面，为客人提供定制服务，不管是他的人还是作品，都把客人征服了。于是，客源滚滚，Cosima 师父惩罚似的，给他接了很多单子。

"冕冕，我们是意大利人，为什么要拼命工作？人生这么短，为什么不尽情享受呢？"Dino 电话跟她哭诉，"我要晒太阳喝咖啡，我要去海边度假，我不要天天待在工房里做鞋，不要变成像你这样的疯子。"

这两年她听 Dino 抱怨听得耳朵都要长茧子了，等到她在 Daffodil 秀走红，Dino 发现新大陆似的，不断地怂恿她回白星，为客人提供高端鞋履定制服务，成为高格调的定制鞋履设计师。

"冕冕，我需要你啊！"Dino 干脆拽着阮小冕的胳膊，"去那些大公司工作，会磨掉你的灵性，还是跟我在白星自由创作吧。"

"工作的事，我心里有数。"阮小冕若有所思地看了眼关淮，"Dino，白星很好，你和 Cosima 师父教了我很多，但我不能一直依赖白星的。"

"Enoch 这样，你也这样。"Dino 委屈道，"白星根本留不住你们。"

"白星一直带着 Bianco 家族的印记，它现在属于 DinoBianco。"阮小冕正色道，"不管是我，还是关淮，我们的作品都无法真正代表白星。Dino，只有你才能诠释白星百年传承的精髓。"

"所以，我才想让你冠上 Bianco 的姓。"Dino 眼巴巴地看着阮小冕，"比起白星，你才是更闪亮的星。"

"你给我适可而止。"关淮忍无可忍地抬手敲了 Dino 脑袋一记，"小心我让你眼冒金星。"

"哼，看在冕冕还留在米兰的份上，我就不跟你一般见识了。"Dino 有点儿幸灾乐祸，"我要见冕冕比你容易多了。"

"要见我家软绵绵，你先排队等吧。"

关淮像是打翻了醋坛子，幼稚地跟 Dino 闹了一会儿，终于把 Dino 赶出酒店回家做鞋去了。

"软绵绵，在白星工房，你和 Dino 朝夕相处大半年，他都是这么欠揍吗？"关淮忍不住哀怨道，介意 Dino 对她的亲近。

"你也知道的，意大利男人嘴巴特别甜。"阮小冕抿嘴笑，"不像某人，刚认识时就喜欢找碴儿呢。"

"说谁呢？"关淮不满，一把搂过她，"我嘴巴不甜？你确认下？"

话音刚落，他就吻上她，尝到她嘴里提拉米苏的味道，有点儿甜。

阮小冕故意咬了他嘴唇一记，然后趴在他肩上，问："小关先生，你觉得我在米兰工作怎么样？"

这是关淮来米兰后避而不谈的话题，他不说他工作上的事，也不问她以后的工作安排。

麦修伦离开恩薇出任花前月设计总监，霍玛还说周昉也会离开恩薇，恩薇突然只剩下关淮一个人……就是恩薇这些变故，让他会忙得没空来巴黎看Daffodil 秀吧？

但是看关淮的样子，他似乎不愿告诉她这些变故，不想让她为他的事费心吗？

现在他能来米兰，是因为这些事情处理完了，关凛才给他年假吗？

"软绵绵。"关淮顿了顿，"你想在米兰工作吗？"

"这边有些不错的公司在跟我接触。"阮小冕说，"我喜欢米兰，你也喜欢米兰吧？"

"嗯。"看着她提到米兰而闪亮的眼睛，关淮五味杂陈，"你喜欢的话，就在米兰工作，我会支持你的。"

"太好了。"阮小冕眉开眼笑，"那些公司风格各异，我拿不定主意，

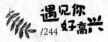

你帮我参谋参谋。我相信你的眼光，会让我走得更远的。"

"软绵绵……"

关淮看着她欲言又止，费哥说得对，她就像脱缰野马，易放难收，她在这里，如鱼得水，没有那些恶意的诽谤和攻击，生活工作都会更自在的。

"我会给你把关的。"

心底泛起忧伤，关淮却说不出口，她想留在米兰工作，不打算回国，他也不能勉强她。

看来回国以后，他需要和关凛进行谈判，他不想再等了。

在米兰的最后两天，关淮陪阮小冕拜访了她有工作意向的几家公司，替她考察未来的工作环境。

阮小冕一直兴致勃勃，跟他探讨这些公司的发展前景，分析不同公司的设计风格，直到他年假结束必须回国，她来机场送行，坐在等候区，仍然在谈这些事。

"Adorano 擅长运用羽毛、珠缀、手绘等妩媚阴柔的元素装点高跟鞋；Zanotti 的风格简约摩登，设计富有结构感，充满超时空的美感；Cavallo 坚持舒适、优雅、经典的原则，无论潮流怎么变化他们的高跟鞋都不会落伍……"

"软绵绵。"关淮打断她，表情有些小忧郁，提醒她，"我要走了。"

"嗯，我知道，所以我在争取时间，跟你商量工作的事。"阮小冕笑眯眯道，"师父，你说我去哪家公司好？"

"这时候叫师父，让我公私分明吗？"关淮捏了捏她的鼻子，她越来越会撒娇了。

"我这是在求师父领路呢。"阮小冕丝毫没有分别的愁绪。

"对这几家公司，你怎么考量的？"

"Adorano 薪资待遇最好，Zanotti 发展潜力最大，Cavallo 创作挑战最多，各有千秋，难以取舍。"

"你想要什么？"关淮摸摸她的头，她眼里并没有迷茫，"成为名利双收的设计师？还是创造惊喜的设计师？不断挑战自我的设计师？"

"你这样的设计师。"她定定地望着他，两眼炯亮。

看见她眸中的向往和爱慕，关淮心一动："我是怎样的设计师？"

"化想象力为吸引力，于细微处，撩人心弦。"

阮小冕想起最初被"高岭之花"戳中心脏的感觉，深藏的渴望被唤醒，仿佛新世界的大门打开，带她进入这个世界。

"关淮，我就是这样被你吸引，为你而来的。"

"我的荣幸。"关淮瞬间心旌摇曳，这是最动听的情话，她眼中的他有着特别的光芒，忍不住亲了亲她额头，"谢谢你的到来。"

"那么你的建议？"阮小冕牵起关淮的手，"这条路很长，我想和你一起走。"

"嗯，一起走。"关淮握紧她的手，犹豫了一会儿说，"你的设计从容不迫，带有令人安心的笃定感，所以，我会建议你选择 Cavallo，在经典中挑战自我创造惊喜，这样的设计会历久弥新，更有生命力。"

如果自私点儿，他会建议她回恩薇，于公于私都是他最乐见的结果，但见她如此期待在米兰工作，每每话到嘴边却说不出口。

"最了解我的人，果然是你。"阮小冕一脸英雄所见略同的表情，"我会再接再厉，成为让你骄傲的设计师。"

"傻瓜，你已经是了。"离别的愁绪涌上心头，关淮拥她入怀，脑袋枕着她的颈窝，"怎么办，我不想回去。"

相聚的时间太短暂，眨眼就从指缝间溜走了。

"乖。"阮小冕揉揉他柔软的自然卷，现在轮到他撒娇，"等工作定下来，我就去见你。"

"我想现在就把你打包带走。"

关淮声音有些闷，习惯了成全，就不愿勉为其难。但一想到数月见不到她，不能如此真切地感受她的存在，名为寂寞的思绪就在心间泛滥。

"你在许愿吗？"阮小冕捧起关淮的脸，细细打量，俊逸爽朗的面容因微微耷拉的眼角显得无辜又委屈，"如果神听见你的愿望，将我变成拇指姑娘，你要不要？"

"不管你变成什么样子，我都要。"

关淮抬起手，轻轻描绘她的眉眼，自信镶嵌在她眉间，温柔的面容像在闪耀，散发着成熟淡定的韵味，他的花儿结出美妙的果实了。

"这话我喜欢听。"阮小冕喜笑颜开，奖赏似的亲了他一口，"我的小关先生。"

"这吻太敷衍，我不喜欢。"

关淮钩过她的颈项，吻住她，密密实实，缱绻缠绵，品尝着成熟果实的味道。

阮小冕依着他，来来往往的机场，送别的吻依依不舍，唇间是说不尽的眷恋，浅尝不止。

手机铃声响起来，关淮不悦地蹙起眉头，意犹未尽地放开阮小冕。

"Dino 的电话。"阮小冕示意，接听电话，"嗯嗯"地点头，很快就挂掉了。

"他还是不死心，想让你去白星吗？别理他。"关淮想起 Dino 说的想让阮小冕冠上 Bianco 的姓，警惕道，"软绵绵，意大利男人的恭维话听听就好，不要当真，变成恋爱脑会影响工作的。"

"我懂的。"阮小冕好笑道，抬手看了看表，"Dino 是来送行的，可惜来不及，小关先生，你该登机了。"

"软绵绵……"

关淮看着她，想说什么但终究没说出口，紧紧地抱住她，是他将她送到米兰，无论什么结果，他都得接受。

飞机进入平流层，稳定飞行后，关淮整个人放松不少，为了分散离开阮小冕的惆怅情绪，取出笔记本电脑查看工作邮件。

最新的邮件来自关凛，抄送集团各高层管理人员，关于恩薇设计总监周昉的离职通知，暂时还不会对外公开。

关淮头疼地揉起太阳穴，以恩薇现在的状况，他没有跟关凛谈判的筹码，因为人事变动，他需要承担的责任只会更多。

周昉是在二月中旬提交辞职申请的，他想离开恩薇自立门户，同时带走他的助理设计师席菲和苏其澳，成立高级定制鞋履工作室。

二月初，周昉以恩薇设计总监身份批准麦修伦辞职，关淮对他这个决定很恼火，但确定麦修伦是被霍瑀挖墙脚去花前月后，关淮也没有做挽留。

周昉物色了一些设计师，关淮和他一起考察，并没有合适的人选。为了填补麦修伦的空缺，关淮不得不跟霍瑀周旋，以其人之道还治其人之身，他将花前月设计师褚商恩拉入他的阵营。利用星漾内部的倾轧，不同高层安插各自扶持的新设计师进入花前月，这些"潜规则"让自视甚高的霍瑀心灰意冷，以麦修伦出任设计总监为条件，霍瑀离开一手创立的花前月，放弃在星漾的所有职务。

关淮刚解决麦修伦离职带来的麻烦，周昉大概觉得他还不够忙，也提交了辞呈。周昉要自立门户，关淮无法阻止，只得"曲线救国"，他辞职可以，但他要对恩薇负责，找到能够代替他的设计师，这个设计师必须获得董事会的认可。

换言之，作为董事会成员的关淮对周昉推荐的设计师有"一票否决权"，他是恩薇品牌的奠基人，关淮不希望他离开恩薇。

周昉的辞职申请被他提交到董事会审议，拖延了一个月也没有表决。

来米兰前，关淮特别知会关凛，让她去做周昉的工作，把周昉留在恩薇。没想到他在米兰度假，关凛就回公司开董事会，批准周昉离开恩薇。

关凛真是"生生不息，坑弟不止"，关淮实在好奇代替周昉的设计师，究竟有多优秀让关凛这么痛快放周昉走的？当年霍瑀跳槽星漾，关凛私下还通过费英治斡旋，想将霍瑀请回恩薇。跟霍瑀相比，周昉对恩薇的重要性有过之而无不及，关凛还处于孕傻期吗？

恩薇最初的三大专属设计师现在都离开了，未来恩薇就要以关淮为主，但他心有余而力不足，只能祈祷褚商恩在恩薇更加高产，这样他才有可能跟关凛谈判，放弃在光耀的职务去米兰工作，他不想和阮小冕继续分隔两国了。

关淮越想越头疼，合上电脑，仰头靠背，闭目养神。

他听见空姐进入商务舱的声音，来到他邻座。

空姐在跟邻座询问换位意愿。

邻座是位意大利大叔，说着漂亮话恭维空姐，爽快地答应。

邻座换了谁，关淮并没有在意，昏昏沉沉就睡着了。

梦中，他看见阮小冕被一群自带甜言蜜语技能的意大利帅哥包围，他被人群挡住，无法靠近她，她又听不见他的叫声。他急得团团转，眨眼间发现阮小冕穿上婚纱，被人群簇拥着进教堂，Dino 竟然站在另一端……

关淮猛地惊醒，有点儿受不了地捂着胸口，这种梦会让他犯心脏病的。

"瞧你一脸的心有余悸，刚才做的梦有多可怕呀？"

熟悉的声音仿佛穿越云层，来到九霄之上，在他耳边响起。

关淮一脸恍惚，循声望去，看着眼前微微笑着的人，呆若木鸡。

"软绵绵？"关淮眨了眨眼睛，匪夷所思地环顾四周，他确实在飞机上，"我还在梦里？"

不久前在机场挥手告别的人，突然变成同机乘客，出现在他身边，跟意大利大叔换座位的人就是她吗?

"梦到心上人了?"阮小冕放下手中的速写本,倾身凑过来,双手捏着他的面颊,"请问,美梦成真的感觉如何?"

"为什么?"关淮拉下她的手,轻轻地吻着她的掌心,柔软温热,是真实的触感,"为什么你会在这里?"

关淮满头雾水。

她说等工作定下来,她就去见他。

他已经做好数月不见的心理准备,她却这样突然出现在他身边,是要和他一起回国吗?

"为什么呢?"

阮小冕重复他的问话,似笑非笑地看着他,第一次见到他这么呆愣的表情,不由得笑出声,终于明白为什么以前关淮那么喜欢戏弄她了。

"小关先生,现在的你变得容易想太多,总是照顾我的意愿,却把自己的想法捂紧,就怕给我压力,担心我会为难……你这样顾虑,会让我对你有愧疚的。"

"软绵绵,不是这样的。"关淮忙摇头,"我喜欢你现在自信的模样,我希望你保持下去。"

阮小冕挑眉:"所以,即使很想和我在一起,也不开口问我归期吗?"

"你想回来就回来。"关淮虔诚地捧起她的手,亲了亲,"你不想回来,我就想办法跟你走,我们会在一起的。"

"心有灵犀的感觉真好。"阮小冕满足地点头,"等不到你开口,我只能这样给你惊喜了。"

"你决定回国吗?"关淮眼睛一亮,"不想在米兰工作了?"

"来,你坐好,保持这个姿势。"阮小冕让关淮靠背坐,重新拿起速写本,上面有画了一半的人像素描,"我一边画,一边跟你说。"

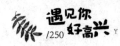

"好。"关淮深吸一口气，平复见到她的悸动情绪，"这一路我们有很多时间，我就听你慢慢说。"

"从哪里说起呢？其实 Dino 是来给我送行的……"

阮小冕握着铅笔在速写本上快速排线，描绘他侧脸的轮廓，这是三年来，她第一次对着真人描绘，而不是脑中想念的模样。

在她的速写本上，有很多关淮的画像，一笔一笔，勾勒他的眉眼，描摹他的唇鼻……都是她想他的证据。

她从未忘记为何离开关淮，于是憋着一股劲，日以继夜，不敢松懈，只想让自己快点儿变强大，这样她才有自信回应关淮，给他最好的自己。

不过，关淮显然还在扮演保护者的角色，就算恩薇那边的事让他焦头烂额，他也不愿意告诉她，不想让她分担。

当她说要在米兰工作，他仍以她的意愿为先，舍不得为难她，尽管非常想结束分离，和她在一起。

她通过 Daffodil 秀复出后，收到了不少工作邀请，除了欧洲的公司，还有中国的公司，其中就包括光耀集团，邀请她合作的人是恩薇设计总监周昉，他比关淮懂得什么叫"肥水不流外人田"。

印象中冷峻少言的周昉，这次对她倒是知无不言，告诉她恩薇的现状和关淮承受的压力。

周昉说辞职是为了专心做喜欢的事，并非对恩薇有什么不满，所以对于关淮的故意"刁难"他并不恼火。他对恩薇有感情，也有责任，能够由他挑选专属设计师是他的荣幸，他希望她回恩薇，现在的她可以为恩薇添上浓墨重彩的一笔。

在关淮来米兰之前，她和周昉、关凛开过视频会议，关凛的态度很明确，只要她点头，关凛就会召开董事会确认恩薇全新的专属设计师阵容。

"小冕，你在犹豫，还是在害怕？"关凛问她，"今时不同往日，现在是恩薇需要你，而非你需要恩薇，这是事实，你不必有任何顾虑。"

"我在想，小关先生需要我吗？"

她并不害怕，也不关心外界的看法，只在意关淮是怎么想的。

"他一直抻长脖子等你回来，都快变成长颈鹿了。"关凛揶揄道，"你要是留在欧洲，我怕他也会离开恩薇，到时候他辛辛苦苦挖来的褚商恩，恐怕也留不住的。"

原来褚商恩保密的职业规划是恩薇专属设计师，绕了一圈，又能跟关淮和褚商恩共事，这个工作环境，她喜欢。

在她的要求下，这事瞒着关淮进行，她想亲口告诉他。

Dino知道她的决定，所以见到关淮才呛他让他不要抢人。今天她为关淮送行，Dino也来给她送行，接到Dino电话时，他已经帮她办理好登机手续，要过来送她。为了不露馅，她才让关淮先登机的。

"就我不知道你要回国……软绵绵，你这是故意的吧？"关淮有些怨念。

"三年前，你规划了我离开的路线，送我走。"阮小冕停下笔，"三年后，我画好了你期待的蓝图，跟你走。"

"果然是有其师必有其徒，被你将了一军，好徒弟。"关淮微微侧过脸，见她画完速写，才转身面对她，"可你居然因为褚商恩来恩薇，才答应周昉和关凛的？"

"你在吃褚商恩的醋吗？"阮小冕笑道，将速写本递给他，"看看我的作品，这是我在欧洲画的各种帅哥，可能得给你准备大醋缸了。"

关淮不情愿地接过速写本翻看，表情随之改变，看着速写本中的自己，心间阵阵颤动，仿佛看见她一边想着他一边画着他。

不管在欧洲哪个国家，她的心里她的眼里都有他。

这三年的思念，他收到了，感动又骄傲，这就是他喜欢的人。

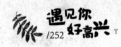

　　"我喜欢画高跟鞋，更喜欢画你。"阮小冕伸手抚上关淮的脸，倾身吻他，"小关先生，久等了，我回来了。"

　　"欢迎回来，亲爱的。"

　　十里春风，吹到万里高空，关淮听见花开的声音，心间姹紫嫣红。

第十五章

只有你

我的心里

"咚咚！"

关淮敲着工作室敞开的门，提醒里面讨论得热火朝天的人。

"总监，你来了？"褚商恩望着两手空空的关淮，习惯性地问，"外卖呢？"

自从阮小冕成为恩薇专属设计师，褚商恩工作室的门就没关过，她和关淮常来串门，关淮还会客串外卖员送吃的呢。

阮小冕是三月中旬回国的，恩薇在四月推出周昉告别作品"再回首"系列鞋履时，公开了恩薇新任专属设计师褚商恩和阮小冕的信息，关淮出任恩薇设计总监。关淮新作"醉红颜"系列鞋履在五月推出，褚商恩和阮小冕作为夏季主推设计师，他们的作品会在六月、七月相继上市。

为了在恩薇完美亮相，阮小冕成了工作狂，习惯事事亲力亲为，没有找助理设计师的打算。现在的阮小冕有股狠劲，精力特别旺盛，热衷加班，用关凛的话说："回来的阮小冕是假的吧？她这么拼命好像恩薇快倒闭需要她拯救，我们倒成了败家子。"

虽然恩薇设计核心换血，但实际影响并不大，恩薇品牌形象好，客户忠诚度高，因此市场反应依旧积极，年度财务报表很漂亮。

"她自我要求高。"关淮不掩骄傲，"精益求精，力臻完美，这是深谙恩薇精髓的表现。"

"恋人变成工作狂，你还自鸣得意，也是人才。"关凛笑话他，"可惜你抱怨被冷落的怨夫样，太厌了。"

关凛结束产假恢复工作，关淮就不再兼职集团管理事务，作为恩薇设计总监他游刃有余，"醉红颜"上市后，他手头只有高定业务，上班时间自由许多。而阮小冕一回到恩薇，就进入忙碌状态，她和同期的褚商恩特别投契，了解彼此的设计理念，同为夏季主推设计师，两人一拍即合，以"双生花"作为共同主题进行创作。两人作品要呈现不同的设计风格，又要蕴含千丝万缕的联系，为创造出这种令人惊喜的作品，阮小冕经常出入褚商恩的工作室，和褚商恩进行"头脑风暴"，力求两人每款作品都有相对应的元素，彼此较劲又互相配合，呼应"双生花"主旨。

看着阮小冕总是神采奕奕地跟褚商恩讨论工作，不自觉地冷落了他，关淮心里直泛酸，却要表现出对她工作的支持，就时常借送外卖犒劳他们来串门，求关注。

阮小冕在褚商恩面前倒不避嫌，每次给他一记热吻感谢"总监福利"，轻而易举地顺了他的毛。而褚商恩一脸被强行喂食狗粮的表情，让关淮心理平衡许多。

幸好褚商恩也识趣，非上班时间不会和阮小冕凑一块儿，加班也会错开时间。

阮小冕在公司加班，关淮就会带宵夜过来陪她，热衷给她当膝枕，让她躺沙发小憩。

"软绵绵，还是招个助理设计师分担工作吧。"关淮用手轻轻地梳着她的头发，有脱发缠上他的手指，"你看，压力大得都掉头发了。"

"小关先生，科学研究表明，每天掉几十根头发很正常。"阮小冕闭目养神，享受着他指腹划过头皮的舒适感，"跟之前在欧洲相比，现在的工作强度小得多，我很享受，暂时不想要助理，会打乱我的节奏。"

"我想和你天天耳鬓厮磨的节奏，先乱了。"关淮低头吻她，忍不住嘟囔，"我和你在一起的时间，都没有褚商恩的多。"

"哦，吃醋了。"阮小冕抬眼看他，忍俊不禁道，"你知道的，我和褚商恩是好'姐妹'。"

"我会嫉妒每一个分走你时间的人，也会嫉妒夺走你注意力的工作。"

就是知道他们的交情，关淮才会邀请褚商恩来恩薇，否则哪能容忍他们如此亲近。

"我喜欢工作，也喜欢身边的伙伴。"阮小冕坐起身，面对关淮，捧着他的脸认真地说，"但是，我最喜欢你哟。"

"最喜欢我呀。"关淮眉角上扬，故意挖苦，"可比起花时间约会，你更中意加班呢。"

"约会？像其他情侣那样，吃饭、聊天、看电影吗？"阮小妹妹笑眯眯地看着他，蜻蜓点水似的吻了他一下，"亲爱的，我们这样不算约会吗？"

"嗯？我仿佛闻到一丝丝阴谋的味道。"关淮凑近她，嗅了嗅鼻子，"你是故意加班的吗？为和我约会？"

"所谓约会，不是在哪里做什么，而是和谁在一起。"阮小冕一本正经道，"对我来说，和你在一起的每分钟，都是约会。"

"这是工作狂的洗白？"关淮刮了下她的鼻子，"还是巧言令色的告白？"

"因为恩薇，我知道你，走向你，兜兜转转，终于回到恩薇和你在一起。"阮小冕深情款款地看着他，"在我喜欢的世界，做我喜欢的工作，有我喜欢的人相伴，幸运如斯，夫复何求？"

"有女如斯，夫复何求？"

关淮的心被撩得痒痒的，她在意大利待久了，情话技能突飞猛进。

"加班当约会，你不觉得很浪漫吗？"阮小冕以额抵额，软声细语，"关淮，与你同行，跟你相恋，和你在一起，不管做什么，我都甘之如饴。"

"好吧，你赢了。"

关淮莞尔，这个工作狂太可爱，明明喜欢加班跟鞋打交道远胜过出门约会，硬是被她拔高了立意，衬得他儿女情长不务正业似的。

"赢得你，就像赢得全世界。"阮小冕甜甜一笑。

"嘴巴这么甜，我得尝尝。"关淮心痒痒地把她扑倒在沙发上，如蝴蝶采蜜，细细品尝。

虽然被关凛吐槽怨夫灰样，但关淮还是顺着阮小冕的节奏走——她高兴就好。

其实关淮知道，阮小冕专注工作是为了回避不必要的人际往来，因为Daffodil秀影响力发酵，她回国入职恩薇的消息公开后，在设计界和时尚圈都备受瞩目，各种活动的邀请函纷至沓来。阮小冕以工作繁忙为由全部推掉，希望外界关注她的作品，而非她这个人。

亲朋好友间的往来也让阮小冕有些头疼，关鹤松和费英治每次见到她和关淮，就半开玩笑半认真地催婚。而费家的小元隽，喜欢盯着她的肚子，问她"妹妹在哪里"，她只能把关淮往前一推，让他解决小外甥的问题。而鹭城那边，阮宗延会打电话催她见上幼儿园的弟弟，恼她回国也不回家……阮宗延新家庭的氛围，与她格格不入，她不想去亲近，徒添尴尬。

只要专注工作，就能帮她屏蔽掉很多事，这样和关淮在一起，加班都觉得心旷神怡。

当然也不能时时当工作狂，比如今天是小元隽生日，费英治在微光岛酒店设宴，邀请亲朋好友热闹一下，关淮来提醒她准时下班了。

"总监福利，今日取消。"关淮对褚商恩说，"人可以还我吗？"

"总监客气了，人本来就是你的。"褚商恩冲着阮小冕挤眉弄眼，"对吧，冕冕？”

"Shawn，今天就到这儿。"阮小冕似笑非笑地瞥了褚商恩一眼，"C07 和 R07 这两款设计的细节，明天再讨论。"

去微光岛酒店的路上，她问关淮："小元隽喜欢什么礼物？"

"你准备了什么？"

之前阮小冕在国外，费英治和关凛的结婚礼物，小元隽的生日礼物新年礼物之类的，关淮连同阮小冕的那一份一起准备。

"俄罗斯套娃。"阮小冕取出包装好的礼物，"给他一堆妹妹，怎么样？"

"哦，确实是一堆从肚子里出来的妹妹。"关淮挑眉，"这个解题思路我给你满分。"

"谢谢师父夸奖。"阮小冕笑道，"如果小元隽再要妹妹，我就说在你肚子里，找你要。"

车开进微光岛停车场，关淮停车，绕过来给她开门，意味深长地看着她："我家有良田，欢迎你播种。"

闻言，阮小冕脸红了下，抬手捶他一记："那我春天种个男朋友，秋天就能左拥右抱吗？"

"不管左拥还是右抱，都是我。"关淮将她拉进怀里，吻了吻她，"走啦，给小元隽送妹妹去。"

阮小冕牵着关淮的手，进入微光岛酒店，等待许久的小元隽，一见到他们，就扑过来，跑起来像只小企鹅，摇摇晃晃地抱住关淮的大腿。

"舅舅，舅舅。"小元隽仰着头眨眼睛，"隽隽要抱抱，抱抱。"

关淮伸手一捞，毫不费劲地单手抱起小元隽："隽隽长大了，还是这么爱撒娇，羞羞脸。"

阮小冕看着他蹭着小元隽的额头，一脸温柔的表情，不经意间就触动了她的心弦。

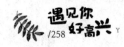

他一手牵着她，一手抱着宝宝，迎向亲朋好友，谈下风水，和气融融。

她似乎看见未来跟关淮结婚生子的画面，平实又温馨。

心里有阵阵涟漪荡起，像是暖流，流淌到四肢百骸，浑身舒畅。

阮小冕的心忽然定了，面对关鹤松他们玩笑似的催婚，也能泰然处之，笑着说起当初的"乱点鸳鸯谱"，点着点着就点对了。

阮小冕和褚商恩的"双生花"系列鞋履通过"三会"审定后，正式进入量产，设计部这边的流程就结束了。褚商恩趁机放飞自我去度假，阮小冕似乎闲不下来，接受她在恩薇的第一客人的预约——为欧阳漪和她女儿定制亲子鞋履，将加班的地点改成欧阳漪的公司或家。

欧阳漪原是关淮的定制客人，十分青睐 Daffodil 定制鞋履的设计，阮小冕一回国她就联系表达喜爱之意，不管阮小冕在恩薇是否提供定制服务，作为朋友她有优先预约权，为此她毫不犹豫地"抛弃"了关淮。

欧阳漪如此捧场，阮小冕欣然接受，被抢走客人的关淮只能幽幽地说："果然教会徒弟饿死师父了，求包养啊。"

"我看看品相如何？"阮小冕故意捧着他的脸细细端详，"啧啧，皎如玉树临风前，朗似日月入怀来，我包了！"

"小娘子，你眼光真好。"被调戏的关淮配合演出，做小鸟依人状依偎进她怀里，"我不仅品相好，而且上得厅堂，下得厨房，做得设计，暖得被窝，说得情话，带得孩子……值得你拥有哦。"

面对越来越会卖乖撒娇的关淮，作为她偶像的光环不断消散，阮小冕怀疑交的是假男朋友，差点儿上匿名论坛请教："男朋友人前雅痞人后赖皮，比我还会撒娇，这种提前养儿子的感觉正常吗？怎么办？在线等，挺急的。"

在欧阳漪家，确认好欧阳漪和她女儿的鞋楦样式，工作告一段落，跟欧阳漪喝下午茶时，阮小冕忍不住说起甜蜜的小烦恼。

"漪姐，我好像越来越无法仰望小关先生了，有种偶像落地生根变成凡人的感觉。"

"因为你成为跟他平起平坐的设计师，看他的目光自然不同。"欧阳漪理所当然道，"他不再是遥不可及的偶像，而是陪伴在侧的恋人，两人在一起，就要这样接地气才行。"

"在我面前变得像孩子一样爱撒娇，也是接地气吗？"工作中的关淮依旧自信笃定，私下喜欢黏她的关淮就显得孩子气，"有时觉得临近而立之年的他日趋成熟，最初的轻狂傲慢消失了，取而代之的是平和沉稳。有时又觉得他的成熟像是伪装，常常在我面前求关注，我夸他两句，他会高兴得像小狗一样扑过来，只差摇尾巴了。"

"你如此秀恩爱，我给你一百〇一分，多一分让你骄傲去。"欧阳漪一脸受不了的表情，"男人都这样，越是幸福就退化得越厉害，我先生在外一副谦谦君子样，在我面前变成放个响屁都要炫耀的幼稚鬼。"

"原来是这样的。"阮小冕若有所思地点头，小关先生、师父、总监、关淮……她应该给他换个称呼了。

"我们总想给对方最好的自己，又希望对方爱上真实的自己。"欧阳漪感慨，"你仰望过最好的他，也接受了最真实的他，赶紧跟他结婚过日子去！"

"你这么说，我有个想法了。"阮小冕一脸狡黠，"漪姐，你助我一臂之力吧？"

"你想做什么？"欧阳漪两眼放光。

于是，阮小冕兴致勃勃地跟欧阳漪讨论她的想法，直到关淮来接她，她还冲欧阳漪挤眉弄眼，交换只有她俩知道的秘密。

车辆穿过一段浓荫翠盖的林间路，阳光斑驳地洒落在挡风玻璃上，浮光掠影，变幻不定。

光斑枝影掠过关淮的脸，俊逸的五官多了抹绮艳，让阮小冕看得出神，她还是会这样仰望他的，想到他爱着她宠着她，嘴角不由得上扬。

"褚商恩度假去，你就跟欧阳漪黏一起，瞧你高兴的。"作为男朋友，关淮表示委屈，"软绵绵，你这是没把我放眼里。"

"我当然没把你放眼里呀。"阮小冕接话接得好欢畅。

"哦，中了一箭。"关淮作势捂着胸口，一手握着方向盘，哀怨地瞥了她一眼，"我在开车，人命关天，请你说话前三思。"

"我把你放这儿。"阮小冕指着自己的胸口，巧笑倩兮，"不管你人在哪里，每一次心跳都能感觉你的存在，扑通扑通地告诉我，我的心里只有你哦。"

关淮的眼角眉梢瞬间飞扬，突然靠边停车，阮小冕眨了眨眼睛，不明所以。

他解开安全带，倾身凑过来，揽过她的后颈，热烈的吻落下，严严实实，瞬间攫取她的呼吸。

纠缠一番，关淮才满意地离开，看着呼吸不畅脸色泛红的阮小冕，故意义正词严道："我开车时，你这样撩我，很容易出事的。"

"我刚刚撩你了？"阮小冕舔了一下唇，"如果我要撩你，应该是这样的……"她拉起他的手，抚过一根根手指，十指撩一遍，再吻过他的手背，明显感觉到他呼吸的变化。她嫣然一笑，伸手揪住他的衣领，一拉，学他刚才的样子，吻得热烈，在他意乱情迷时，咬了咬他的唇，推开他。

"软绵绵，你变坏了。"关淮意犹未尽地看着得逞的阮小冕，笑得像恶作剧成功的孩子，"不过，我喜欢。"

在他眼中，她看到的是被喜欢的自己，放下所有的伪装，对他肆意撒娇，随意逗弄他，他都全盘接受，甘之如饴。

他见过她最糟糕的样子，等待她变成最好的样子，在他面前做最真实的自己，她不会有任何顾虑了。

七月，阮小冕的"双生花"系列鞋履正式上市，鉴于前期褚商恩"双生花"

极为亮眼的销售表现，市场对恩薇同主题的"双生花"颇为关注。

不同设计师用不同风格诠释同一主旨的作品，这种天然竞争关系会让结果此消彼长。业界普遍认为褚商恩作品造就的市场热度是把"双刃剑"，它可能为阮小冕作品的销售铺路搭桥，也可能以先手优势削弱后来的"双生花"。

当阮小冕的"双生花"以完美姿态在恩薇各大旗舰店亮相时，终于揭开了她和褚商恩之间的小秘密，两人不同风格鞋履之间却有遥相呼应的元素，呈现出"双生花"的完整形态，创造别样的惊喜。于是，产生了"1+1＞2"的效果，阮小冕的"双生花"在褚商恩带热的市场上大卖，而褚商恩的"双生花"也因为阮小冕带来新一波的销售热潮。

他们的"双生花"并非此消彼长，而是相得益彰，成为恩薇名副其实的"一生一花"，在恩薇落地生根了。

在这一刻，关淮大有扬眉吐气之感，吾家有徒终长成。

绕了一圈，用了五年，阮小冕以她的方式成为真正的恩薇设计师，实现了她的梦想，在这个世界站稳了脚跟。

关淮带着市场部送来的销售报表，前往阮小冕工作室报喜，让她尽情地骄傲。

谁知阮小冕根本不在意，看都没看销售报表，直接将包装好的鞋盒塞到他怀中，兴致勃勃地拉着他离开公司，陪她去欧阳漪家。

"双生花"进入量产流程后，她的注意力全放在定制鞋履业务上，现在完成欧阳漪和她女儿亲子鞋履的制作，她还要提供上门试鞋的服务。

欧阳漪女儿叫乔涟，昵称小乔妹，今年三岁多，腼腆的小公主一枚，特别爱美，会偷偷穿妈妈的高跟鞋。因此，她对专属的高跟鞋期待很久，一见到阮小冕和关淮来，就两眼扑闪扑闪地盯着鞋盒。

关淮虽然给欧阳漪提供过定制鞋履服务，但这是第一次在欧阳漪家见到小乔妹，煞有介事地向她行骑士礼，然后单膝着地，执起小乔妹的手。

"小乔妹，请坐。"关淮让小乔妹坐好，将她的小脚放在他的膝盖上，"我来为你穿上漂亮的鞋子。"

"好的，叔叔，谢谢叔叔。"小乔妹声音软软的，听在关淮耳里，他的心都酥了，忍不住对阮小冕和欧阳漪说，"小乔妹太可爱了，有女儿真好。"

"我家小乔妹是世界第一可爱。"欧阳漪骄傲地扬起下巴，"两位设计师，你们加油哦。"

关淮冲着阮小冕眨眼睛，他现在比小元隽还要期待有个妹妹。

阮小冕被关淮逗笑，对欧阳漪点头："嗯，你先检验下我的设计成果吧！"

她让欧阳漪坐好，先给她做脚部按摩放松，再穿上高跟鞋。

欧阳漪看着小心翼翼给小乔妹穿鞋的关淮，附在阮小冕耳朵说："他会成为好爸爸的。"

"我知道。"阮小冕笑眼弯弯。

"小冕。"欧阳漪拿出小盒子塞到阮小冕手里，悄悄问，"你准备什么时候行动？"

"随时。"

阮小冕将小盒子放进自己的口袋，若有所思地瞥了眼关淮，没有一点点防备的样子，让她蠢蠢欲动起来。

"作为同谋，请务必让我见证那一刻。"欧阳漪忍不住摩拳擦掌，"就现在吧？"

阮小冕笑得不置可否，清了清嗓子，说："漪姐，你和小乔妹起来走两步，体会下脚感。"

"宝贝，该我们上场了。"

欧阳漪心领神会，牵起小乔妹的手，在偌大的日光室轻移莲步，款款而行。

阮小冕和关淮站在一旁观察，欧阳漪母女穿的亲子鞋履是两双一大一小的白色高跟鞋，以"涟漪"为主题，缀饰的天然水晶通过光亮作用，随着走动，在鞋面营造出"荡起阵阵涟漪"的水波效果，步步生动。

舒适的脚感让小公主笑意盈盈，跟着欧阳漪有样学样，神采飞扬，翩若惊鸿。

"她们在享受你的作品。"关淮由衷道，摸摸她的头，"软绵绵，辛苦了。"

"做喜欢的事，并不觉得辛苦呢。"阮小冕歪头，自然而然地靠着他肩膀，"小乔妹这么喜欢高跟鞋，我未来十年的业务似乎都有着落了，看来我从你手里抢到潜力股呢。"

欧阳漪母女心情很好，开始拉起手跳起舞来，两人玩得很开心，没有在意旁观的他们。

"没关系，给你潜力股，我才有金主包养。"碍于在别人家，关淮只是转头亲了下她的头发。

"那么，作为金主，我是不是该有表示？"阮小冕笑起来，面对他。

"那就……"关淮凑近她，"吻我。"

"小乔妹会看到的。"

阮小冕虽然这么说，但还是飞快地吻了他一下。

"谢主隆恩。"

关淮眉开眼笑，阮小冕回国后，在感情上的表达越来越主动，越来越强势，逗弄他撩拨他都是手到擒来，没有丝毫忸怩……让他觉得她的心定了，如同磐石，他就越来越依赖她，越来越想对她撒娇求关注。

"关淮。"阮小冕突然正色，取出欧阳漪给她的小盒子，打开，"来，试试。"

小盒子里有一对"澜"定制钻戒，这是阮小冕委托欧阳漪设计的对戒，线条简洁的C字形镶座设计，以"高岭与崖花"为主题，男戒中间镶嵌了一颗主钻，寓为高山之岭；女戒中间镶嵌的是细钻，像散落在峭壁间的崖花。

"高岭与崖花"才是阮小冕经常与欧阳漪黏在一起的原因，她们不仅讨论鞋子的定制，还要沟通钻石的设计。欧阳漪作为定制珠宝设计师，满足她最个性化的要求，关淮是她的高岭，她是在高岭上生根的崖花，来自他们最初的相遇。

他是高岭，她是崖花，从仰望高岭到在高岭立足，这一路高岭不曾转移，给予崖花营养，让她成为真正的"高岭之花"，成为他的花儿。

"这……"

关淮不敢置信地看着对戒，随之狂喜涌上心头，很快就觉得不对劲，声音不由得扬高。

"软绵绵，你这是在跟我求婚吗？"

"不行吗？"阮小冕挑眉反问，"难道还要我单膝跪下？"

"哇哦！"

欧阳漪见状发出惊叹声，忙不迭地拉着小乔妹坐一旁围观，向阮小冕比了个赞，欣赏这出即时好戏。

"不不不，不是跪不跪的问题。"关淮忙摇头，郑重其事地看着她，"亲爱的，求婚是男人的事！"

他头疼地瞥了眼欧阳漪，看见小盒子上的"澜"定制标志，就知道阮小冕是和她合谋了。

确定她想跟他结婚的意愿，关淮开心得想上天，可作为被求婚的男人，他不能得意忘形，他什么时候给她错觉，以为他没有结婚的计划，需要她求婚呢？

"这不是求婚。"阮小冕突然更正，她找欧阳漪定制的并非求婚钻戒。

"呃？你别逗我啊。"关淮捂着胸口，这种中箭的感觉太熟悉了，"我不想年纪轻轻犯心脏病，软绵绵，你反悔了吗？"

说话间，关淮按住小盒子，防止她"临阵脱逃"，只要她愿意结婚，被求婚他也甘愿。

"小关先生，三年前你向我求婚。"阮小冕微笑着提醒他，"这是我给你的答复，我愿意。"

"你……真淘气。"大起大落的情绪让关淮觉得心脏负担太大了，"软绵绵，我警告你，不可以再这样玩我的。"

"我爱你嘛。"阮小冕理所当然道，取出男戒，在他还没有反应过来就套进他左手无名指，"现在，你可以给你的新娘戴上戒指吗？"

"我也爱你。"

关淮认栽，相较于她的随意，他很虔诚地执起她的左手，亲吻她的无名指，有点激动地给她戴上戒指。

"新郎，你现在可以吻你的新娘了。"欧阳漪自动变成司仪，愉快建议，"我家小乔妹借你们当花童。"

"啪啪……"

在小乔妹开心的鼓掌声中，关淮捧起阮小冕的脸，温柔地吻着她，然后声明。

"虽然我们互相戴上戒指，认定对方为终身伴侣，但是，亲爱的关太太，我不准你认为这就是婚礼。我爱你，我要给你最好的婚礼，告诉全世界，你是我选择携手共度一生的人。"

"好，婚礼交给你。"阮小冕没有异议，眉开眼笑道，"九块钱我来出，我们先把证领了吧？关先生？"

"你呀……"关淮忍俊不禁，流程都让她走了，"那我谢谢你给我名分，关太太，走，我们领证去。"

他等她，终于等到她把最好的自己完完全全交给他，一生为期。

他爱她，不再担心他的"爱"会变成她的压力，因为她也爱他。

关淮和阮小冕的婚礼定于十月八日，在微光岛酒店举行。

阮小冕最期待的是关淮为她量身定制的婚鞋，少女时期迷上设计师关淮，她曾幻想过偶像为她定制鞋履，后来关淮设计"绵绵"高跟鞋给她当生日礼物，满足了她的少女心。

她向来欣赏关淮的审美品位，除了婚鞋，婚纱礼服首饰珠宝都交由关淮挑选。比起对婚鞋的期待，她对婚礼反而没有太多幻想，不管隆重奢华，还是朴实温馨，都无所谓，只要身边是她爱的人。

关淮问她想在国内还是国外举办婚礼？鉴于关鹤松年事已高，不宜奔波，阮小冕完全不考虑国外，跟关凛一样选择了微光岛酒店。

工作之余，阮小冕会抽空跟关凛去做美容 SPA，婚礼交给关淮和婚庆公司负责，完全不需要她费心，甚至连鹭城的回门宴，都是关淮和阮宗延沟通敲定的。

阮小冕觉得她或许是全世界最惬意的新娘，整个婚礼筹备期，她都不用费心，只需做自己喜欢的事——为关淮量身定制婚鞋，为此她还飞去意大利一趟，在白星工房完成最后的工序。Dino 趁机向 Cosima 师父要来假期，跟她回中国参加婚礼，嚷嚷着要当伴郎，确定他酒量不错，她愉快地决定了伴郎人选。

阮小冕亲自邀请施丹蔻当伴娘，施丹蔻一边怼她不要得意忘形，一边警告她不要放松警惕，她可能在婚礼上抢新郎的。

婚礼当天，在化妆室里，施丹蔻作为伴娘在给阮小冕整理婚纱，在婚礼开始前，她让化妆师先出去，她有些话要跟阮小冕说。

"我和 Lohar、霍瑀是同机来中国的。"施丹蔻想了想说，"邀请他们来参加婚礼，尤其是霍瑀，你没意见吧？"

"你见过婚礼的摄影师吗？他是这几年在美国声名鹊起的摄影师，中文名叫唐洛德，听说是 Lohar 的堂弟，Loaha 介绍给关淮的。"

阮小冕答非所问，注意力似乎被脚上穿的婚鞋吸引，移不开目光。这双鞋面缀满细钻的婚鞋，线条简洁，曲线婀娜蜿蜒，裸露着大半的脚背，在白色婚纱下，若隐若现，有说不出的性感。

这种不同于关淮在恩薇设计风格的高跟鞋，仿佛是她在他眼中最新的模样，诉说着两人关系的变化，穿上的瞬间就触动她的心，在他的世界站稳了。而她为关淮设计的婚鞋，选择最经典的复古外形，顶级的皮料和最原始的缝制手法，打造最舒适的脚感，让他走在她的世界，如同云端漫步，逍遥自在。

"Lohar 还是觉得愧对你啊。"施丹蔻意味深远道。

"你是不是听 Lohar 说什么了？"阮小冕皱了下眉，Lohar 不像是言而无信的人。

"不。"施丹蔻摇头，"只是在飞机上听到一些他们的对话，比如，霍玥说：'我如他所愿离开星漾，远离国内设计界，就两不相欠，邀请我参加婚礼算什么？'Lohar 说：'婚礼是个契机，他们释放善意，说明过去都过去了，我们重新来往，不要再纠缠之前的事。'霍玥又说：'两个笨蛋，都知道真相却以为对方不知道，就隐瞒对方假装自己不知道，到最后我们还要配合演出，装作他彼此不知道。'Lohar 就说：'因为爱着对方，在意对方的感受，宁愿自己承受也不愿对方难过。'我就当霍玥和 Lohar 闹情绪，假装听不懂他们在说什么，专心看窗外的风景。阮小冕，你听得懂他们在说什么吗？"

当年阮小冕在花前月爆出"丑闻"最后被星漾开除的事，关淮其实找到了幕后黑手，但怕打击阮小冕，一直隐忍不发。阮小冕在欧洲的三年，关淮用的方式"回击"星漾，让霍玥主导的花前月在高端女鞋市场举步维艰，最后借霍玥挖走麦修伦，利用星漾内部的倾轧，彻底让霍玥出局。

"我不想让她知道因为我，她才被当成猎物而受伤。"

关淮当初送阮小冕去意大利时，跟施丹蔻商量请姨妈关照，对她说了"丑闻"的真相。

"我更不想让她知道，她是被当成枪使来对付我，她会自责的。所以，我们就当她摔了一跤，帮她重新开始吧。"

那时施丹蔻就懂了，她和关淮永远不可能的，她嫉妒阮小冕被那样爱着，也恼火她不懂得抓住关淮。

直到听到 Lohar 和霍瑀说的话，作为前女友来当伴娘还有点儿不甘心的施丹蔻，醍醐灌顶，那两人是绝配，都是忍得住耐得住的人。她无法像他们这样——为对方负重而行，却不愿对方知晓真相，给彼此纯粹的感情，不让对方有负担。

听着施丹蔻转述的对话，阮小冕的心像被抛上过山车，冲击迎面而来，上上下下，呼啸颠簸，又慢慢归于平静，心回到胸腔时，被翻涌的暖流包裹着。

那不是隐瞒，也不是欺骗，她和关淮做着一样的事，名为"善意的无知"，却是"深沉的心意"。

"我听不懂他们在说什么。"阮小冕回过神，盯着施丹蔻，"你真的假装听不懂吗？还是听懂了告诉关淮？关淮知道了吗？"

"咳咳！"看她眼中隐隐有威胁之意，施丹蔻清了清嗓子，难得识趣道，"这是女人间的八卦，我怕你婚礼时太紧张，说点儿八卦给你放松。"

"谢谢你。"阮小冕放松下来，忽然抱住施丹蔻，由衷道，"你珍惜的人，我会让他幸福的。"

"别……别抱我这么紧，肉麻兮兮的，快放开我。"施丹蔻故作嫌弃状，"我和你关系没这么好，你不要占了便宜还卖乖，我才不是真心祝福你们的。我跟你讲，你要是吊儿郎当的，我随时都会插一脚。"

"嗯，我谨遵教诲。"

阮小冕笑着放开施丹蔻，有些事看破不要说破最好，懂得彼此所珍惜之物就够了。

化妆室响起敲门声，婚礼时间到了。

这是个简单庄重的婚礼，亲友宾客齐聚一堂，耄耋之龄的关鹤松亲自担任主婚人。

来自大陆彼端的伴郎 Dino 和伴娘施丹蔻，手牵着手，率先进入婚礼现场，来到新郎身边，等待新娘的到来。

可爱的花童小元隽和小乔妹，开心地提着小花篮，撒着花瓣开道。

阮小冕挽着父亲阮宗延的胳膊，伴随着婚礼进行曲的旋律，缓缓而来。

六年前的今天，她和关家结下不解之缘，认识关鹤松，遇见关淮，打破了她人生一直仰赖的撒娇哲学，正视这个真实的世界。

她来到他的世界了。

不再仰望他，她要和他携手走得更远。

阮小冕一步步地走向微笑望着她的关淮，穿着她亲手制作的婚鞋，一身黑色礼服，英俊挺拔，岩岩如孤松独立，肃肃如松下之风，吸引着她。

"关淮，从现在起，我正式把女儿托付给你。"阮宗延把她的手交到关淮的掌心，"请你爱她护她，对她不离不弃，你做得到吗？"

"必须做到，我这么爱她。"关淮握紧她的手，言笑晏晏，"还要做好，做到最好。"

阮宗延欣慰地拍拍阮小冕的胳膊，回到观礼席。

"关淮，我爱你。"阮小冕笑眼弯弯地看着他，"你是最好的，你也会做到最好。所以我想给你最好的，我现在终于变成最好的。"

一表白完，阮小冕就抬起另一只手，钩下他后颈，霸气地吻住他飞扬的嘴角。

关淮顺手捞住她的腰，配合着她的不按常理，接受最好的她，最好的吻。

观礼席响起热烈的掌声，宾客们笑着打趣："这个新娘有点儿迫不及待，还没让亲呢。"

"小儿辈，真性情哪。"主婚人关鹤松笑得合不拢嘴，"厉害了，我的孙子我的孙媳。"

　　人与人的缘分最为奇妙，像他第一眼看到阮小冕，就觉得这是自家人。

　　"爷爷。"阮小冕和关淮双双望向他，"我们可以交换戒指了吗？"

　　这一声默契的"爷爷"，叫得关鹤松心花怒放，很快会听到小不点儿叫他"太爷爷"了。

和你在一起
的小时光

01.

结婚后，阮小冕有段时间出现食欲不振，易乏犯困的状况。

她每天按时下班，早睡早起还要午休补眠，对工作的兴致冷却了那么一点点。

关凛很有经验地告诉关淮，可能是怀孕了。

于是，关淮神经兮兮地带她去医院检查，结果只是春困。

想到费英治结婚两个月就顺利当爸爸，关淮有点儿失望，他明明更年轻力壮的。

关淮表示怀疑："老婆，难道是我们努力的姿势不对？"

阮小冕哭笑不得："不是。"

关淮不甘心："那是为什么？凭什么费哥一结婚就有孩子？"

阮小冕一脸看白痴的表情："因为你保护措施做得太好了。"

有人占有欲藏得好，嘴里说着要孩子，行动上却防着孩子来。

"唉，真头疼，小元隽又吵着要妹妹呢。"

"所以？"

"我们还是解锁些新姿势吧。"

"……"

02.

结婚一周年纪念日，阮小冕送给他一份礼物，两条杠的验孕棒。

关淮盯着那两条红色的杠研究了很久，虚心请教："两条杠是小队长还是中队长？"

"红领巾，你好。"阮小冕向他挥手，"红领巾，再见。"

"领导，小的愚钝。"关淮讨好地吻着领导的手，"两条杠什么意思？"

阮小冕将说明书递给他："自己领会。"

关淮逐字逐句研读说明书，对比验孕棒，恍然大悟："有了？"

"你说呢？"

"我果然不是随便的人，一随便起来就能造人了。"

"……呃，你厉害。"

"我这么厉害，得跟费哥说下。"

于是，阮小冕目瞪口呆地看着关淮给费英治打电话，炫耀老婆怀孕了。

他这当爸爸的反应……有些奇葩。

关淮打完电话，突然怔怔地望着阮小冕，猛地反应过来。

把手机往床上一扔，他抱着她狂亲："天哪，我要当爸爸了！"

他的反射弧长得很奇怪。

03.

作为准爸爸，关淮向费英治取了很多经，简而言之，是让孕妇保持愉悦的心情。

"孕期中的女人会有奇怪的需求，比如半夜醒来，想吃平时不屑吃的路边麻辣烫，好不容易买回来，她嫌味道重犯恶心，突然想吃手工抹茶冰激凌……"费英治语重心长道，"哥是过来人，你懂的。"

"我姐那么矫情，都是你惯的。"关淮心想，他厨艺好，大半夜能给老婆做出满汉全席的。

"她是我老婆，我乐意惯着。"费英治哼道，"你还不是一样？"

关淮当然想惯着老婆，但阮小冕似乎不给机会，她的妊娠反应很小，好吃好睡不折腾，反而工作热情高涨，打算上班上到预产期，堪称"员工楷模"。

关淮只能陪她做做产检、散散步、按按摩，觉得自己空有十八般武艺。

"老婆，我们的宝宝还没出生就懂得照顾妈妈，让爸爸没有用武之地。"关淮感慨，"可以申请当代二十四孝道德模范了。"

"有些地方，宝宝照顾不到的。"阮小冕笑道，"你有用武之地的。"

关淮瞬间来劲："哪里？"

阮小冕抬了抬脚，肚子越来越大，她弯腰越来越困难，鞋袜不好穿了。

于是，关淮每天开心地被老婆"踩"脚底，还自封 SEO（提鞋官），CEO 关凛直笑 SEO 是抖 M，他振振有词道："除了我，谁配给我老婆提鞋呢？"

关凛："……"

04.

阮小冕整个孕期都很顺利，在生产时却折腾了一番，无法顺利分娩而痛得失去意识，不得不紧急转剖腹。

陪伴分娩的关淮，在手术同意书上签完字后，手就没停止过颤抖。婴儿被抱出来后，他都没有心思去看，一直守着阮小冕，脸色比她还要苍白。

"孩子呢？"阮小冕醒来问他，"男孩儿还是女孩儿？"

"老婆，辛苦了。"关淮撩开她脸颊边的头发，亲吻她额头，"女孩儿，

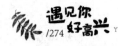

在育婴室。"

"是小元隽吵着要的妹妹呢。"阮小冕抬手抚摸他的脸，冒出很多胡楂，"你不高兴吗？"

"不，我很害怕。"关淮俯下身抱住她，声音有些发颤，"看你那样子，我真的很害怕。"

"爱撒娇的胆小鬼。"阮小冕轻轻地抚拍他的背，"你知道你在身边，一点儿都不害怕，你会保护我，不是吗？"

"嗯，我会保护你，不会让你再痛一次了。"关淮有了决意，"以后都交给我，我会保护你们娘俩的。"

关淮给女儿取名关惟，昵称小尾巴，她是妈妈的小尾巴。

05.

阮小冕一度担心当不好妈妈，她和关淮都是自幼丧母，对妈妈的记忆不深，没有人教她如何当母亲。她身边的妈妈是欧阳漪、关凛这样的事业型女性，虽然她们爱孩子，但她们并没有太多的时间陪孩子，从她们身上能学的东西也有限。

小尾巴在她肚子里的时候很安分，基本不给她添乱，只是出生时捣蛋了一下，让关淮如临大敌，从此大包大揽养孩子，负责孩子的吃喝拉撒。所以怀孕时，阮小冕也没有母性泛滥的感觉，只觉得有个小生命跟她共存很神奇。孩子出生后，她休完产假就回公司上班，白天爷爷和保姆照看孩子，晚上孩子哭闹都是关淮起来哄的，让她有足够的睡眠时间。

她果然当不好妈妈的，小尾巴虽然孕期很乖，但出生后很闹腾，是个脾气急的娃，一饿就哭，一哭就得喂饱，才能哄好。所以面对哭闹的小尾巴，她常常不知所措，看着关淮哄孩子，她会松一口气。

半夜醒来时，阮小冕看见亮着暖光的婴儿房里，关淮抱着小尾巴踱步，哼着小曲将她哄睡，才回来睡觉。

她抱着他，闻到他身上的奶味，有点儿愧疚道："我这个妈好像当得太轻松了。"

"你生小尾巴时不轻松，当她妈时就要轻松点儿。"关淮吻了吻她，"我和你结婚，是为了让你当我妻子，眼里只有我的妻子。"

"孩子她爸，真是辛苦你了。"她轻轻地咬着他的耳朵，"累吗？"

"想给我奖励吗？"他翻身压住她，因为孩子，他忍了很久，"可以吗？"

"试试？"

06.

小尾巴学会走路后，对"扑倒"谜之喜爱，一见到费家小兄弟就扑倒，当马骑。

小元隽和小元集忍辱负重，因为妹妹是他们吵着要来的，就算哭也要让妹妹玩得开心。

费英治就在一旁边笑边喊："宝宝不哭，站起来又是好汉一条。"

不擅长哄孩子的关凛，捂住眼睛不忍看，怕伤到儿子小小的自尊心。

关淮和阮小冕习惯这种画面，看着小孩子们玩闹，毕竟小尾巴太喜欢跟哥哥玩了。

"老婆，你说小尾巴上辈子是什么人？"

"你的小情人呗。"

"不。"关淮若有所思，"看她红扑扑的小脸和彪悍的战斗力，我怀疑是耍青龙偃月刀的那位。"

"扑哧！"阮小冕失笑，"你太失礼了，快向关老爷道歉。"

"关老爷在上，恕小的失言。"关淮向天道，忽而感慨，"我们不生第二个是对的。"

"你这么喜欢小尾巴，我以为你可能改变主意。"

关淮对她生小尾巴时的状况一直心有余悸，从那时他就决定不再生，即使关鹤松希望他们多生几个。

"一个小尾巴，费家兄弟都搞不定，两个小尾巴，他们会怀疑人生的。"关淮喜欢小孩子，喜欢两个外甥，但跟喜欢女儿完全不同，"正因为喜欢小尾巴，我怕多个孩子，会分走我对小尾巴的爱。"

他的爱都是唯一的，不管对所爱的女人，还是自己的女儿。

后记

遇见你，
成为最好的自己

最好的爱情是什么样的？

当我们意识到喜欢上一个人时，第一反应常常不是欢喜，而是自卑。

喜欢的人在我们眼中自带光芒，像是踏着七彩祥云而来，闪耀得令人自惭形秽。于是喜欢的心变得卑微，总是忽喜忽忧，时而亢奋时而萎靡，就这样惆怅着，彷徨着……心里上演着有情人终成眷属的戏码，连未来孩子的名字都取好了。实际上，却无法跨出那一步，害怕对方发现自己的心意，又害怕对方不知自己的心意，更害怕对方明知自己的心意却假装不知自己的心意。就这样纠结着、挣扎着……慢慢演变成旷日持久的暗恋，感动了自己，却蹉跎了时光，错过所有走向对方的可能。

假如喜欢的人向自己走来，就受宠若惊得仿佛自己用尽所有的运气才换来对方的青睐。于是，瞬间投入，掏心掏肺地付出，对方给了一颗糖就想回报一片甜蜜海，献祭似的想把自己的一切给对方，愿意为对方放弃全世界，不知不觉就失去自我……结果还是无法在对方的世界立足，仿佛被放逐天际，没有归宿。

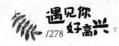

暗恋得不到，相恋失去得更多，连最初的美好都变得面目可憎。

爱情到底是什么？

我们忍不住委屈，为什么那么努力去爱一个人还是被辜负呢？在一起时的承诺为什么转眼就变成谎言呢？为什么爱得认真反而输得更惨呢？为什么不爱我呢？

人们会自嘲，谁年轻的时候还没爱过几个人渣呢？

失恋算什么？地球不会因为你失恋就停止转动，世界也不会因为你伤心欲绝而毁灭，太阳照常升起，明天又是新的一天。

失恋不可怕，可怕的是失恋会让我们否定自己，失去被爱的自信。

嗯，我还是相信爱情的存在，只是我不相信自己有得到它的运气罢了。

这些年，遇见很多人，经历很多事，渐渐懂得一个道理，爱情不需要努力，需要努力的是学会爱自己，正如王尔德所说："爱自己是终身浪漫的开始。"

当我们喜欢一个人，不是努力去配合对方而委曲求全，而是要努力让自己变得更好。当你变得足够好，就不会自卑，而是拥有主动选择的自信，明白爱情并非简单的付出或索取，而是一场博弈，势均力敌的人才能享受博弈的乐趣。

我到现在都不知道最好的爱情是什么样的，但我知道没有自我的爱情是糟糕的。

这个故事写了三年多，有几个版本，由不同类型的男女主角演绎迥异风格的爱情，结局各有取舍。最后呈现的版本，是我和编辑金渔讨论后，回归初心最初的选择。我很庆幸在迷茫的时候遇到金渔，从人物设定到故事走向、情节节奏、情感互动各个方面，她给了我很专业的意见。或许是当局则迷，有很多盲点我自己看不见，所以很迷茫，谢谢金渔一针见血地指出，让我茅塞顿开，豁然开朗。

有些遗憾编辑金渔突然辞职，没能完整地看完这个故事，我很想跟她献宝呢。幸运的是，我遇到了编辑猫冬，或许都喜欢猫的缘故，感觉特别有缘分，让我们从这个故事开始新的关系，很期待呢。

在这个故事进行中，通过阮小冕的视觉，我也思考了很多，收获了很多。我喜欢阮小冕的爱情观，正因为喜欢一个人，就算自卑，也不想妥协，她想要对等的感情。她视关淮为偶像，认为他是最好的，该得到最好的，那么，在自己不够好的时候，她不愿意变成依附他的存在，因为这样不对等的感情是不可能长久的。

遇见一个人，认识一个新世界，成全彼此，成就对方，相知相守，这种爱情是美好的吧？

遇见你，成为最好的自己。

遇见你时，像打开新世界的大门，原来我还可以变得更好，我也想给你最好的自己。

在看这个故事的你，希望你也能遇见一个人，让你变成最好的自己。

轻寒

2017 年 4 月 6 日